U0923457

The
October Country
-
Ray
Bradbury

[美]雷·布拉德伯里——著
刘正飞——译

十月国度

上海译文出版社

献给奥古斯特·德莱斯

目 录

筑造十月国度

——前言

嘿，要是你，你会怎么做呢？置身在一片变动不居的秋日风景中，被荫影、润物的雨水和风吹草动的窸窣声环绕，你会怎样筑造自己的家园？

从我出生的那天起，我就开始我的筑造行动了。哦，我的天哪，我已经能听见你们说，作者要开始胡扯了。不，不，我告诉你们，这可是个对我影响深远的事实：我记得自己的出生。

这怎么可能，你发出质疑，哪有这种事情。

千真万确，这就是我的回答。

很多很多年以后，我才为这不可思议的记忆找到了原因：我是一个在娘胎里待足了十个月的婴儿。这意味着什么？意味着我在暖烘烘的娘胎里多蜷缩了二十八天，也许是三十天，它让我有足够的闲暇来培养我的视觉、听觉和味觉。我是睁大眼睛来到这个世间的，对我的所见所闻无不心知肚明。我尤其记得在被挤出娘胎那刻的震惊。我要永远离开原先的窝了，外面的世界比起里头冷飕飕的，四周尽是陌生的面孔。

这都仰仗我在娘胎里多赖了一个月，让我早早就磨砺了我的知觉。

你得承认这给了我常人并不具备的优势。自打出娘胎的那一刻起，我的视网膜就能完整记录下一生一世的隐喻，大大小小无一遗漏。

从那一刻开始，我的生命就烙上了记忆。

我母亲是默片的狂热爱好者。我三岁那年，她就带我去电影院观赏《钟楼怪人》，看朗·钱尼骑在钟上朝教堂下的恶人泼洒滚烫的铅水。

直到十七岁那年，几个不正经的朋友带我去好莱坞的某个剧院重温这部电影，我才再度与那个驼背的怪人相会。走进剧院前，我告诉我的朋友，上次看这部电影时我才三岁，但我清楚记得它的全部内容。他们不由扑哧一声笑了出来。于是我向他们描述电影里的重要场景。到了剧院，我的描述果真一幕幕地在银幕上再现。

《歌剧魅影》。同样的情形。一九二五年。它深深地烙在我后脑的黑暗深处。

《失落的世界》。同一年。那些恐龙直到我三十多岁还萦绕在我心头。我索性将它们付诸笔端，然后携手恐龙动画大师雷·哈利豪森，制作出了电影《原子怪兽》。

乍一出生就有了知觉，随后便和驼背的怪人一起爬上巴黎圣母院，跟随神秘的幽灵一起在歌剧院里神出鬼没，与雷龙一起坠落史前的悬崖绝壁。这些诡异的事件组合在一起，让我在十二岁那年就自然而然开始了写作。

接着我在学校里展示我绘制的骷髅。那些奇妙的摇摇欲坠的骨架，只需蜕去人类的皮囊，就焕发了它们的生命。

接着我发现自己活着——那年我十二岁。接着发现我会死——十四岁。继而又见证了祖父、姐妹和几个朋友的葬礼，那段时间我常常在午夜里惊醒。

于是无可避免地有了《十月国度》。

在七年级写完第一个短篇时，我就知道我已走上了通往不朽的正确道路。也许这才是真正的不朽：在你的有生之年，便不断在某时某地收获别人对你的记忆；而在你死后的若干年里，这些记忆将依旧挥散不去。

从十二岁开始，我就知道自己陷入了一场非生即死的较量，每写一个新的故事，我就赢得了比赛，每偷懒一天就会面临灭绝的危险。我别无选择，只能写作。十二岁以后，我生命中的每一天都在写作。死神尚未将我捕获。当然，他终究会胜利。但时至今日，IBM 电动打字机的声音仍然在阻遏他贪婪的欲求。

你可以在你的书写生涯里把午夜活成正午。每当隐匿于 IBM 高大的机器堡垒后，我就忍不住朝那个黑暗的化身投掷火球，向他发出新一轮的挑战。

正因为这场比赛，才有你眼前的这部作品。《小杀手》当然就是我。《返乡》家族是我在家乡沃基根的家人，他们伴我度过了我的青春时光，接着便幻化成了挥之不去的魅影，萦绕着我的成年岁月。《骨骼》则源于我对自己肌肤下骨骼的觉察，在X光片中看见自己苍白头骨的震撼对这个故事也颇有助益。

《埃纳尔叔叔》是一个关于爱的故事。我太爱那个大嗓门、急性子的瑞典叔叔了，于是给他改了名字、添了翅膀，围绕他写了这个故事。

《轮到你了》讲我被困墨西哥的恐怖经历，我在一条走廊里遭遇了很多再也不想见到的木乃伊。

《罐》再现了我十四岁那年在海边嘉年华的见闻。整整一长串的瓶瓶罐罐，里面漂浮着神秘的物质，它们困扰了我许多年，直到我将其写成这个故事。

最后，在我踏过青春期的门槛之际，“电先生”，那个嘉年华魔术师，召唤我远离坟墓和葬礼。他用圣·埃尔莫的火焰之剑触碰我，向我喊出明智的忠告：“去追求永生吧！”

我听从了他的忠告。

于是我来了。

于是它来了。

十月国度。

欢迎你们到此一游。

雷·布拉德伯里

加利福尼亚，洛杉矶

一九九九年一月

十月国度

……那个国度，那里的四季昏暗无光。那里的山峦云蒸雾罩，河流披戴白纱。那里的正午转瞬即逝，晨昏徘徊萦绕，午夜漫漫无边。那里有很多大地窖、小地窖、煤箱、壁橱、阁楼和储藏室，它们全都远离太阳。那里的人是秋的子民，脑子里全是秋的思想。那里的人于黑夜漫步在空寂的步道，声音渺然似雨……

侏 儒

艾美静静地凝望着天空。

今晚又是一个闷热的夏夜。水泥码头上空无一人，冷清的木制游乐设施区上方红、白、黄色灯泡连成串，像一只只在夜空中燃烧的昆虫。各项设施的管理员都木然站着，像一尊尊正在融化的蜡像，茫然注视前方，一言不发。

一个小时前来了两名游客。那两名孤独客这会儿正坐在过山车上，在虚空中一圈又一圈地翻转，狂叫着冲入燠热的黑夜。

艾美缓缓地走过海岸，汗湿的手紧紧抓着几个旧木滚环。她走到哈哈镜迷宫前的售票亭，停下来，看见迷宫外三面波状镜面中扭曲的自己。一千个疲惫的自己消融在前方的镜子廊道里，清冷的镜面拘禁一个个炽热的影像。

她走进售票亭，对着拉尔夫·班哈特细细的脖子看了很久。他在售票台上摊开破旧的单人纸牌，一口参差不齐的黄牙咬着一支还没点燃的雪茄。

过山车再次雪崩般呼啸着下坠，这时她才想起该说点儿什么。

“什么样的人会去坐过山车？”

拉尔夫·班哈特花了整整三十秒点燃雪茄。“不要命的人。坐过山车是最便捷的死法。”他坐着听从射击游戏区传来的枪声，“这见鬼的游乐场里净是些神经病。就说那个侏儒吧，你见过他吗？每天晚上他都要花一毛钱，从哈哈镜迷宫一路走到怪人路易馆。你真该瞧瞧那矮瓜在里面的样子。我的天！”

“哦，对了，”艾美似乎想起了什么，“我一直很好奇，身为侏儒是一种什么样的感觉。每次看见他，我都为他感到难过。”

“我会把他拎起来当手风琴耍。”

“别说这种话！”

“上帝，”拉尔夫空出一只手拍拍她的大腿，“瞧你那样儿！你都不认识他，犯得着那么护着他吗？”他摇头暗笑，“他和他的小秘密，我全知道，只有他自己蒙在鼓里。知道吗？好家伙！”

“今晚可真热。”她有些不自在地摆弄着指头上的大木环。

“别转移话题。他会来的，风雨无阻。”

艾美转身准备离开。

拉尔夫抓住她的胳膊肘。“嘿！你没事吧？你想见那个侏儒，不是吗？嘘！”拉尔夫突然转过身，“他来了！”

一只毛茸茸的黑手吃力地举向售票窗口，里面是一枚一毛钱银币。一个不见人影的声音说：“一张！”是个高亢的童音。

艾美不由得探头往前看。

侏儒正抬头仰望她。这张脸看起来属于一个黑眼、黑发、长相丑陋的男人，被关在葡萄酒作坊里，一遍又一遍地踩脚下的葡萄，直到剩下一堆惨白愤怒的葡萄渣为止；浮肿变形，一看便知是在凌晨两点、三点、四点仍在床上睁大了双眼，只有身体睡着的一张脸。

拉尔夫把一张黄色门票撕成两半。“一张！”

侏儒仿佛被迫近的暴风雨吓到了般，拉起黑色外套的翻领裹紧脖子，摇摇晃晃地快步走开。片刻之后，成千上万迷失彷徨的侏儒在一面面镜子间扭动，像狂躁的黑色甲虫，转眼就不见了。

“快！”

拉尔夫拽着艾美，挤进镜子后面一个黑暗的通道。她感觉他一路上轻推自己穿过通道，直到进入一间墙上有个窥视孔的小隔间。

“这才有趣呢，”他低声笑道，“快——快看。”

艾美犹豫了一下，把脸凑近隔板。

“看到他了吗？”拉尔夫悄声问。

艾美感到心脏怦怦乱跳。整整一分钟过去了。

眼前是一个蓝色的小房间，侏儒正站在房间中央。他闭着眼，还没准备好睁开。现在，他终于睁开双眼，望向眼前的大镜子。看到镜子里的自己，他笑了。他眨眨眼，踮起脚尖旋转一圈，然后侧立一旁，挥一挥手，鞠了一躬，笨拙地手舞足蹈。

镜中人以细长的手臂、高高的身材重复他的每一个动作，夸张地眨眼、舞蹈，最后一个巨人般的鞠躬！

“每晚都是同一套把戏。”拉尔夫在艾美耳朵旁小声嘀咕，“你不觉得很逗吗？”

艾美转过脸，面无表情地盯了拉尔夫很久，什么也没说。接着，仿佛身不由己，脑袋缓慢地动了动，更加缓慢地转过去，再次贴近窥视孔。她屏住呼吸，感到泪水涌了上来。

拉尔夫顶了她一下，小声问：“嘿，那家伙现在在干吗？”

半个钟头后，艾美和拉尔夫在售票亭里喝咖啡，谁也没看谁一眼。这时，侏儒从哈哈镜迷宫走出来，他摘下帽子朝售票亭走去，看见艾美在，又连忙快步走开。

“他有事情找你。”艾美说。

“没错，”拉尔夫懒洋洋地摁灭雪茄，“我也看出来了。可他没勇气问。有天晚上，他尖声尖气地说：‘我打赌那些镜子一定很贵。’我故意装傻，说没错，确实挺贵的。他眼巴巴望着我，像在等我说下去，我没再搭腔，他就回家了。可第二天晚上，他又说：‘我打赌那些镜子值个五十百来块的。’我说，我想也是。然后就自顾自玩起牌没理他了。”

“拉尔夫。”她说。

他抬头看她一眼。“为什么这么看着我？”

“拉尔夫，”她说，“你为什么不把多余的镜子卖一面给他呢？”

“瞧，艾美，我有没有管过你的滚环生意？”

“那些镜子值多少钱？”

“二手货都不止三十五块。”

“那你为什么不告诉他到哪里买？”

“艾美，你可真是不聪明。”他把手搁在她膝盖上，她挪开膝盖，“就算我告诉他哪里可以买，你以为他会买吗？不可能。为什么？他自己心里有数。他要是知道我偷看他在怪人路易馆的镜子前搔首弄姿，以后怕是永远不会再来了。他假装自己和其他人一样在迷宫里面迷失方向，总是等到夜深人静、生意冷清的时候才来，这么一来那个房间就归他一个人。至于生意好的晚上他去哪儿找乐子，只有天晓得。不可能，他才不敢去买镜子。他根本就没什么朋友，就算他有，也不会求人家去买这么个东西。自尊，上帝啊，是自尊心在作祟。他拐弯抹角地向我打探镜子的价钱，是因为他只认得我一个。再说，你瞧他——他压根儿就没钱买。他也许在攒钱，可如今这世上哪有侏儒工作的地方？他一文不值，是个没人要的废物，除非去马戏团。”

“我很过意不去，很难受。”艾美坐在那儿望着空荡荡的木板步道，“他住哪儿？”

“码头再过去点的捕蝇器里，恒河兵工厂。怎么了？”

“你这么想知道，那我就告诉你，因为我疯狂地爱上了他。”

他咬着雪茄笑。“艾美，”他说，“你可真会开玩笑。”

温暖的夜晚，炎热的早晨，然后是炙热的下午。海面好像一大片燃烧的金箔和玻璃。

艾美沿着向外延伸到炙热海面、游客止步的步道走来。她避开阳光走在阴影中，胳膊下夹着六七本被太阳晒得褪色的杂志。她推开一扇薄薄的门，对着一片闷热的黑暗叫道：“拉尔夫？”她小心翼翼地穿过镜子后面漆黑的过道，高跟鞋在木地板上发出响亮的咯噔声，“拉尔夫？”

有人在帆布小床上懒懒地动了动。“艾美？”

他坐起来，把灯泡旋进梳妆台上的灯座，房间里亮起昏暗的灯光。他瞟了她一眼，眼睛几乎半闭着。“嘿，你看上去就像刚吞了只金丝雀的猫。”

“拉尔夫，我是为那个小矮人来的！”

“是侏儒，艾美亲爱的，是侏儒。矮人是遗传的，天生就是那样子。而侏儒是因为内分泌腺……”

“拉尔夫！我刚刚发现了他最令人惊奇的事。”

“我的上帝，”他伸出手，不可置信地说，“你这女人！谁他妈在乎一个小丑八——”

“拉尔夫！”她拿出杂志，眼里闪着光，“他是个作家！想不到吧！”

“大热天儿的没法儿想。”他躺回床上，似笑非笑地看着她。

“我刚才碰巧路过恒河兵工厂，遇见管理员格里利先生。他说在比格先生[①]的房间里，打字机整夜响个不停！”

“他姓比格？”拉尔夫放声大笑起来。

“他靠在小杂志上发表侦探小说勉强度日。我在这些二手杂志里找到他写的一篇故事，拉尔夫，你猜怎么着？”

“我累了，艾美。”

“这个小家伙有个和别人一样大的灵魂。他的脑袋瓜里什么都有！”

“那我问你，他为什么不给大杂志写东西？”

“也许是因为他不自信——也许他根本不知道自己有多大本事。这是常有的事。人们往往对自己缺乏足够的信心。可只要他勇于尝试，我敢打赌他的小说会畅销全世界。”

“那你告诉我，为什么他穷得叮当响？”

“也许是因为个子矮让他自卑，他想不到这些。谁不会呢？长得那么矮又住在廉价的单间里，谁都没法儿好好思考。”

“真有你的！”拉尔夫嗤之以鼻，“你听起来就像弗罗伦丝·南丁格尔的祖母。”

她拿起杂志。“我给你读一段他的犯罪故事。里面有不少打斗场面和狠角色，叙述者却是个侏儒。我估摸这些杂志编辑根本就猜不到，他写这个故事的真实意图是什么。噢，拉尔

---

① Mr. Big。

夫，拜托你不要那样坐在那儿！听我念。”

她开始大声朗读起来。

“我是个侏儒，是个杀人凶手。两者密不可分、互为因果。

“我杀的那个人以前常在大街上拦住我，把我抱在怀里亲吻我的眉毛，对我猛唱摇篮曲，还将我拖进肉市，一把扔在秤盘上，然后扯开嗓门高喊：‘卖肉的，给我看好喽！称准点儿，别缺斤短两。’

“现在你明白我们的人生是怎样被引上谋杀的绝路的吗？这个蠢货，我的灵与肉的迫害者！

“至于我的童年，我的父母都是矮子，他们不完全是侏儒，不完全是那样。父亲让我们住在一个玩偶屋里，那是他继承下来的，跟多层婚礼蛋糕一样不可思议——小小的房间，小小的椅子，迷你画作、浮雕，里面有小虫的琥珀，全都那么小，那么小，那么小！一切都远离巨人的世界，一个院墙外丑陋的谣言。可怜的妈妈、爸爸！他们一心想着给我最好的。他们对我倍加呵护，像捧着珍贵的小瓷瓶似的把我捧在手心，养在这个蚁窝般大小的世界，蜂巢一样小的房间，我们的微型图书馆，只容得下甲虫和飞蛾进出的门窗里。直到现在我才明白我父母的精神多么错乱！他们一定觉得自己能永远活着，所以才把我像蝴蝶一样养在玻璃房里。

然而，先是父亲死了，接着一场大火吞噬了小屋，那个蜂巢，每个邮票大小的镜子，盐瓶一样的壁橱，都没了。妈妈也没了！只剩下孤零零的我，望着落下的灰烬，被扔进一个怪物和巨人的世界里，困于崩塌的现实中，前冲、翻滚、跌落到悬崖底下粉身碎骨！

“我花了一年时间去适应。登台助兴、供人取乐这样的生计我以前想都没想过。但在这个世界，我没有别的出路。后来，就在一个月前，那个企图迫害我的人又一次闯进我的生活，他往我单纯的脑袋上扣了顶女帽，对他的朋友们大声说：‘我来为你们介绍这个小妇人！’”

读到这儿，艾美停下来。她眼神犹疑，递给拉尔夫杂志的手微微发抖。“你把它读完吧，接下来是一桩谋杀案，写得很不错。你难道还不明白吗？作者就是那个小矮人。”

拉尔夫把杂志扔在一边，懒洋洋地点上一支烟，“我更喜欢西部小说”。

“拉尔夫，你得读一读。需要有人告诉他他有多棒，他应该继续写下去。”

拉尔夫偏过头看她。“让我猜猜看，该由谁去鼓励他呢？对啦，对啦，我们不正是救世主的左右手吗？”

“我不要听你这些刻薄话！”

“动动你的脑子，该死！你冒冒失失地跑去找他，他还以为你在可怜他，一定会咆哮着把你赶出来。”

她坐下来，慢慢琢磨着，思来想去，想找一个万全之策。“我也吃不准。也许你说得对。哦，拉尔夫，说真的，这不只是可怜，可也许在他眼里，这更像是一种可怜。我得十分小心才行。”

他轻轻抓住她的肩膀来回摇晃。“见鬼，你歇歇吧，算我求你了。你只会给自己惹来麻烦。天哪，艾美，我还从来没见你对哪件事情这么上心过。要不，你我现在就收工，我们先去吃午饭，完了给车加个油，开车沿海边兜风，想开多远就开多远；再去游泳，吃晚饭，找个小镇看场电影——管他娘的游乐场，你说怎么样？美美地享受一天，啥都别想。我存了点钱。”

“因为我知道他与众不同，”她望向不远处的黑暗，“因为他是我们永远也成不了的那种人——你和我，还有这码头上的其他人都成不了他。这是多么可笑啊。即使再有才华，命运使他只能在游乐场表演，但他生活在陆地上。命运赋予我们健全的体魄，我们用不着在游乐场表演，却要生活在远离陆地靠海的码头上。有时候，我总觉得离海岸有几百里远。这究竟是怎么回事，拉尔夫？为什么我们有健全的体魄，而他却有丰富的头脑，能想到我们永远想不到的东西？”

“你根本就没在听我说！”拉尔夫说。

她坐着，他站在旁边，他的声音是那么遥远。她眼睛半闭，双手放在腿上，微微颤抖。

“我不喜欢你现在的表情。”他最后说了一句。

她慢慢打开钱包，取出一小卷钞票，数了起来。“三十五，四十。好了。我要给比利 · 法恩打电话，让他送一面那种照了显高的镜子给兵工厂的比格先生。没错，就这么着！”

“什么！”

“想想这多美妙啊，拉尔夫，在他自己的房间里有一面这样的镜子，想什么时候照就什么时候照。可以借你的电话用一下吗？”

“随你便，你这个疯子。”

拉尔夫迅速转身，消失在通道中。门砰地关上。

艾美等了等，这才把手放在电话机上开始拨号，动作极为缓慢。她在每个数字中间都要停顿一下，屏气凝神，闭上眼睛，开始想象，想象变小会怎样，然后某天有人送来一面特别的镜子，你把它放在房间里，你和你巨大的身影藏在里面，写出一个又一个精彩的故事。要是可以，你会永远待在家里，不再外出吗？独自一人在房间里和那个美妙的身影做伴又是什么感觉，它会让你开心还是难过？会帮助你写作还是使你堕落？她来回摇晃着脑袋。至少这样就不会被别人看低了吧。也许寒冷的凌晨三点，你会悄悄起床，对着镜子里英俊高大的自己眨眼、跳舞、微笑和挥手。

“比利 · 法恩镜子店。”电话机里响起一个声音。

“哦，比利！”她叫道。

夜色笼罩码头。海面上一片漆黑，海浪拍打木板步道下面，发出嘈杂的声音。拉尔夫坐在玻璃小亭里，表情冰冷僵硬。他手上发着牌，眼神直勾勾的，嘴唇抿得很紧。在他胳膊肘边，烟头积成金字塔状越堆越高。艾美从炽热的红蓝灯泡底下走来，微笑着冲他挥了挥手。但他没有停下手中的动作，继续慢慢地发着纸牌。“嗨，拉尔夫！”她说。

“你恋爱谈得怎么样了？”他端起脏玻璃杯喝了口冰水，“你那个夏尔·布瓦耶，还是加里·格兰特什么的近来可好？”

“我刚给自己买了顶新帽子，”她笑着说，“我感觉棒极了！你猜为什么？比利·法恩明天就会把镜子送过去！你能想象那小家伙脸上的表情吗？”

“我不擅长想象。”

“哦，上帝，你该不会以为我真要嫁给他了吧？”

“为什么不呢？你可以把他装在手提箱里到处跑。要是有人问，你老公在哪儿呀？你只需打开箱子，瞧，在这儿呢！就像一个银短号，随时都能把他取出来，吹上一曲，再放回去。在后门廊给他搞一小块沙地。”

“我感觉棒极了。”她说。

“你可真是菩萨心肠，”拉尔夫没有看她，嘴唇绷得紧紧的，“菩、萨、心、肠。我猜这都是因为我从小孔里偷看他并以此为乐吧？不然你为什么要送他那面镜子？像你这样的人，就会敲锣打鼓到处声张，把我生活中的乐子全都吓跑了。”

“记得提醒我别再来你这儿喝东西了。我宁可没朋友，也不要和刻薄鬼做伴。”

拉尔夫长吁一口气。“艾美呀艾美，你怎么还不明白？你根本就帮不了那家伙。他就是个疯子。你这么一闹，就像在对他说，继续疯吧，加油，我会帮你的，伙计。”

“反正一辈子难得一次，只要是为别人做好事，就算犯一回错，那也不是什么坏事儿。”她说。

“上帝啊，让我离这些净干好事的人远点吧。”

“闭嘴，闭嘴！”她大叫道，然后不再说话。

他沉默了一会儿后站起来，把印满指纹的玻璃杯搁在一旁。“能帮我看一下吗？”

“可以。怎么了？”

她看见成千上万冰冷苍白的他，嘴唇紧绷，活动着手指，走进镶满镜面的走道。

她在售票亭里坐了足有一分钟，突然浑身哆嗦了一下。亭子里的小闹钟滴答滴答响个不停，她随手翻开台上的那一溜纸牌，翻了一张又一张，等待着。她听见锤子敲击的声音，乒乒乓乓，从迷宫内传来；接着声音消失，她继续等待，直到成千上万重叠又分开的拉尔夫出现，大步流星地走出迷宫，望着成千上万坐在售票亭里的她。当他走下斜坡时，她听见他在暗自窃笑。

“什么事让你这么开心？”她疑惑地问。

“艾美，”他漫不经心地说，“我们不该吵架。你说明天比利会把镜子送到比格先生家？”

“你该不是要捣什么鬼吧？”

“我？”他把她让出票亭，接过纸牌，嘴里轻轻哼着小曲儿，双眼发亮，“不是我，噢，不，不是我。”他没有看她，啪啪地洗着手中的牌。她站在他身后，右眼皮忽然微微跳动。她手臂交叉抱在胸前，又放下去。就这样过了一分钟。耳边只听见码头下的海浪声，拉尔夫热烘烘的呼吸声，以及微弱的洗牌声。码头上空笼罩着厚厚的云层，空气中弥漫着热气，远处的海面上隐约出现闪电的亮光。

“拉尔夫。”她终于忍不住了。

“别紧张，艾美。”他说。

“你想带我去海边兜风的事儿——”

“明天吧，”他说，“也许下个月，也许明年。老拉尔夫·班哈特有的是耐心。我不急，艾美。瞧，”他抬起一只手，“我很冷静。”

海上雷鸣滚滚，她等待雷声散去。

“我只是不想你做傻事，没别的意思。我不想看见有什么坏事发生，答应我。”

码头上风起云涌，夜风忽冷忽热，带着一股雨水的味道。

时钟滴答作响。艾美看着纸牌动来动去，她开始不停地冒汗。远处射击区传来击中靶标和手枪的声音。

然后，他出现了。

他摇摇晃晃地走过冷清的广场，各色灯泡像燃烧的昆虫般连成串，映照出一张扭曲乌黑的脸。艾美远远地看着他费力地跨出每一步。沿码头一路走来。她很想对他说，今晚是你最后一次了，最后一次来这里被人看笑话，最后一次忍受被拉尔夫偷窥。她希望自己能大声说笑，当着拉尔夫的面说出真相，但她终究什么也没说。

“哈啰，哈啰！”拉尔夫大声吆喝，“今晚免费入场！特别馈赠老顾客！”

侏儒抬起头，面露诧异，小小的黑眼珠迷惑地转来转去。他张了张嘴，看口型像在表示感谢，然后转过身，一只手拉紧小小的领口，掩住颤抖的喉头，另一只手悄悄捏紧藏在手心的一角硬币。他回头看一眼，微微点了点头，这才缓缓走进镜子走廊，奇特的深色光线映照出无数张压扁了的、扭曲的面孔。

“拉尔夫，”艾美拉住他的胳膊肘，“这到底是怎么回事？”

他咧嘴笑了。“我这是菩萨心肠，艾美，菩萨心肠。”

“拉尔夫！”她生气道。

“嘘，”他说，“你听。”

他们在闷热的售票亭里静静等待。

很长一段时间过后，从远处传来闷闷的一声尖叫。

“拉尔夫！”艾美又喊道。

“快听，快听！”他催促说。

又一声尖叫，一声接一声，紧接着一阵乒乒乓乓，迷宫内传来急促的撞击、碎裂的声音。比格先生像发了疯一样在镜子间横冲直撞，歇斯底里地尖叫，抽泣，脸上挂满泪水，大口大口地喘着粗气。他在炎热的黑夜中摔了一跤，胡乱地扫了眼四周，哀号着跑下码头。

“拉尔夫，出了什么事？”

拉尔夫坐在那儿，乐得直拍大腿。

她扇了他一记耳光。“你到底干了什么？”

他还是止不住地笑。“来，我带你去看！”

她走进迷宫，经过一面又一面白热的镜子，看见自己烈焰般的红唇在白热的洞窟中燃烧，无数个像她一样歇斯底里的女人跟在一千个健步如飞、笑嘻嘻的男人后面。“快点！”他叫道。他们来到那间满是灰尘味的小房间。

“拉尔夫！”她叫道。

两个人站在小房间的门口。一年来，那个侏儒每晚都会跑到这里。他们站在侏儒每晚站的地方，他就是在这儿睁开眼去看镜中的奇妙影像的。

艾美伸出一只手，慢慢挪动脚步，摸进昏暗的房间。

镜子被人换过了。

新的镜子能把走近它的人，甚至高个子，变成矮小黝黑的丑八怪。

艾美立在镜子前，不停地想，要是它能把大块头变成小不点儿，上帝啊，它会把一个侏儒变成什么样啊？何况是一个小的不能再小的侏儒，一个黑不溜秋的侏儒，一个担惊受怕、孤苦伶仃的侏儒？

她转过身，险些跌倒。拉尔夫站在一旁看着她。“拉尔夫，”她说，“上帝啊，你为什么要这么做？”

“艾美，回来！”

她哭着冲进镜廊，泪水模糊了视线，让她差点儿没找到出去的路。她停下来望了望空荡荡的码头，开始朝一边跑去，接着又朝另一边，跑了一阵后又停下来。拉尔夫从身后追了上来，他在说话，但声音像深夜里隔着高墙传过来那样遥远陌生。

“别跟我说话。”她说。

有人跑上码头朝他们奔来，是射击区的凯利先生。“嘿，你们刚才有没有看见一个小不点儿？那该死的小傻瓜从我这儿抢了把手枪，上了膛的，我还没来得及制止他就跑掉了！能帮我找找他吗？”

凯利飞也似的向前跑去，歪着脑袋在每个帆布帐篷间寻找，转眼就在炽热的彩色灯泡下跑远了。

艾美摇摇晃晃地迈开脚步。

“艾美，你要去哪儿？”

她看拉尔夫一眼，仿佛他们只是刚好擦肩而过的陌生人。“我想，”她说，“我该帮忙找一找。”

“你什么也做不了。”

“我总得试试。哦，上帝，拉尔夫，这都是我的错！我不该打电话给比利·法恩！我要是没买那面镜子，你就不会气得干出这种事！我该亲自去找比格先生，而不是送去一面镜子！就算这是我这辈子能做的最后一件事，我也要去找他。”

她身体微晃，泪如雨下。她看见迷宫前的镜子在颤动，里面有拉尔夫的影像。她无法从上面移开视线；它反射出她冰冷颤抖的幻影，她张大了嘴。

“艾美，出了什么事？你怎么——”

他顺着她的视线，偏着身子望去。眼睛猛地睁大。

他怒视那面在灯光下闪闪发亮的镜子。

镜子里，一个面目狰狞的侏儒正怒气冲冲地瞪着他。侏儒的身高只有两英尺，旧草帽下一张苍白、扭曲的脸。拉尔夫站在镜子前与自己怒目相视，双手垂在身体两侧。

艾美慢慢挪动脚步，渐渐地越走越快，开始奔跑。她沿着空荡荡的码头飞奔，暖风夹带着温热的豆大的雨滴，紧追不舍地吹打在她身上。

轮到你了

这是一幅小镇广场的漫画，里面有各种各样鲜活的素材：一个糖果盒大小的演奏台，每逢星期四和星期天晚上有男士们演奏震天价响的音乐；漆成绿色、布满涡卷形装饰的精致铜椅；用蓝色和粉色瓷砖铺成的漂亮的人行道——蓝得像女人新涂的眼影，粉得像女人隐秘的私处；还有以法式风格精心修剪过、形似帽盒的树木。从旅馆窗口一眼望去，这一切带有九十年代法国别墅独有的那种迷人和梦幻。但这里不是法国，而是墨西哥！广场属于墨西哥的一个殖民小镇，镇上有一座漂亮的国家歌剧院（里面放映电影，花两个比索就能欣赏到《拉斯普京与皇后》《牢狱鸳鸯》《居里夫人》《爱情事件》和《妈妈爱爸爸》)。

早上，约瑟夫走出房间来到阳光普照的阳台上，他跪在铁栏杆旁，举起手中小型布朗尼相机对焦。身后的洗手间里有人在洗澡，水哗哗地流，玛丽说话的声音传来：“你在干什么？”

他咕哝了一句“——拍照”。她又问了一遍。他按下快门，站起来，转动里面的胶卷，瞥了一眼说：“我在给小镇广场拍照。上帝啊，昨晚那些人是不是喊了一整夜？害得我直到凌晨两点半才睡着。我们得赶去参加当地扶轮社[1]举办的狂欢会。”

“今天有什么安排？”她问。

“去看木乃伊。”他说。

“哦。”她说，然后沉默良久。

他回到房间，放下相机，点了支烟。

“要是你不想去，我就一个人去好了。”他说。

“不，”她用不太响亮的声音说，“我跟你一起去。不过我宁愿我们忘了这回事。这小镇这么可爱。”

“快来看！”他叫道，眼角余光捕捉到某个动静；他快步走到阳台上，站在那儿，忘了手上的烟，任它在指间燃烧，“快来，玛丽！”

“我正在擦干。”她说。

“拜托，你快点。”他着迷地俯瞰下面的街道。

有人朝他身后走来，接着是一阵香皂和浴后肉体、湿毛巾、清新的古龙水的香味。玛丽贴在他背后。“站着别动，”她提醒他，“这样我就可以看到，不用担心被人发现。我身上没穿衣服。怎么了？”

“你看！”他叫道。

一队人沿着大街走来。带头的是一名男子，头上顶着一个

---

① Rotary International，国际性社团，因在社员的办公处轮流集合，故名“扶轮社”。总部设在美国伊利诺伊州埃文斯顿（Evanston）。

包裹。他身后是一群披着黑色长披肩的妇女，她们一边剥橘子吃，一边把籽吐在鹅卵石路面上，身边跟着她们年幼的孩子。男人走在前头，他们有的在啃甘蔗，先把外皮咬掉，再大口大口地咀嚼果肉，吮吸甜美的汁液。这支队伍共有五十个人。

“乔。”玛丽在他身后抓住他的手臂说。

领头男子头上顶的绝不是普通的包裹，它像轻盈的羽毛一样保持着微妙的平衡，上面覆盖一块银白缎子，有银白色的丝穗和银白色的玫瑰花结。一只棕黄的手轻轻扶着它，另一只手在身边自由摆动。

这是一支送葬队伍，小包裹是一具棺木。

约瑟夫瞥了一眼妻子。

她是新鲜牛奶的颜色，新浴后的粉色已经褪去。她的心脏已经把所有血液吸到她体内某个隐秘的真空之处。她紧紧地抓住法式门框，看着渐行渐远的送葬队伍，看他们吃水果，听他们轻声说笑。她甚至忘了自己还光着身子。

他说：“某个小女孩或小男孩去了一个更快乐的地方。”

“他们准备把——她送去哪里？”

她很自然地用了“她”，没有觉得任何不妥。她已经与包裹里那个残存物感同身受，它就像一只生涩的果子，此时此刻正躺在严严实实的黑暗中被抬往山上，像桃子里的果核，沉默而害怕的父亲扶着外椁；里面却是一片祥和、寂静和坚硬。

“当然是送去墓地。”他说，香烟在他漠不关心的脸上萦绕。

“不会是那个墓地吧？”

“这附近的小镇就只那一块墓地，你知道的。很快就能下葬。那个小女孩很可能才死几个小时。”

“几个小时——”

她转身离去，觉得很荒唐，身上一丝不挂，只有手上无力地扶着的浴巾。她走向床前。“几个小时前她还活得好好的，可是现在——”

“现在他们急着把她送上山。这种天气对死者不利，太热了，又没有防腐措施，他们得速战速决。”他接着说道。

“但送到墓地去，那个可怕的地方。”她梦呓般说道。

“噢，你是说木乃伊，”他说，“别担心。”

她坐在床上，一遍又一遍地抚摸横盖在大腿上的浴巾。她的眼睛有如乳头，看不见任何东西。她没看他，也没看房间里任何地方。她自己知道，即使他打响指或者咳嗽，她也不会抬头。

“他们在她的葬礼上吃水果，还笑得那么开心。”她说。

“到墓地要爬好久山路。”

她一阵战栗，抽搐了一下，仿佛鱼在吞下鱼钩后试图挣脱。她向后躺倒，他看着她，如同审视一件低劣的雕塑那样挑剔、冷漠、从容淡定。她漫不经心地纳闷着，他的双手究竟与她的身体变化有多大的关系，在多大程度上使她的身体变得粗糙、扁平。显然，这已不是他最初接触的那个身体。现在它已一无可取，犹如被雕塑家不小心掺多了水的陶泥，已无法再塑形。捏陶时必须用手捂热它，用热去蒸发它的水分。但他们之间已不再有那种美好的夏天，没有那种温暖可以将造成她乳房下垂、肌肤松弛的水分烘干。当热度消退时，你会惊讶、紧张地发现，身体这只容器是如何在它的细胞内快速储存自我毁灭的水分。

“我不舒服。”她说，她躺在那儿，思前想后，“我不舒服。”见他没有反应，她又说了一遍。一两分钟之后她坐起来。“我们今晚别在这儿过夜了，乔。”

“但这小镇多美啊。”

“是很美，可我们什么都看过了。”她站起来。她知道接下来会怎样，故作欢喜，给自己打气，一切都是空指望。“我们可以去帕茨夸罗，很快就能到。亲爱的，你用不着收拾行李，全交给我好了！我们可以住在当地的唐波萨达酒店。听说那是个美丽的小镇——”

“这里，”他强调说，“就是个美丽的小镇。”

“房屋上爬满九重葛——”她说。

“这些——”他指了指窗户边上的花朵，“——就是九重葛。”

“——我们可以去钓鱼，你喜欢钓鱼。”她抢着说道，“我也去，我可以学，是的，我可以，我一直都想学！听说那里的塔拉斯科印第安人长得就像蒙古人，而且不大说西班牙语，然后我们可以取道去帕里库廷，那里离乌鲁阿潘很近，当地出产最精美的漆盒。噢，那该多好玩儿啊，乔。我来负责收拾行李，不用你操心，而且——”

“玛丽。”

他喊了一声，把跑向浴室的她喊住。

“怎么啦？”

“你不是说你不舒服？”

“没有，现在没有不舒服。可是，想到那些极好玩儿的地方——”

“我们连这个小镇的十分之一都没看完。”他慢条斯理地解释道，“山上有莫雷洛斯①的雕像，我想去拍照，还有街上那些法式建筑……我们跑了三百英里的路，到这里才待一天就又赶去别的地方。我已经多付了一晚的住宿费……”

“你可以再要回来。”她说。

“你为什么要急着走？”他注视着她说，“难道你不喜欢这个小镇吗？”

“我喜欢，”她说，苍白的脸上挤出一丝笑容，“这里到处都是绿植，很漂亮。”

“既然这样，”他说，“那就再待一天吧。你会喜欢的，就这么定了。”

---

① José María Morelos (1765—1815)，墨西哥独立战争领袖，民族英雄，罗马天主教神父。

她开口。

“什么？”他问。

“没什么。”

她关上浴室门，躲在门后匆匆拧开药瓶，用大玻璃杯接了点水，吞下胃药。

他走到浴室门外。

“玛丽，你该不会是怕木乃伊吧？”

“嗯——嗯。”她说。

“还是因为葬礼？”

“嗯。”

“要是你真害怕，我马上就收拾行李，你知道的，亲爱的。”

他等她回答。

“不，我不怕。”她说。

“好样的。”他说。

墓地四周被厚厚的土墙包围，四个角落都有小型的石雕天使，它们身体倾斜着展开石雕的翅膀，脏兮兮的头上覆盖一层鸟粪，手上也一样，脸上明显像长满了雀斑。

温暖的阳光静静地流淌，仿佛深不见底的河流，不起一丝涟漪。约瑟夫和玛丽沿着山坡往上爬，身后拖着两道斜长疲惫的影子。他们相互协助，终于到达墓地的大门，推开蓝色的西班牙式铁栅门，走了进去。

亡灵节庆典刚过去没几天，矗立的石碑、经过细心抛光的手刻十字架以及形似大理石珠宝盒的地上坟墓上，还残留着各种花彩、纸片和亮闪闪的彩带，像凌乱的头发。铺着碎石的土堆上定定地站着一尊尊天使雕像；与真人等高、雕刻繁复的石像边缘翱翔着天使；宽大如床的坟墓经过一夜的折腾，此刻曝晒在太阳下。墓地内到处是被插入方形墓穴、用大理石板或灰泥封住的棺材，石板上刻有死者姓名并悬挂简陋的锡镶的照片。照片上用图钉钉上死者生前喜欢的小饰品，有银链、银臂、银腿、银身、银杯、银狗、银制的教堂雕饰、一小片红色的绉纱和蓝色的蝴蝶结。有些地方还在涂着油彩的天使手臂上画了死者升天的图案。

回顾周围的坟冢，祭奠亡灵的狂欢早已结束，眼前只剩下一片狼藉。燃烧的节日蜡烛在石板上留下星星点点的烛油；枯萎的兰花耷拉在乳白的大理石上，好像被踩得稀巴烂的紫红狼蛛，有的看上去竟十分妩媚，虽然蔫软无力，却有一种凋零的美。有用仙人掌、竹子、芦苇和枯死的野牵牛花做成的装饰框，还有用栀子花和九重葛枝编织的花环，都已经失去了水分。放眼望去，整个墓地犹如舞池，狂欢乱舞之后，人群已然散去，只留下东倒西歪的桌椅、五颜六色的纸屑、蜡烛、彩带和深不见底的梦。

玛丽和约瑟夫站在温暖寂静的墓地里，到处是林立的碑石，四周围着土墙。远处的角落有一个小个子男人，高高的颧骨，西班牙式的白皙皮肤，架着厚片眼镜，身穿黑外套，头戴灰帽，一条未经熨烫的灰色长裤，鞋带系得很整齐。他在碑石间穿梭，监督另一个身穿制服、手拿铁锹的人工作。戴眼镜的小个子左边腋下夹一张折了三折的报纸，双手插在衣兜里。

“早上好，夫人，先生！”他说，发现约瑟夫和玛丽后，他走上前来打招呼。

“木乃伊是在这个地方吗？”约瑟夫问，“它们确实存在，没错吧？”

“哦，您是说木乃伊，”他说，“它们确实存在，就在这里，在地下墓穴里。”

“劳驾，”约瑟夫说，“我想看木乃伊，可以吗？”

“可以，先生。”

“很抱歉，我不太会说西班牙语。”约瑟夫解释说。

“不，不，先生，您说得很棒！请往这边走。”

他带领他们穿过饰满鲜花的碑石，来到一座靠近围墙阴影的坟墓。这是一座平顶大墓，与碎石地面刚好齐平，上面水平安装了一扇薄薄的柴门，门上锁着一把挂锁。锁被打开，木头门被推到一旁，发出吱吱嘎嘎的响声。眼前出现一个洞口，里面呈现圆形，蜿蜒的台阶往地下延伸。

约瑟夫还没动弹，他的妻子就抬腿上了第一个台阶。“哎，”他说，“让我先走。”

“不，没关系。”她说着便往下走。光线越来越暗，她沿螺旋梯绕来绕去，很快便消失在地底。她小心翼翼地移动脚步，因为台阶很窄，几乎连小孩子的脚也放不下。眼前一片漆黑，她听见管理员的脚步声就在她身后、在她耳边，不久光线又亮起来。他们进入一条刷成白色的长长的通道，距离地面足有二十英尺，高耸的拱顶上有几个不大的哥特式天窗，为通道提供了昏暗的亮光。通道长五十码，尽头左侧是一扇对开的门，上面镶嵌着高大的水晶玻璃，还有一个禁止入内的标志，尽头右侧有一堆看似白色杆子和圆石的东西。

“那些是追随莫雷洛斯神父的战士。”管理员说。

他们朝那一大堆东西走去。它们码放整齐，骨头叠骨头，就像柴火，最上面堆着上千颗干枯的骷髅头。

“我不介意骷髅头和骸骨，”玛丽说，“它们已经不是人了。我不怕它们，它们和昆虫没什么两样。要是一个小孩从小到大都不知道自己体内有一具骸骨，他就不会对骨头有任何想法，不是吗？我现在就是这种感觉。一切人性的东西都已不复存在。没什么我熟悉的可以让我害怕，会让人害怕的一定是肉眼可见的变化。这些骨头没有变化，依然是骨头，一向如此。变化的那一部分早已消失，所以丝毫没有令人恐惧的东西。那不是很有趣吗？”

约瑟夫点了点头。

她已经很勇敢。

“噢，”她说，“我们去看木乃伊吧。”

“在这边，夫人。”管理员说。

他带他们沿着通道远离那堆骨头。约瑟夫塞给他一比索小费，他打开那扇禁止入内的玻璃门。大门洞开，眼前出现一条更长、更昏暗的通道，里面站着一些人。

这些人在拱形天花板下列队等候。左边靠墙站了五十五个，右边靠墙也站了五十五个，还有五个在通道尽头。

“报幕员先生！”约瑟夫轻快地说。

他们很像那些准备要立起来的雕塑，铁丝支架，刚用泥土做的肌腱、肌肉，外面一层薄薄的皮肤。总共一百一十五个，都是未完成品。

他们身上是羊皮纸的颜色，皮肤伸展开来，仿佛从骨头到骨头间逐渐风干，身体是完整的，只是体液都已经蒸发。

“这里的气候，”管理员说，“使他们得以保存下来，变得非常干燥。”

“他们在这儿多久了？”约瑟夫问。

“有的一年，有的五年，先生，有的十年，有的七十年。”

眼前是让人难以招架的恐怖。右边第一个男性被铁丝吊挂着直挺挺贴在墙上，样子糟糕得让人不敢直视；他的邻居是个女的，模样简直难以想象；第三个也是男的，同样面目可憎；接着又是个女的，表情幽怨，仿佛不甘心丧命，来到一个如此阴森的地方。

“他们为什么会在这里？”约瑟夫说。

“他们的家属没钱支付墓地的租金。”

“要支付租金吗？”

“是的，先生。一年二十比索。或者，如果要永久埋葬，就要一百七十比索。可是想必你也知道，我们这里的人都很穷，一百七十比索并非小数目，对很多人来说，那可是两年的收入。所以他们把死去的亲人送到墓地，先交二十比索，入土埋葬一年，打算一年一年付租金。但是一年又一年，每年都有急需花钱的地方，不是要买头驴，就是添了张吃饭的嘴，甚至一下多出三张嘴也不是没有可能。而死人好歹是不会饿肚子的，也不会犁田。要不就是娶了新的老婆，或者屋顶坏了需要维修。别忘了，死人没法儿替你暖床，死人也不能为你遮风挡雨，所以最后都没钱交租金，只能委屈死人。”

“然后呢？你在听吗，玛丽？”

玛丽在数那些干尸。一，二，三，四，五，六，七，八，“什么？”她说，语气平静。

“你在听吗？”

“我想是的。什么？哦，是的！我在听。”

八，九，十，十一，十二，十三。

“然后，”小个子男人说，“第一年期满时，我会叫个工人来，让他用铁锹往下挖，一直往下挖。您猜我们会挖多深，先生？”

“六英尺。一般都是这么深。”

“啊，不，不对。这您可猜错了，先生。最穷的人家只埋两英尺深，因为我们知道他们最多能支付第一年的租金。那样省事，您明白吗？我们当然要考虑死者的家庭情况。有时我们埋三英尺深，有时四英尺，有时五英尺，有时六英尺，具体要看这家人的钱袋子，要看一年后我们是不是得把尸体挖出来。而且，我可以告诉您，先生，凡是被埋葬到六英尺深的，我们肯定就不用再把他挖出来。我们还从未挖过一个埋在六英尺深的尸体，也就是说，什么人、家里有多少钱，我们了解得一清二楚，绝不会有半点差错。”

二十一,二十二,二十三。玛丽的嘴唇小声地嚅动。

“挖出来的尸体就靠墙立在这里，和其他的同伴一起。”

“他们的家属知道尸体在这里吗？”

“知道，”小个子男人指了指，“这一个，您看到了吗？新来的，放在这里才一年，他的爸妈都知道他在这里。可是他们有钱吗？呵，没有。”

“他的父母不觉得毛骨悚然吗？”

小个子男人一脸认真。“他们想都不会想一下。”他说。

“你听到了吗，玛丽？”

“什么？”三十,三十一,三十二,三十三,三十四,“是的。他们想都不会想一下。”

“要是过了一段时间租金又交上了呢？”约瑟夫询问道。

“那就，”管理员说，“看他们付多少钱来决定埋多少年。”

“听起来像敲竹杠。”约瑟夫说。

小个子男人耸耸肩，双手仍然插在衣兜里。“我们得生活。”

“你们很清楚没人能一次性拿出一百七十比索，”约瑟夫说，“所以你们一年收二十比索，一年一年收，也许能收个三十年。如果他们付不出，你们就以让他们的妈妈或孩子到地下墓穴里罚站相要挟。”

“我们得生活。”小个子男人说。

五十一,五十二,五十三。

玛丽在长长的通道中央数着，四面站满死尸。

他们嘶声嚎叫着。

他们看起来像从坟墓里直挺挺跳出，在干瘪的胸前捏紧了拳头尖叫，嘴巴大张，舌头吐出，鼻翼翕张。

然后以这种姿态定格。

他们一个个大张着嘴，永不停歇地尖叫。他们知道自己死了，从每一根纤维、每一个脱水的器官，他们知道自己死了。

她站在那里听他们尖叫。

他们说狗能听见人类永远也无法听见的声音，那种正常听力所不及的更高分贝的声音，人类以为不存在的声音。

通道充斥着声嘶力竭的尖叫。声音像洪水一般流过干枯的舌头，冲出张大到令人恐惧的大口，而你却丝毫也听不见，因为它们远远超出了你的听力范围。

约瑟夫走到一具站立的尸体面前。

“说‘啊——’。”他说。

六十五,六十六,六十七，玛丽在尖叫声中继续数着。

“这里有个有趣的。”管理员说。

站在他们面前的是一个双手举过头顶、龇牙咧嘴的女人。她的牙齿完好无损，浓密的长发虽然凌乱，却微微泛出一丝光泽。一双浅蓝色的眼睛嵌在头颅内。

“这种情况有时也会发生。这女人得了强直性昏厥症。有一天，她突然摔倒在地，但实际上并没有死，因为在她身体深处，心脏还有一点微弱的跳动，微弱到谁也听不见。于是她被放进一具普通的棺材里埋葬……”

“你们没人知道她有这个病吗？”

“她的姐妹知道，但她们以为这次她真的死了。而葬礼在这个温暖的小镇总是很仓促。”

“她才‘死’去几个小时就被埋了？”

“确实如此，我们这里都这样。倘若一年后她的姐妹没有因要买别的东西而拒付租金，我们就不可能知道这一切。我们悄悄把她挖出来，打开棺材，掀开棺盖往里面看——”

玛丽目瞪口呆。

这个女人在地底下苏醒。她惊恐地尖叫，对着头顶的盖子又抓又捶，最后以这种姿势——双手举过头顶、惊恐的双眼圆睁、一头乱发——窒息而死。

“先生，您看她的手和其他尸体的手有何不同，”管理员说，“其他人的手都安详地放在身体两侧，像娇小的玫瑰那样沉静。可她的呢？呵，您看她的手！狂乱地高举着，仿佛要把盖子擂开！”

“尸僵不会那样吗？”

“我向您保证，先生，僵硬的尸体可不会捶打棺盖的。不会这样尖叫，或者又推又扭地弄松钉子，或者撬开棺材板，去呼吸空气，先生。其他这些个个都张大了嘴，没错，因为他们没有被注入防腐剂，他们的肌肉还在嘶吼，先生。可眼前的这位小姐，这里，这个就是无声的恐怖。”

玛丽拖着脚，一会儿走到这边，一会儿又走到那边。周围都是不着寸缕的尸体。他们身上的衣物早已消失殆尽。女人丰满的胸部在尘土中变成一块块发酵的面团。男人的私处皱缩，仿若凋零的兰花。

“鬼脸先生和咧嘴先生。”约瑟夫揶揄道。

他把相机对准两具像是在聊天的男性干尸。看他们的嘴型，似乎谈兴正浓。他们比划着手势，热烈地讨论着某桩早已水落石出的八卦。

约瑟夫按下快门，转动胶卷，把相机对准另一具尸体，再按下快门，再转动胶卷，然后继续走向下一个。

八十一，八十二，八十三。下巴张开，舌头伸出，恰似顽皮的孩子，浅褐色的虹膜镶在半闭的眼窝里。须发如蜡，被阳光磨尖，根根尖锐如刺般嵌入嘴唇、脸颊、眼睑和眉头。下巴、胸部和私处各有一小撮毛发。肌肤如同鼓面和手抄稿纸，又如酥脆的面团。女人仿佛没有形状、被死亡融化了的脂肪。蓬乱的头发如同搭好又拆、拆掉又搭的鸟巢。颌骨上，一颗颗牙齿完好无损。八十六,八十七,八十八。玛丽的眼睛忙得看不过来。她沿着通道走下去，脚步轻快。她忙忙碌碌，数个不停。继续！赶紧！九十一,九十二,九十三！眼前是一具男尸，肚皮被破开，犹如一棵空心树，十一岁那年曾在里面投放青涩情书的空心树！她偷偷地往他肋骨下方的空隙看了一眼。他的体内好像放了一副竖脊肌模型。脊椎，骨盆，剩下的是肌腱，羊皮纸般的皮肤，骨头，眼睛，长有胡子的下巴，耳朵，恍惚的鼻孔。九十七,九十八！姓名，住址，生卒年，等等！

“这个女人死于难产！”

早产的婴儿别着一根铁丝，挂在她的手腕上晃动着，好像一个小小的饥饿的洋娃娃。

“这是个军人，一半的制服还挂在身上——”

玛丽一眼望到通道尽头，视线在一副副惊恐的表情、一颗颗头颅、一根根肋骨间来回穿梭。她催眠般痴迷地盯视那麻痹了的、不可爱的、干枯的男人的私处，看着因为体液蒸发而酷似女人的男人和酷似母猪的女人。她的视线在惊恐中弹跳，速度越来越快，受到肿胀的胸部、咆哮的大嘴的刺激，从这面墙到那面墙，一次又一次，仿佛游戏中被猛然掷出的球，不可思议地被咬住，连同一声长啸被吐向通道另一头，由一双枯爪接住，夹在两个干瘪的乳头中间。一整支直立的合唱队在无形中吟唱，使游戏继续下去。这场狂野的视觉游戏反弹、再反弹，不可思议地不断重复，在一种令人毛骨悚然的蒙太奇中，终于伴随最后一声长长的尖叫，在通道尽头永远地结束了。

玛丽回头望着远处螺旋梯上头阳光的来处。死亡是多么精彩啊。表情丰富，姿态万千，无论是手和脸，还是身体，都独一无二。他们站立着，犹如赤裸的、被遗弃的巨型汽笛风琴的音管，张大的嘴是狂暴的出气口。癫狂的巨手一口气按在所有琴键上，长长的琴管异口同声发出无尽的呐喊。

咔嚓，约瑟夫手捧相机，转了转胶卷。咔嚓，又转了转胶卷。

莫雷诺，莫雷洛斯，坎廷，戈麦斯，古铁雷斯，费兰诺苏，尤瑞塔，利肯，纳瓦罗，伊图尔维，乔治，菲洛梅娜，妮娜，曼纽尔，何塞，托马斯，拉蒙娜。这个人在走路，这个人在唱歌，这个人有三个老婆；这个人死于这种原因，那个人死于那种原因，第三个死于别的原因，第四个被射杀，第五个被刺死，第六个直直摔死，第七个酗酒而死，第八个爱到死，第九个从马背上摔死，第十个死于咳血，第十一个死于心脏病，第十二个生前很爱笑，第十三个擅长跳舞，第十四个长得最好看，第十五个生了十个孩子，第十六个和第十七个一样，都是那十个孩子中的一个，第十八个叫托马斯，弹得一手好吉他，接下来的三个在地里收玉米，各有三个情人，第二十二个从来没被爱过，第二十三个卖玉米饼，在歌剧院前的人行道上摆个小煤炉现做现卖，第二十四个经常打老婆，现在她结识了不少新欢，正趾高气扬地在镇上溜达，而他却只能站在这里困惑于命运的不公，第二十五个落水溺毙，被人用网捞了上来，第二十六个是个聪明绝顶的思想家，现在他的大脑就像被烧焦的梅干，在颅骨里沉睡。

“我想给他们每人拍一张彩照，配上姓名和死因，”约瑟夫说，“然后出一部惊世骇俗的讽刺作品。真是越想越有意思，把他们的生平写成故事，再配上每个人站在这里的照片。”

他轻轻地敲打每具干尸的胸部，尸身发出空洞的响声，仿佛有人在敲门。

玛丽在交织如网的尖叫声中挤出一条路。她沉稳地走在通道中间，不紧不慢地朝螺旋梯走去，没有再左顾右盼，身后传来快门的声音。

“你这儿还有空间容得下更多木乃伊吗？”约瑟夫问。

“是的，先生，还有很多。”

“想必没人愿意成为下一个，你的下一个目标。”

“啊，是的，先生，没人愿意成为下一个。”

“这些木乃伊，我能买一个吗？”

“噢，不，不，先生。噢，不，不。噢，不，先生。”

“我愿出五十比索。”

“噢，不，先生，不，不，先生。”

集市上，人们把亡灵节剩下的骷髅糖果摆放在破旧的小桌凳上售卖。披着黑色长围巾的妇人们静静地坐在那里，偶尔互相交流几句。她们身边陈列着糖做的骷髅架、尸体和白色骷髅头。每个骷髅头顶部有用金色糖稀写下的姓名，字体是卷曲的花体：何塞，卡门，雷蒙，特纳，吉奥马，罗莎。这些东西都卖得很便宜。亡灵节已经结束。约瑟夫买了两个糖骷髅头，只花了一个比索。

玛丽站在狭窄的街道上，她看见糖骷髅头、约瑟夫和黑衣妇人们，看见她们把骷髅头装进袋子里。

“你不会真的要买吧？”玛丽说。

“为什么不呢？”约瑟夫说。

“我们才刚从里面出来。”她说。

“你是说地下墓穴？”

她点了点头。

“但这些东西很好啊。”他说。

“它们看上去好像有毒。”

“就因为它们是骷髅形状？”

“不是因为这个。这个糖看起来像没处理过，也不知道是什么人做的，说不定做的人有疝气。”

“噢，亲爱的玛丽，墨西哥人都有疝气。”他说。

“你可以把两个都吃掉。”她说。

“啊，可怜的约里克[1]。”他一边说一边往袋子里看。

两个人沿着街道走下去，两边高楼林立，有黄色的窗棂和粉色的铁栏杆，从里面飘来玉米卷饼的清香。不知在何处的喷泉打在隐匿的瓷砖上，一群小鸟在竹笼里叽叽喳喳，有人在弹奏肖邦的钢琴曲。

“这里也会有肖邦，”约瑟夫说，“真奇怪，了不起。”他抬头往上看了看，“我喜欢那座桥。拿着这个。”他把糖果袋子递给她，然后对着横跨在两幢白色建筑中间的一座红色桥按下快门，一个围着红色毛织披肩的男人正从桥上走过。“不错。”约瑟夫说。

玛丽走在一旁，看了眼约瑟夫，又看看远处，然后又回头看约瑟夫。她嘴唇动了动，却什么也没说。她的眼睛忽闪了几下，下巴底部一小块肌肉绷成一条线，眉毛下一小根神经在跳动。她把糖果袋从一只手换到另一只手，抬脚站到路肩上，一个不稳向后倒去，只见她手一挥，喊了一声维持身体平衡，结果把糖果袋掉到了地上。

“老天，”约瑟夫一把抓起袋子，“看看你都做了什么！笨手笨脚的！”

---

① Alas, poor Yorick，出自莎士比亚的《哈姆雷特》，是主人公在看到死去的宫廷小丑的头颅时发出的感慨。

“我想我扭到脚了。”她说。

“这是最好的两个骷髅头，全都被你摔碎了，我想带回家送朋友的。”

“对不起。”她说，声音很低。

“看在上帝的分儿上，噢，该死的。”他气冲冲地往袋子里看，“再也找不到比这两个更好的了。噢，我不知道，我认栽！”

一阵风吹过，大街上空无一人，只有两个孤单的身影。他怒视着袋子里四分五裂的糖果，她的身边笼罩着阴影，阳光已经移到街对面，周围连个人影也没有，世界远在天空的另一边。夫妻二人孤零零的，远在两千英里外一个虚妄小镇的街上，这里渺无人烟，除了荒漠和盘旋的秃鹰，周围什么也没有。街区外歌剧院的屋顶上，金色的古希腊雕像高高矗立，在阳光下发出耀眼的光芒。远处的酒吧，大嗓门的留声机在号叫，啊，马林巴[①]……Corazón[②]……，各种陌生的词汇随风飘荡。

约瑟夫扎紧糖果袋，恼怒地一把塞进衣兜里。

他们一路步行，直到下午两点半，才回到旅馆吃午饭。

他和玛丽一起坐在桌子旁，默默地用汤勺舀着番茄肉丸汤小口喝。她曾两次兴致勃勃地说起墙上的壁画，但他只是定定

---

① marimba，一种打击乐器。

② 西班牙语，心脏。

地看着她，继续喝汤。桌子上放着糖果袋，里面是破碎的骷髅头……

“夫人……”

一只棕黄的手收走汤盘，然后又送来一大盘辣味玉米卷饼。

玛丽看了看盘子。

里面有十六个卷饼。

她拿起刀叉，叉了一个后停下。她把刀叉放回盘子两侧。她瞥了一眼墙，又看看自己的丈夫，然后又看着十六个玉米卷饼。

十六。一个挨一个。长长的一排，挤在一起。

她数了起来。

一，二，三，四，五，六。

约瑟夫从他的盘子上叉起一个来吃。

六，七，八，九，十，十一。

她双手放在膝盖上。

十二，十三，十四，十五，十六。她数完了。

“我不饿。”她说。

他将另一个卷饼拨到面前，肉卷包在玉米饼内，呈细长状。他把它切开，再放到嘴里，这样接连吃了好几个。她在心中帮着他咀嚼，然后紧紧闭上眼。

“嗯？”他问。

“没什么。”她说。

还剩十三个卷饼，像小小的包袱，像尘封的卷轴。

他又吃了五个。

“我不太舒服。”她说。

“吃了就好了。”他说。

“不要。”

他吃完，打开袋子，取出一个碎了一半的糖骷髅头。

“你要在这里吃？”她说。

“为什么不呢？”他拿起一块眼窝，放进嘴里嚼起来，“味道不错，”他意犹未尽地说，然后又往嘴里塞了一块，“真的很不错。”

她看了一眼他吃进去的头颅上的名字。

是玛丽。

她以令人惊愕的速度帮他收拾行李。新闻短片中常可见男人从跳板上一跃入水，片刻后镜头回放，又见他以梦幻之姿从空中再次安然无恙地回到跳板上。此时的约瑟夫见证了同样惊人的一幕。衣服一件件飞进箱子里；帽子犹如冲天的小鸟，向着一个个明亮的圆帽盒飞射而去，发出啪啪的撞击声；一双双鞋子仿佛地板上急速闪过的老鼠，嗖嗖地跳进行李箱。手提箱砰的一声合上，然后咔嗒一声锁上了。

“好了！”她喊道，“全部好了！噢，乔，你这么迁就，我真是太高兴了。”

她朝门口走去。

“等等，我来吧。”他说。

“不是很重。”她说。

“可你从来没拎过行李箱。从来没有。我叫服务生来拿好了。”

“胡说。”她说，因为箱子太重而上气不接下气。

一名服务生在门口接过她手中的箱子。“劳驾，夫人！”

“没落下什么东西吧？”他朝两张床底下看了看，走去阳台看一眼广场，进来，又走进浴室，检查了橱柜和洗脸盆。“给你，”他说着走过来，递给她一个东西，“你忘拿你的手表了。”

“是吗？”她戴上手表，朝门外走去。

“我不知道。”他说，“这个时候往外搬好像有点晚了。”

“这才三点半，”她说，“才三点半而已。”

“我不知道。”他犹疑地说。

他又环视一圈，然后走出房间，关上门，上了锁，一路晃着钥匙走下楼。

她已经坐在外面的车上了，安心等待出发，外套折好放在腿上，戴着手套的双手叠放在上面。他走过去指导服务生把剩下的行李放进后备厢，接着走到车的前门，敲了敲车窗。她打开车门，让他坐进来。

“好了，出发啦！”她笑着喊道，脸上红扑扑的，眼睛闪着异彩。她身体往前倾，仿佛只有这样才能使汽车欢快地驶下山去。“谢谢你，亲爱的，谢谢你让我把今晚的住宿费退回来。我相信，今晚在瓜达拉哈拉一定过得更愉快。谢谢你！”

“是啊。”他说。

他插上车钥匙，脚踩油门。

毫无动静。

他又踩一下油门。她的嘴角抽动。

“需要热一下，”她说，“昨晚太冷了。”

他又试了一次，还是没有动静。

玛丽的双手在膝盖上翻来覆去。

他又连续试了六次。“这下可好。”他朝椅背上一靠，不再动作。

“再试试吧，再试一次，肯定行的。”她说。

“没用的，”他说，“肯定是哪里坏了。”

“你就再试一次嘛。”

他又试了一次。

“一定行的，我敢肯定，”她说，“点火开关打开了吗？”

“你说点火开关打开了吗，”他说，“是的，打开了。”

“可看上去不像打开的样子。”她说。

“是打开的。”他转动钥匙给她看。

“现在，再试一试。”她说。

“你瞧，”他说，还是没有动静，“我跟你说了吧。”

“你肯定操作不当，有一次差点就动了。”她叫道。

“这样会损耗电池，在这种地方天知道哪里可以买到电池。”

“那就让它损耗去吧。我相信下一次一定能发动成功！”

“好吧，既然你这么在行，那你来试试。”他下车，叫她坐到驾驶席上，“你来吧！”

她咬紧嘴唇坐进去，双手动作了一番，像在进行某种神秘的仪式。她试图用手和身体的动作，来克服地心引力和摩擦等种种自然法则。她穿着露趾鞋的脚踩下油门。汽车依旧沉默以对。玛丽紧闭的嘴唇发出吱吱的轻响，她把油门一脚踩到底，震动发动机气门，空气中散发出明显的气味。

“你让发动机溢油了，”他说，“这下好了！坐回你那边去，好吗？”

他找来三名服务生帮忙推车，往下坡方向推。他跳上车，把住方向。车子迅速冲下山坡，一路颠簸摇晃，发出轰隆轰隆的响声。玛丽的脸上露出期待的神色。“这次肯定能发动！”她说。

仍然没有动静。他们默默地把汽车推向山脚下的加油站，车在鹅卵石路面上轻轻颠簸，直到油箱前才停下。

她坐在车里，一言不发。等加油站工作人员走近时，她已经锁上车门，摇上车窗，工作人员只能绕到另一边，询问她的丈夫。

汽修工从汽车引擎抬起头，朝约瑟夫皱了下眉，然后两人静静地用西班牙语交谈。

她摇下车窗，听他们的谈话。

“他说什么？”她问道。

两个男人继续说着。

“他说什么？”她又问。

黑黝黝的汽修工对着引擎摆摆手。约瑟夫跟着点点头，又交谈起来。

“哪里坏了？”玛丽试图了解情况。

约瑟夫朝她皱眉。“等一下行吗？我不能同时听你们两个讲话。”

汽修工拉着约瑟夫的胳膊肘。两人说个不停。

“他在说什么？”她问。

“他说——”约瑟夫还没来得及说，就被那个墨西哥人拉到引擎前，迫不及待地让他弯腰看自己的发现。

“要花多少钱？”她探出窗外，对着他们弯曲的后背喊道。

汽修工告诉约瑟夫。

“五十比索。”约瑟夫说。

“要花多长时间？”他妻子又大声问道。

约瑟夫转而问汽修工。只见他耸耸肩，然后两人又争论了五分钟。

“要花多长时间？”玛丽说。

讨论还在继续。

太阳落山了。她望着挂在墓地旁树梢上的夕阳。地上的影子越拉越长，直到整个山谷被阴影覆盖，只剩下天空清澈、湛蓝。

“两天，也许三天。”约瑟夫回头对玛丽说。

“两天！就不能现在先修个差不多，让我们开到下个地方，剩下的到那儿再说吗？”

约瑟夫问汽修工。汽修工回复了他。

约瑟夫告诉妻子：“不行，他说要修就全部修好。”

“为什么，简直荒唐，太荒唐了，他没必要这样做，不需要全修好，你告诉他，乔，告诉他，他可以马上动手修——”

两个男人没再理她。他们又兴致勃勃地讨论起来。

这一次，全都变成了慢动作。他们需要重新打开行李箱，他负责自己的行李，她把她的扔在门边。

“我不需要任何东西。”她没有打开上锁的箱子。

“你需要睡袍。”他说。

“我准备裸睡。”她说。

“哦，这可不是我的错，”他说，“都是那该死的车。”

“你等一下可以下去看着他们修理。”她坐在床沿上说。他们住进了新的客房。她拒绝回原来那间，说她无法忍受。她要一间新客房，好让自己感觉来到了新的城市，住进了新的旅馆。于是他们换了房间。新房间的窗外是一条小巷子，下水道遍布，既没有美丽的广场，也没有像帽盒一样整齐的树木。“你下楼去看着点儿，乔。否则，他们几个星期也修不好，你知道的！”她看着他，“你现在应该下楼，不该站在这儿。”

“我这就下去。”他说。

“我跟你一起下去。我想买些杂志。”

“在这样的小镇你买不到美国杂志的。”

“我可以找找看，不是吗？”

“况且，我们没剩多少钱了，”他说，“我不想弄得给银行拍电报。不单耗费时间，也没那个必要。”

“买几本杂志总可以吧。”她说。

“一两本或许可以。”他说。

“我想买几本就买几本。”她坐在床上近乎偏执地说。

“看在上帝的分儿上，你的杂志够多了，车里都堆满了，《邮报》《科利尔》《水星》《大西洋月刊》《巴纳比》，还有《超人》！一半以上你都还没看呢。”

“但那些都不是新的，”她说，“都是些旧杂志，我全都看过，你看过一样东西后，我不知道——”

“你应该仔细阅读，而不是走马观花。”他说。

等到他们下楼，广场上已是夜幕低垂。

“给我几个比索。”她说。他把钱给她，“你教教我用西班牙语买杂志。”她又说。

“Quiero una publicacion Americano。[①]”他一溜烟地走了。

她磕磕巴巴地重复一遍，不禁笑了笑。“谢谢。”

他继续朝汽车修理店走去。她就近走入一家药店。架子上摆满了杂志，陌生的颜色，陌生的名字。她迅速扫了眼杂志名，然后看向柜台后的老人。“这里有美国杂志吗？”她不好意思讲西班牙语，只好用英语问道。

老人瞪着眼看她。

“Habla Ingles?[②]”

“不会，小姐。”

她想来想去，不知怎么说才好。“Quiero——不对！”她停下来，又试了一遍，“Americano-uh-maggah-zeen-as。”

“噢，没有，小姐！”

她双手放在腰上，手指张得很开，然后又合拢，就像嘴巴。她的嘴巴也是张开又合上。在她看来，这家药店蒙着一层纱。她来到这个地方，面对这些身材矮小、皮肤黧黑的墨西哥人，她无话可说，他们说的她也完全不懂。她在这个没人跟她说话、她也无言以对的小镇上，只能红着脸表示困惑与不解。小镇被

---

① 西班牙语，我想要买一本美国杂志。

② 西班牙语，你会讲英语吗？

沙漠和时间包围，家远在千里之外，在另一个遥远的世界。

她转身疾走，匆匆离去。

她走过一家又一家小店，都没有找到自己想要的杂志，封面上登载的不是血腥的斗牛场景，就是被谋杀的人或者传教士。但她最后还是在欢笑声中买到了三本破旧的《邮报》，并付给了店主不少小费。

她怀抱杂志，急不可待地冲出小店，快步行走在狭窄的人行道上，越过排水沟，穿过马路，啦啦地唱着歌，跳了几下，心里乐开了花，把杂志紧贴在胸前，一路小跑。微闭着眼睛，她闻到空气中飘散的炭火的味道，晚风仿佛流水一般缓缓地从耳边淌过。

高踞歌剧院屋顶的希腊雕像头上，那金色的天际已有点点星光闪烁。一个男人头顶篮子，在阴影中蹒跚而行。篮子里装的是面包。

看见男人和他头顶上的篮子，她忽地僵住了，再也笑不出来，紧抓杂志的手也一下子松开。她呆呆地看着男人从身边走过，男人一只手轻扶篮边以防它失去平衡，渐渐消失在街道尽头。杂志从她的手里滑落，散落在人行道上。

她一把抓起地上的杂志，飞快地跑进旅馆，在爬楼梯时差点摔跤。

她一个人坐在房间里，两侧堆满杂志，在她脚边围成一个圈。她用文字搭建了一座小小的城堡躲了进去。周围这些杂志是她长期积累下来，曾经看过一遍又一遍的旧读物，如今却成了她的保护伞，在伞的遮掩下，在她的膝盖上，放着三本破旧的还没来得及翻开的《邮报》。她颤抖着双手，准备翻开它们，以饥渴的眼光一读再读。她翻开第一页。她下定决心要逐字逐行地读，绝不漏掉一句话，甚至一个逗号，也不放过每一条小广告，每一种色彩。而且她高兴地发现，围绕在脚边的杂志中还有许多被她忽略的广告和漫画，她得一一重拾，好好利用这些小东西才是。

但是今晚她要先读这本《邮报》，没错，今晚她要先读这本美味可口的《邮报》。她要一页一页地细细品尝，明晚，如果还有明晚，但也许明晚不在这里，也许那时汽车已经启动，闻得到排气管的气味，听得见橡胶轮胎循环往复的嗡嗡声，呼呼的凉风吹进车窗，拂动她的头发——然而，假设，只是假设，明晚还在这里，就在这个房间。噢，那也没关系，还有两本《邮报》，一本留到明晚看，另一本留给下一晚。她在心中明明白白地告诉自己。然后她翻开第一页。

她翻到第二页。视线在上面移动，手指下意识地滑向下一页，准备翻页，腕表滴答作响，时间一分一秒过去。她坐在那里，翻过一页又一页，如饥似渴地看图片里的人，他们生活在另一片土地上，远在另一个世界。那里霓虹闪烁，灯火通明，黑夜难以靠近。那里充满家的温馨，人们言谈举止温文尔雅。

而她却坐在这里翻阅杂志，从上到下，从左到右，一行行，一句句，纸张在她手底下张开，形成扇面。她扔掉手中的《邮报》，抓起第二本，在半个小时里翻完，再次扔下，抓起第三本，十五分钟后又扔下，她发现自己的呼吸急促，身体僵硬。她举起手，放在后颈上。

不知从哪里吹来一阵微风。

她感觉颈背的寒毛慢慢竖起。

她用苍白无力的手轻轻触碰，像在抚弄一朵蒲公英。

外面广场上，街上的灯光如御风而行的手电般疯狂晃动。纸片如羊群一般从排水沟上穿过。影子在桶状的路灯下猛烈摇晃，一下往这边，一下往那边，一个影子忽然在这儿出现，下一刻又出现在那儿。现在影子不见了，只有冷冷的光线，这会儿光线又消失了，只留下冰冷的蓝黑色阴影。路灯高挂在金属吊钩上，发出吱吱呀呀的声音。

房间里的她双手开始颤抖。她看着它们颤抖，她的身体也开始颤抖。今晚，她特地穿上了最最鲜艳的花裙，在棺木形状的镜子前疯狂地转圈。人造丝的花裙下，她的身体仿佛全由铁丝、肌腱和兴奋构成。她的牙齿上下打颤，一会儿咬紧，一会儿又开始打颤。两片嘴唇不断地碰撞，把口红都弄花了。

约瑟夫在敲门。

他们准备睡觉。他带回消息，说车子已经在修了，需要花点时间，他打算明天再去看看。

“但请你不要敲门。”她站在镜子前脱衣服时说。

“那也请你不要上锁。”他说。

“我喜欢把门锁上。但你用不着敲门，你可以叫我。”

“敲门有什么不对吗？”他说。

“听起来怪怪的。”她说。

“什么意思，怪怪的？”

她不肯说。她看着镜子里的自己，一丝不挂，双手放在身体两侧，眼前是她的胸部、她的臀部和她的全身。她的身体动了动，感觉到脚下的地板，周围的墙壁和空气，乳房能感知放在它上面的双手，腹部就算被触摸也不会发出空洞的声音。

“看在上帝的分儿上，”他说，“别站在那儿自我欣赏了。”他已经在床上，“你在干什么？”他说，“干吗那样用手捂着脸？”

他把灯熄了。

她对他无话可说，因为她说的他根本听不懂，他说的她也不明白。她走到床前，钻进被窝。他躺在自己床上，背对着她。他就像月球上某个陌生城市里的棕色皮肤居民，必须飞越太空才能到达遥远的、真实的地球。今晚，倘若他们能互相说说话，那该是多么美好的夜晚，她的呼吸将变得多么顺畅，脚踝、手腕和腋下的血管就不会那么紧绷。然而，他们什么也没说，只有时钟没完没了的滴答，和被子下不停的辗转反侧。脸颊下的枕头好像一个小小的白色暖炉，漆黑的房间仿佛一张蚊帐，围拢在四面八方，一翻身就会被缠住。两个人哪怕说一句话也好。可是一句也没有，手腕上的血管也没能放松，心脏仿佛风箱似的在一块小小的、恐惧的煤炭上呼呼地吹，不停地燃烧，烧成樱桃般的红光，一遍又一遍地跳动，她内在的眼睛情不自禁地紧盯着这道向内生长的光。她的肺叶不但没有休息，反而全力以赴，仿佛挣扎的溺水者，在给自己做人工呼吸，好延续最后的生命。所有这些随着她灼热的身体所排放的汗水而得到滋润，很快地，她在沉重的被褥间无法动弹，像某种又黏又湿、带有香气的东西，夹在厚重书籍的白页之间。

她就这样躺着，当漫长的午夜来临时，她仿佛回到了孩提时代。心脏不时地咚咚直跳，好像疯狂的鼓点，然后恢复平静，忧伤的思绪慢慢袭来，脑海中浮现出金色的童年。那时一切都沐浴在阳光中，树木，水波，孩子们金色的头发。记忆犹如旋转木马，载着一张张面孔从她眼前闪过。一张脸迎向她，正要面对面时，又向右旋转而去；另一张从左边转过来，来不及说完一句话，又从右边消失，就这样转啊转的。多么漫长的夜晚啊。她想象汽车明天就能出发，气阀和油门在轰鸣，公路在脚底下飞速后退，以此来安慰自己。她在黑暗中开心地笑了。然而，要是车开不了呢？黑暗中，她像点燃的纸一样缩成一团。她内心上每一处褶痕和角落都揪紧了，滴答、滴答、滴答，腕表走个不停，滴答、滴答、滴答，继续蜷缩……

早上。她看见丈夫舒服地平躺在床上。她懒懒地把手放在两床间冰凉的空处，整个晚上那只手就搁在那里。她试过把手伸向他，可是距离太远，她够不着。她迅速抽回手，心想可别让他听见动静，尽管没有任何声音。

现在，他躺在那儿。眼睛安详地闭着，轻柔的睫毛相互交错，宛若手指般扣在一起。呼吸非常平缓，肋部纹丝不动。和往常一样，每当早晨这个时候，他早已不自觉地褪掉睡衣。他裸露着腰腹和胸膛。只有腰部以下盖着被子。他的头搁在睡枕上，好像在沉思。

他的下巴上已经冒出粗硬的胡茬。

晨光照出她的眼白。那是房间里唯一在动的东西，缓慢地转转停停，追随着对面那个瘦瘦的男人。

他的下巴和脸颊上，每一根胡茬都很完美。一缕阳光透过百叶窗的缝隙洒落在他脸上，每一根毫毛都清晰可见，像极了八音盒音筒上尖尖的突起。

两侧的手腕长满小卷毛，每根都很漂亮，根根独立、闪闪发亮。

乌黑的头发没有丝毫损坏，一绺一绺深入到发根。耳朵的线条像经过雕刻似的十分好看。嘴唇后面的牙齿也完好无缺。

“约瑟夫！”她尖叫道。

“约瑟夫！”她又尖叫道，紧接着一骨碌爬起来，心中充满恐惧。

当！当！当！街道对面传来雷鸣般的钟声，那里有一座镶嵌瓷砖的大教堂！

一群鸽子轰然起飞，扇动的翅膀形成白色的旋涡，有如数不清的杂志哗啦啦地从窗前飞过！鸽子们在广场上空盘旋上升。当！钟声又响！呜！出租车按动喇叭！远处的巷子里传来音乐盒播放的《美丽的天空》①。

外面的喧嚣逐渐消退，变成洗手间里水龙头的滴水声。

约瑟夫睁开眼睛。

他的妻子坐在床边，眼睛正盯着他看。

“我还以为——”他说。他眨了眨眼。“不对。”他闭上眼睛，摇了摇头。“只是钟声而已。”一声叹息，“几点了？”

“我不知道。不，我知道。八点钟。”

“我的上帝，”他咕哝一句，翻个身，“我们还能再睡三个小时。”

“你该起床了！”她喊道。

“这个时候没人起床。修车的要到十点钟才上班，你知道的，这些人就这样，急也没用，你就别嚷嚷了。”

---

① *Cielito Lindo*，由作曲家基利诺·蒙多萨（Quirino Mendozay Cortés，1862—1975）于1882年创作，后来成为墨西哥家喻户晓的流行情歌。

“可你该起床了。”她说。

他半转身。阳光照在他的上唇，乌黑的短髭被染成金色。“为什么？我的天，我为什么得起床？”

“你要刮胡子！”她几乎尖叫道。

他不耐烦地抱怨起来。“所以我必须起床，早上八点抹上肥皂泡，就为刮个胡子。”

“你真的该刮胡子了。”

“没到得克萨斯州之前我不会再刮胡子。”

“你像个流浪汉一样，怎么出去见人！”

“我可以，而且我打算这么做。我已经连续三十个早上刮了胡子、打上领带、穿上笔挺的西装裤，从现在开始，我不再穿长裤、打领带、刮胡子，什么也不做。”

他一把拉过被子，蒙住头脸，因为用力过猛，露出一条光溜溜的腿。

这条挂在床边的腿在阳光下显得温暖而白皙，每根黑色的毫毛——都完美无瑕。

她一下瞪大眼睛，一瞬不瞬地盯着那条腿。

她紧紧地捂住嘴巴。

他从早到晚不断进出旅馆。他没有刮胡子。他沿着楼下广场上铺满地砖的人行道漫步。他慢悠悠地走着，她想要从窗口扔出一记闪电，劈在他身上。在一棵被修剪成鼓形的树下，他停下来与旅馆的大堂经理聊天，还在浅蓝色的广场瓷砖上脱下鞋子。他看看树上的鸟儿，又看看歌剧院屋顶沐浴在晨辉中的雕塑，站在路口小心来往的车辆。可哪有什么车流！他故意站在那儿磨蹭，也不回头看她一眼。他为什么不沿着小巷跑到山下的修理店，敲开大门给汽修工一点颜色看看？他应该把他们拎起来塞进汽车马达！但他没有这么做，而是站在那儿看车子经过，看一个跛脚的讨厌鬼、一个骑自行车的男人、一辆一九二七年的福特、三个半裸的小孩。走，走，快走，她在心中呼喊，差点把窗户拍碎。

他悠闲地穿过马路，绕过街角。在去汽修店的路上，他不时地在橱窗前驻足，看一看标识，瞅一瞅照片，摸一摸陶器。也许，他还会顺道喝一杯啤酒。噢，没错，喝杯啤酒。

她走在广场上，晒着太阳，寻找更多的杂志。她把指甲收拾干净、磨光，洗了个澡，再次来到广场上，吃了点东西，又返回房间读她的杂志。

她没有躺下去。她不敢。每次一躺下，她就会进入一种半醒半梦的状态，在忧愁无助中梦见自己的童年。她脑子里满是那些二十年不曾相见和想起的故友。她又想起许多她想做却始终没做的事情。自大学毕业已经过去八年，这期间她一直想给莉拉·霍尔德里奇打电话，但不知为何，从来没有付诸行动。亲爱的莱拉！一躺下来，她便想起自己喜欢的书来，那些漂亮的新书和旧书，她一直想买但也许永远不会再买来读了。她是多么爱书和书的气味啊。她想起一桩桩令人伤心的往事。她从小到大都想拥有一套《绿野仙踪》，可惜从未如愿。为什么不买呢？趁现在还活着！回到纽约，她要做的第一件事就是买书！然后立即给莱拉打电话！然后她要见见吉米、海伦和露易丝，再回一趟伊利诺伊，重访儿时旧地。如果她能回到美国。如果。她的心脏痛苦地跳动，停顿，然后再度跳动。如果她回得去的话。

她躺在那儿倾听自己的心跳。

砰，砰，砰。停。砰，砰，砰。停。

要是在她倾听时心跳停止了，那该怎么办？

来了！

她的体内一片寂静。

“约瑟夫！”

她猛地坐起来。她抓住胸部，仿佛在挤压那颗寂静无声的心，使它重新跳动！

心脏在她身体里舒张，收缩，颤抖，继而急剧跳动起来，接连二十下，有如相机的连拍！

她慢慢躺回床上。万一它又停下再也不动呢？她会怎么想？她该怎么办？答案是，她会被活活吓死。听见自己的心跳停止时竟会被吓死，这简直是笑话，滑稽透顶。她得仔细听，让它跳下去。她想回家，她要见莱拉，要买书，要再跳一次舞，要在中央公园散步，要——听——

砰，砰，砰。停。

约瑟夫敲了敲门。是的，约瑟夫敲门了，车还没修好，他们还要再住一个晚上。约瑟夫没刮胡子，下巴上的每一根短须都堪称完美，书报亭打烊了，杂志也都看完了。他们吃了晚饭，她依旧只吃一点点，饭后约瑟夫出去散步。

她又坐回椅子上，后颈上的寒毛慢慢竖起，仿佛有块磁铁在上面移动。她极度虚弱，动弹不得，仿佛没有身体，只有一颗心在跳动，剧烈的悸动，一股巨大的、温暖的悸动与痛楚在四壁间震动。她双眼红肿，撑得鼓鼓的眼皮下充满孩童般的恐惧。

在体内深处，她感觉到第一个小齿轮松了。还要再住一晚，再住一晚，再住一晚，她心里想。这次会比上次更久。第一个齿轮松了，钟摆耽误了一下。紧接是第二个、第三个相连的齿轮。齿轮相互咬合，小的咬着稍大的，稍大的咬着更大的，更大的咬着还要大的，还要大的咬着巨大的，巨大的咬着巨无霸式的……

一条不比一根红线粗的神经节绷断、颤动了；一条不比一根红麻纤维粗的神经扭曲了。体内一个小小的部件率先报废，继而整个机器开始失衡，眼看就要渐渐松脱。

她没有反抗。她任它颤动，发威，震落额头上的汗珠，爬下脊背，在她口中贮满可怕的苦水。她感觉有只破损的陀螺在体内旋转、颤抖、哀鸣。她面无血色，仿佛灯泡熄灭后光线褪去的一刹那，玻璃内的钨丝也失去颜色。

约瑟夫也在房间里，他早已进来，但她根本没听见。他在房间里，但毫无差别，进来跟没进来一样。他准备上床睡觉，默默地在房间里走来走去。她也沉默地躺在床上，他就在她面前走动着，周围烟雾弥漫。他好像说了句什么话，然而她没听见。

她在计算时间。每隔五分钟，她就看看手表。手表在震动，时间在震动，五只手指震动十五下，但看着像震动了五下。她哆嗦个不停。她想喝水，在床上翻来覆去。屋外风势正紧，掀动灯光洒下无数的光，斜斜地打在路边的建筑上，窗户亮晃晃的像睁开的眼睛，等光打向另一个方向时，窗户又迅速闭上眼。晚餐过后，楼下静悄悄的，房间里十分安静。他递给她一杯水。

"我冷，约瑟夫。"她说，身上盖着好几层被子。

"你很好。"他说。

"不，我不好。我一点都不好。我害怕。"

"没什么好怕的。"

"我想坐火车回美国。"

"要到莱昂才有火车，这里没有。"他又点燃一支烟。

"我们可以坐车去莱昂。"

"坐这里的出租车，把自己交给司机，我们的车就这样扔在这里？”

“对，我想离开这里。”

“明天早上你就没事了。”

“我知道不可能的。我不舒服。”

“把车运回家得花好几百块呢。”他说。

“我不在乎。我银行里有两百块存款，这个钱我来出。求你了，我们回家吧。”

“等明天太阳出来，你就会觉得好多了，现在是因为太阳下山。”

“是啊，太阳落山了，外面在刮风，”她自言自语，闭上眼，转过头倾听，“噢，多么孤独的风啊。墨西哥真是个奇怪的地方。那些丛林，沙漠，荒凉的平原，随处可见像这里这样的小镇，灯火寥寥，打个响指就能让它们熄灭……”

“一个美丽辽阔的国度。”他说。

“这些人难道不觉得孤独吗？”

“他们已经习惯了。”

“他们就不害怕吗？”

“他们有宗教信仰。”

“但愿我也有宗教信仰。”

“有了信仰，你就不会思考，”他说，“太过于相信一样东西，就不容易接受新观念。”

“今晚，”她虚弱地说，“我最不想要的就是新观念，我想要停止思考，只一心一意地相信一样东西，这样就没工夫担惊受怕了。”

“你一点也不怕。”他说。

“如果我有信仰，”她自顾自地说，“我就有把自己撑起来的杠杆，可我没有，我不知道如何撑下去。”

“哦，看在上帝的——”他咕哝着坐下。

“我曾经有过信仰。”她说。

“浸信会。”

“不，那是我十二岁那年的事情。已经过去了。我说的是——后来。”

“你从没告诉过我。”

“你该知道的。”她说。

“什么信仰？圣器室里的石膏圣像？你有特别中意、特别喜欢向他祈祷的圣徒吗？”

“是的。”

“你的祷告，他有回应吗？”

“有一阵子有，后来就没有了，一点也没有。再也没有了。到现在已经好几年了。但我一直祈祷。”

“是哪个圣徒？”

“圣约瑟夫。”

“圣约瑟夫，”他站起来，从玻璃壶里给自己倒了杯水，水流的声音使房间倍显冷清，“和我一样的名字。”

“巧合罢了。”她说。

他们相互对视片刻。

他转移目光。“石膏圣像。”他说，喝下了口水。

“约瑟夫？”过了一会儿，她又叫道。“什么事？”他回应。“过来握着我的手，行吗？”她说。“女人。”他叹了口气。他走过去，握住她的手。没过一会儿，她又把手抽开，藏进被子底下，将他的手晾在一边。“算了，这不是我想要的，没有我想象的那么好。”她闭上眼睛，哆哆嗦嗦地说。“我的上帝。”他走进洗手间。她关了灯，只剩洗手间门底的缝隙透出一丝亮光。她倾听自己的心跳。每分钟稳定在一百五十次。那只战栗、哀鸣的陀螺还在她的骨子里，仿佛每根骨头都囚禁了一只绿头苍蝇，它嗡嗡地盘旋着，颤动着越钻越深、越钻越深。她的双眼反视自己，看自己的心脏秘密地撞击自己的胸腔，裂成一片片。

洗手间里传出水流的声音。她听见他在刷牙。

“约瑟夫！”

“什么事？”他隔着紧闭的门说。

“你过来一下。”

“你要干吗？”

“我要你答应我一件事，求你了，噢，求你了。”

“什么事？”

“你先打开门。”

“什么事？”他追问道，仍然关着门。

“请你答应我。”她欲言又止。

“答应你什么？”他隔了很久才问道。

“答应我。”她说了这句后又打住。她躺着，他沉默。她听见手表和心脏同步跳动。旅馆的外墙上一盏灯吱呀作响。“答应我，如果发生什么——事情，”她听见自己的声音低沉无力，仿佛她是在附近的山上隔着老远和他说话，“——如果我有个三长两短，你不要将我葬在这里的墓地，那下面的地下墓穴太可怕了！”

“别犯傻。”他在门后说。

“答应我好吗？”她在黑暗中睁大眼睛。

“别说这种傻话。”

“答应我，求求你答应我好吗？”

“明天早上你会好的。”他说。

“你答应我，我才能睡着。答应不会把我扔在这里，我才能放心地睡觉。我不想被扔在这儿。”

“拜托。”他有点不耐烦。

“求你了。”她说。

“我为什么要答应这么荒唐的事情？”他说，“你明天就会好的。再说，如果你真死了，把你放在地下墓穴，让你站在鬼脸先生和咧嘴先生中间，头发上插朵牵牛花，那样子肯定美极了。”他由衷地笑了。

她默默地躺在黑暗中。

“你不觉得你在他们中间会很美吗？”他在门后笑着问。

她在漆黑的房间里沉默以对。

“你不觉得吗？”他说。

隐约有人在广场上走动，脚步声渐渐远去。

“嗯？”他一边刷牙一边问她。

她躺在那儿，眼睛瞪着天花板，胸部起伏越来越快、越来越快，呼吸也越来越急促，空气在她的鼻腔里进进出出，紧咬的嘴唇上渗出一丝鲜血。她的眼睛睁得很大，双手盲目地抓住床单。

“嗯？”他在门后又问。

她没吭声。

“一定很美，美极了。”他在自来水声中喃喃自语，他漱了漱口，“一定很美。”他说。

她在床上没有动静。

“女人真可笑。”他对着镜子说。

她躺在床上。

“一定很美，”他又说，他把漱口水吐在水槽里，“明天早上你就好了。”

她还是一言不发。

“我们会把车修好的。”

她什么也没说。

“睡一觉就天亮了。”他拧开盖子，往脸上抹爽肤水，“也许车子明天就能修好，最迟后天也能修好。你不介意在这里多待一个晚上吧？”

她没有回答。

“不介意吧？”他问。

没有回应。

洗手间门底下的亮光熄灭。

“玛丽？”

他打开门。

“睡着了？”

她躺在那儿，双眼圆睁，胸部上下起伏。

“睡着了，”他说，“那么，晚安，女士。”

他爬上床。“累死我了。”他说。

没有回应。

“累死我了。”他说。

屋外灯光被吹得飘摇不定，长方形的客房里一片漆黑，他很快便睡意沉沉。

她瞪大眼睛躺在那儿，手表滴滴答答，胸部上下起伏。

北回归线上天气晴好。锃亮的汽车沿着曲折的道路，渐渐远离这个丛林之国，朝美国方向驶去。它在青翠的山林间呼啸，留下一道淡淡的尾气痕迹。车里坐着约瑟夫，他的面容红润健康，头戴巴拿马草帽，腿上搁着小型相机，棕色外套左上臂别着一片黑纱。他望着窗外消逝的风景，漫不经心地朝身边的座位打了个手势，然后停下来，忽地露出一个怯生生的笑容，再次望向窗外，嘴里哼着不着调的小曲儿，慢慢伸出右手，摸向身边的座位……

座位上空无一物。

洞悉之眼

我们第一次遇见乔治·加维时，他不过是个微不足道的小人物。后来，他戴上了白色扑克筹码做的单片眼镜，上面有一只大画家马蒂斯亲手绘制的蓝色眼睛。以后，乔治·加维没准儿还会有一条装着金色鸟笼的假腿，不管走到哪里都能听见啾啾的鸟啼。他的左手也有可能镶满亮闪闪的铜和玉，给人非常时髦的感觉。

可刚开始——他怎么看都是个再平常不过的普通人。

“看财经专栏吗，亲爱的？”

傍晚的公寓里响起报纸的沙沙声。

“天气预报说‘明天有雨’。”

他鼻孔里细细的黑色鼻毛轻轻地随呼吸一进一出，一进一出，就这样过去一个小时又一个小时。直到他说：“该睡觉了。”

要说外貌，他和一九〇七年的橱窗蜡人几乎没什么两样。他仿佛身怀隐形的绝技，这一点就连魔术师也不得不佩服，刚刚还坐在绿色天鹅绒面的椅子上，转眼就消失不见！你一转过头去，就能忘记他的脸。真是毫不起眼的香草布丁。

然而，一次小小的意外却使他成为史上最狂野前卫的文艺运动的焦点人物！

二十年来，加维和他的妻子一直过着离群索居的生活。她是一朵招人喜爱的康乃馨，但自从遇见他后，亲朋好友便逐渐疏远。夫妻俩都毫不怀疑加维天生具有让人瞬间无语的本事。他们对外宣称喜欢这样的生活：白天忙工作，晚上在家里享受没人打扰的时光。他们都从事着默默无闻的工作。有时，他们甚至都想不起自己上班的公司叫什么，那家毫无色彩的公司也一直把他们当成白墙上的白色涂料。

先锋派登场！地下七人组登场！

这群古怪的家伙曾活跃在巴黎各个地下酒吧，听慵懒的爵士乐，在巴黎的这六个多月里，他们之间保持着极不稳定的关系，后来回到美国，在闹解散的节骨眼巧遇了乔治·加维。

"我的天哪！"亚历山大·裴柏，这位"地下七人组"昔日的首领嚷嚷道，"我遇见了世上最无趣的人。你们得去见见他！昨晚我去拜访比尔·提米恩斯，但他留字条说'一个小时后回来'。后来，我在楼下大厅遇见这个叫加维的家伙，他问我是否愿意先去他家坐坐。所以我就去了，加维和他的妻子陪我坐了会儿！不可思议！他的无聊简直骇人听闻，完全是我们这个物质社会的产物。他有十亿种方法叫你动弹不得！绝对俗不可耐，他能让你昏厥、沉睡，甚至停止心跳！多么难得的研究范本啊。我们都去见见他吧！"

他们像秃鹫般扑过去！加维家一下子热闹起来，客厅里人满为患。“地下七人组”端坐在饰有流苏的沙发上，凝神打量着他们的猎物。

加维坐立不安。

“你们谁要抽烟——”他勉强笑了笑，“我说——你们别客气——想抽就抽。”

沉默。

他们按吩咐行动：“少说话，让他下不了台，只有这样才能看清他这个超级样板。绝对零度的美国文化！”

三分钟过去了，他们面面相觑。加维先生凑过去问道：“呃，您是做什么的，这位……先生？”

“克拉布特里。诗人。”

加维想了想。

“那您的营生怎么样？”他问。

客厅里鸦雀无声。

接下来是典型的加维式沉默。眼前坐着的可是世上最大的沉默制造者、贩卖商；你随便说一种沉默，他都能把它包装成你想要的类型，还附带赠送清嗓子和喃喃自语；窘迫型、痛苦型、冷静型、平和型、淡漠型、幸福型、美好型、紧张型，形形色色的沉默，加维从不缺货。

嘀，“地下七人组”完全沉湎于这不寻常之夜的沉默中。后来，回到自家的冷水公寓，对着一瓶“快要见底但恰到好处的红酒”（只是借着它将他们拉回现实），他们将这种沉默解构，并开始为它担忧。

“你们看见他是怎么拨弄衣领的吗！啃！”

“是啊，我的上帝，可我必须承认他简直太‘酷’了。那可是马格西·斯帕尼尔和比克斯·贝德贝克[①]，我注意到他脸上的表情，太酷了，但愿我也能像他那样，那么漠不关心、无动于衷。”

乔治·加维躺在床上，回想着这个非同寻常的夜晚，他意识到每当情况超出自己的掌控或讨论陌生的书和音乐时，他就会陷入恐慌、呆若木鸡。

但他的窘态似乎并未引起这群怪客的不快。事实上，他们在起身告辞时还兴致勃勃地和他握手，感谢他带给他们这么愉快的夜晚！

“真是一等一无趣的家伙啊！”住在小镇另一头的亚历山大·裴柏感叹道。

“也许他正在家里偷笑我们呢。”二流诗人史密斯说，只要他还清醒，就绝对忘不了与裴柏抬杠。

“我们去把明妮和汤姆找来，他们一定会喜欢加维的。多么奇妙的夜晚啊，够我们聊上好几个月了！”

---

① 两人均为美国著名爵士乐短号手。

“你们注意到没？”二流诗人史密斯得意地眯起眼，“要是拧开他家浴室的水龙头，你们猜会怎样？”他戏剧性地卖了个关子，“流出来的居然是热水。”

每个人都恼怒地盯着他，他们怎么就没想到试试水龙头呢。

这伙人有如神奇的酵母菌，很快从门窗扩散出去，不断壮大。

“你们还没见过加维？上帝啊！你们还是躺回棺材里算了！加维一定精心排练过，没学过斯坦尼斯拉夫斯基方法演技的人怎么能把‘俗’演绎到极致！”说话的是亚历山大·裴柏，他让身边的同伴十分懊恼，因为他把加维迟缓、忸怩的样子模仿得惟妙惟肖：

“‘《尤利西斯》？不就是那本讲希腊人航海遇到独眼怪物的书吗？您说什么？’”停顿，“‘哦，’”再停顿，“‘明白了，’”他往后一靠，“‘《尤利西斯》是詹姆斯·乔伊斯写的？奇怪。我发誓我记得，几年前，在学校里……’”

尽管亚历山大·裴柏的精彩模仿让每个人都恨得牙痒痒，但令人咆哮沸腾的还在后头：

“‘田纳西·威廉斯[①]？是乡村歌曲《华尔兹》的作者吗？’”

① Tennessee Williams（1911—1938），美国剧作家，代表作《欲望号街车》《热铁皮屋顶上的猫》等。

“快！告诉我加维住在哪儿？”在场的人们纷纷大喊。

“啊，”加维先生对妻子说，“近来生活真有趣。”

“还不是因为你。”妻子回答，“你注意到没，你说的每句话他们都不放过。”

“他们完全被我吸引，”加维先生说，“都快着魔了。我随便说两句，他们就炸开锅。真见鬼。我在公司里讲笑话，没一回不碰壁的。要说今晚，我还真没搞笑的意思，大概是我说的每句话或做的每件事，在潜意识里都隐藏着机智吧。真是太好了，没想到我还有这种潜能。啊，门铃响了。快去开门！”

“你要是凌晨四点把他从床上叫起来，他的表现会更妙。”亚历山大·裴柏说，“睡眼蒙眬搭配世纪末[①]的迷茫，那才叫新鲜呢！”

每个人都怀揣一股怨气，怎么又被裴柏抢了先呢！其他人竟然谁都没想到在天亮前吵醒加维的新招。话虽如此，他们的兴致却在十月末的午夜过后愈益高涨起来。

加维先生的潜意识告诉他，自己开创了一个全新的戏剧季。他赖以成功的秘诀在于他在其他人身上所激发的无聊潜能。他虽然自得其乐，但也没忘记琢磨为什么这群热情的旅鼠会突然拥入自己这片小小的私人领海。其实加维原本是个才华

---

① fin de siècle，指19世纪末，当时西方文艺圈流行怀疑、悲观和颓废的思潮。

横溢的人，可惜他缺乏想象力的父母在成长环境中压榨他，之后他又被扔进一个更大的榨汁机：办公室、工厂和家，完全三点一线的人生。于是便有了现在的加维：他长期被压抑的潜力就像藏在自家客厅里的定时炸弹，毫无悬念地爆炸了。加维夫妇备受压抑的潜意识里，有半分认为那些先锋派以前从没遇见过像他这样的人，又或者说遇见过很多像他这样的人，但从没想过要去研究他。

于是他摇身一变成了这个秋天的头号大明星。下个月也许就会轮到某个来自阿伦敦的抽象艺术家，踩在十二英尺高的梯子上，端着装饰蛋糕的喷枪和杀虫剂喷雾器，在刷了几层胶质和咖啡渣的画布上喷涂料，只喷碧蓝和云灰两种颜色，然后翘首等待伯乐的赏识！或者轮到某个来自芝加哥、才十五岁就已是个中老手的汽车电焊工。不仅如此，加维先生还犯了一个可怕的错误，他去阅读先锋派最爱的杂志《核心》，这让他精明的潜意识越发怀疑自己的地位岌岌可危。

"这篇关于但丁的文章，"加维说，"很有意思，尤其是讨论山下'反炼狱'[①]和山顶'地上乐园'所表达的空间隐喻这部分，还有关于第十五到第十八篇所谓'教义篇'的内容也很精彩！"

"地下七人组"对此有什么反应？

---

① Antipurgatorio，此处疑似对"炼狱前界"（Antepurgatorio）的误用。但丁的《神曲·炼狱篇》中并不存在"反炼狱"这一说法。

他们全都惊呆了！

气氛明显冷了下来。

他们又惊又怒地离开。他们本以为加维只是个人云亦云、机械呆板、思想空洞、默默过着潦倒生活的讨人喜欢的家伙，却怎么也没想到他居然找他们讨论存在主义是否存在，讨论克拉夫特–埃宾是否式微。加维的潜意识发出警告，他们根本不想听他这样的小人物对炼金术和象征主义发表什么见解。他们只想要他那份传统白面包和乡村土制黄油的朴实，好让他们带进昏暗的酒吧里细细品味，然后高声赞叹这是多么无价！

加维以退为进。

第二天晚上，他又变回原来那个受人追捧的自己。戴尔·卡耐基？杰出的宗教领袖嘛！哈特·马克斯男装？比邦德街的东西好一点！润肤俱乐部成员？我加维就是啊！最新月度畅销书？就在眼前的桌子上！他们读过埃莉诺·格林[①]的书吗？

“地下七人组”的成员们又惊又喜。他们跟他一起恣情观赏米尔顿·伯利[②]。无论伯利说什么，加维都会乐不可支。他让邻居白天帮他录好各种肥皂剧，然后晚上带着朝圣般的恭敬再

① Elinor Glyn（1864—1943），英国小说家、剧作家，作品以爱情题材为主。

② Milton Berle（1908—2002），美国知名喜剧演员，曾被称为“电视先生”。

重播一遍，“地下七人组”则在一边分析他的面部表情以及他对《玛·珀金斯》和《约翰的另一个老婆》全心全意的热爱。

哦，加维越来越狡猾了。他内在的自我告诉他：这是你的人生巅峰。要守住阵地！取悦你的观众！明天播《两只乌鸦》的唱片给他们听！可别出差错！邦妮·贝克[①]，啊……就是它！他们一定会激动得发抖，怎么也不会相信你居然真喜欢她的歌！盖依·隆巴多[②]如何？棒极了！

他的潜意识告诉他：群众心理，你是群众的象征。他们之所以来这里，是要研究你这个他们想象出来的“大众人”，他们假装讨厌，却又迷上这个蛇窟。

他妻子像是猜中他心思似的表示反对：“他们喜欢你。”

“但是以可怕的方式。”他说，“我已经从几天的失眠中想通他们为什么来见我！连我自己都讨厌自己，总觉得自己很无趣，不过是个蠢笨、平庸的人！压根儿没有原创的思想。现在我只知道：我喜欢有人做伴。我一直想过群居生活，只是没有机会。过去的几个月里，我们家就像舞会一样热闹！但他们的兴趣越来越淡。我想要永远有人做伴！我该怎么办？”

加维的潜意识为他开出一份份购物清单。

啤酒。太缺乏想象力。

椒盐卷饼。“过时”但讨人喜欢。

---

① Bonnie Baker（1917—1990），美国爵士乐和流行乐歌手。

② Guy Lombardo（1902—1977），加拿大裔美国爵士乐演奏家。

顺路去一趟“妈妈”市场，买一幅马克斯菲尔德·帕里什[①]的画，要旧迹斑斑、经过风吹日晒的。今晚的主题不变。

到了十二月，加维先生真的吓坏了。

现在的“地下七人组”已经对米尔顿·伯利和盖依·隆巴多习以为常。事实上，他们甚至学会了理性地看待伯利和隆巴多，他们称赞伯利是美国民众难得一见的好演员，而隆巴多的音乐风格比他所处的时代超前了二十年，那些最粗俗的讨厌鬼们只是因为某种最粗俗的原因才喜欢他。

加维的帝国摇摇欲坠。

忽然间，他仿佛变成另外一个人。他已经不再试图转移那群朋友的兴趣爱好，而是疯狂地跟随他们迷恋诺拉·贝斯、一九一七尼克博克四重奏、阿尔·乔尔森的歌《鲁滨逊·克鲁索和“星期五”周六晚上去了哪里》，以及谢·菲尔茨和他的“涟漪之韵”[②]演奏的管弦乐。马克斯菲尔德·帕里什也再次名声大噪，加维因为那幅画的缘故也跟着沾了光。一夜之间，好像所有人的想法都发生了一百八十度的大转变，大家不约而同地认为：“啤酒是知性的，可惜多半是白痴在喝。”

很快他那群朋友就没了踪影。有人半开玩笑地谣传，亚历

---

① Maxfield Parrish（1870—1966），美国插画家，活跃于20世纪上半叶，作品以独特的饱和色与理想化的新古典主义意象闻名。

② Shep Fields and His Rippling Rhythm，20世纪30年代美国的一个管弦乐队，队长是谢·菲尔茨（Shep Fields，1910—1981）。

山大·裴柏甚至考虑给他的冷水公寓改装热水。这个丑陋的谣言终究没能成真，但那是因为亚历山大·裴柏后来落魄了。

加维狠下功夫去预测时尚潮流的风向！他增加免费食物的供应，他预见到爵士乐时代的复兴，于是早早穿上毛茸茸的灯笼裤，还让妻子穿直筒装，剪男孩般的短发，走在潮流的最前端。

然而，秃鹫们回来吃饱喝足后又一哄而散。既然电视机已经满世界都是，早就不再是什么时尚，那就重新拥抱收音机吧。文化节上，他们竞相争抢一九三五版《维克和萨德》和《胡椒杨先生一家》①的录音带。

终于，加维在惊慌失措的内心驱使下，不得不处心积虑诉诸一连串惊人的壮举。

他先是在用力关车门时出了意外。

加维先生的小指头被硬生生夹断！

加维直痛得跳来跳去，慌乱中正好踩在那截断指上，然后一脚把它踢进街边的下水道。等到他们从阴沟里把它捞上来时，已经没哪个医生愿意费心思帮他接回去了。

真是个幸福的意外！第二天，加维在路过一家东方古董店时，无意中发现一个漂亮的小玩意儿。一想到近来他的票房表现日渐萎靡，先锋派对他的评分也越来越差，他活络的潜意识

① 两者皆为美国20世纪上半叶流行的广播剧。

便迫使他不由自主地走进商店掏出钱包。

“你们最近见到加维了吗？”亚历山大·裴柏对着电话大声嚷嚷，“我的上帝啊，赶紧去看看吧！”

“那是什么？”

每个人都目不转睛。

“满大人的指套，”加维漫不经心地挥挥手，“东方的古董。中国的满大人用它来保护他们费心蓄留的五寸长指甲。”他喝着杯中的啤酒，金灿灿的小指跷得高高的，“每个人都讨厌残疾，身上少点儿东西总让人感觉怪怪的。少根手指真的很惨，多亏有了这个金闪闪的玩意儿。”

“现在这根手指可比我们任何人的都漂亮，”他妻子给每人端来一小碟蔬菜沙拉，“乔治完全配得上它。”

加维在震惊之余不由得陶醉起来，因为他跌落的人气又回来了。啊，艺术！啊，人生！潮流总像钟摆来回摇摆，从复杂到简单，又从简单回到复杂。从浪漫到写实，又从写实回到浪漫。聪明人总能捕捉到文化潮流的近日点，随时准备好义无反顾地跳入新的轨道。加维潜藏的才华终于觉醒，它开始汲取营养，有时还壮着胆儿出去溜达，运动荒废已久的胳膊腿。这一动可不得了！

“这个世界多么缺乏想象力呀。”加维长期备受冷落的另一个自我鼓动他的舌头说，“要是哪天我的腿不幸被意外切除，我才不要装什么木头的假腿呢，绝不！我要一条镶嵌玉石的金腿，还要留一段镂空成金色的鸟笼，里面养一只蓝鸟，每当我走路或坐着与朋友聊天时，就让它在我腿底下唱歌。要是我的手臂被截断，我只想用黄铜和碧玉打造一条中空的新手臂，里面隔成一格一格的，要有一格存放干冰，其余五格各接一个手指形的龙头。有人要喝酒吗？我会大声吆喝。雪利酒？白兰地？杜本内？我会从容地对着酒杯一个一个地拧开手指。从五根手指里流出五道冷冽的酒水，五种或烈或甜的佳酿。然后，我轻轻一拍，闭合金色的龙头，大喊一声：'干了！'"

"但最重要的是，几乎人人都觉得一个人的眼睛最有可能冒犯别人。《圣经》上说：'把它剜出来丢掉。'《圣经》上是这么说的，对吧？如果我的眼睛被剜掉，上帝啊，我才不要装那种吓人的玻璃眼呢，也不会戴海盗用的黑眼罩。知道我会怎么做吗？我会寄一枚扑克筹码和一张个人支票给你们在法国的那位朋友，他叫什么名儿来着？马蒂斯！我会说：'随函附寄扑克筹码一枚及个人支票一张。烦请在筹码上画一只美丽的蓝色人眼。你诚挚的乔治·加维敬上！'"

怎么说呢，加维从来就没喜欢过自己的身体，他总觉得自己的眼睛颜色偏淡，不够犀利、缺乏个性。因此这才过了一个月（此时他的人气再一次下降），他就泰然地见证了自己的右眼出水、溃烂，继而完全失明的全过程！

加维这下可真够惨的！

可他心里一点儿也没少偷着乐。

“地下七人组”此刻正像陪审团一样围在他身边，带着滴水兽般的笑容，看着用航空邮件将那枚筹码寄到法国，信封里还附上一张五十美元的支票。

一个星期后，支票被原样退回，对方不肯收钱。

不久，扑克筹码寄回来了。

大画家亨利·马蒂斯在筹码上画了一只举世罕见、精美绝伦的蓝眼睛，连眉毛和眼睫毛都细腻得纤毫毕现。马蒂斯将这枚筹码郑重其事地放在一个绿丝绒珠宝盒里。显然，他对这整件事和加维一样上心。

《时尚芭莎》杂志特别刊登了一张加维的照片，他戴着马蒂斯亲笔画的那只扑克筹码眼，旁边还配了张马蒂斯本人认真作画时的照片，他用了整整三打筹码才画出那只令人满意的蓝眼！

亨利·马蒂斯有着非同寻常的敏锐直觉，总能适时地招来摄影师，用莱卡相机捕捉能流传后世的艺术事件。文中援引他的原话说：“在画了二十七只眼又扔掉二十七只后，我终于画出了我想要的那只，然后火速将它寄给加维先生！”

那只被复制了六款不同颜色的眼诡异地躺在绿丝绒珠宝盒里。复刻版在现代艺术博物馆一上架就被抢购一空。“地下七人组”的牌友纷纷戴上扑克筹码眼，有红底蓝眼的，有白底红眼的，还有蓝底白眼的。

但放眼整个纽约市，能佩戴正版马蒂斯单片眼镜的唯有一人，此人正是加维先生。

“我其实还是那个让人大伤脑筋的无趣之人，”他对妻子说，“可现在有了这只马蒂斯画的眼和满大人的指套，他们永远也别想知道那底下藏着我多么可怕的牛脾气。而且要是他们再次对我失去兴趣，这天底下有的是办法，无非是不小心失去一只胳膊或一条腿。我敢打包票，现在我已改头换面，再也不是从前那个大老粗了。”

正如在不久前的一个下午，他的妻子所说的：“我很难再将他与原来的乔治·加维联系在一起。他改了名字，他希望别人叫他朱利奥。有几个晚上，我扭头看他，叫他‘乔治’，他不吭声。他就在我眼前，小指戴着满大人指套，右眼窝嵌了马蒂斯白底蓝眼的扑克筹码。我常在夜里醒来看他。可是你们知道吗？有时候，那枚神奇的马蒂斯扑克筹码眼像在眨动，眼神很是吓人。”

骨　骼

他又错过了就诊时间。哈里斯先生在楼梯井处白着脸转身上楼，他看见指向箭头上方伯利医生烫金的名字。伯利医生见他进门会不会叹气呢？这是他今年第十次来这里。但伯利医生不该抱怨，他帮他做检查可是收费的！

护士看见哈里斯先生，略带好笑地踮着脚尖走到镶玻璃的门前，把门推开，头探进去。哈里斯仿佛听见她说："医生，您猜谁来了？"而医生也不低声回答："哦，上帝，又来了？"

哈里斯不安地咽了咽口水。

哈里斯走进去，伯利医生大声说："又是骨痛！啊！！"他皱皱眉，扶了下眼镜，"亲爱的哈里斯，你所接受过的治疗用的是最先进的科技。你是太紧张了。让我看看你的手指。抽烟太多。让我闻闻你的口气。摄入蛋白质过量。让我再看看你的眼睛。睡眠不足。你说怎么办？补充睡眠，少吃高蛋白食品，把烟戒掉。请付十块钱。"

哈里斯怏怏地站着。

医生放下文件，抬起头。"你还在这里？你这是疑心病！现在请付十一块钱。"

"可为什么我的骨头会痛？"哈里斯问。

伯利医生像对小孩一样说：“你是不是有过肌肉疼痛，然后不停地刺激它，神经过度紧张，又不停地揉它？你越担心，情况就越糟糕。你别去管它，疼痛反而会消失。你要知道，这大部分的疼痛都是你自己造成的。就这样吧，孩子，这就是你的情况。别去想它。服一剂泻盐。出去走走，去凤凰城吧，你都想了好几个月了。旅行对你有好处！”

五分钟后，在街角的药店，哈里斯先生快速翻阅着分类电话簿。像伯利这样不开眼的蠢货真够有同情心的！他的手指向下移动，滑过一个个骨科专家的名字，最后停在M．穆尼甘上。穆尼甘的名字后面没有印“医学博士”或其他任何学术头衔，但他的诊所倒是很近便。往前走三条街，穿过一个街区……

M．穆尼甘和他的诊所一样，看上去又小又黑。他的身上也和他的诊所一样，有碘仿、碘伏和其他的怪味。不过，他是个很好的倾听者，而且听的时候滴溜转动的眼睛热切得发亮。他对哈里斯说话的口音很特别，仿佛每个词都是轻轻吹出来的；显然那是因为他的假牙不够严丝合缝。

哈里斯把来意和盘托出。

M．穆尼甘点点头。他以前遇到过类似的病例。身体的骨头。人们并不了解自己的骨头。啊，没错，就是骨头。骨骼。最难的就是它。这与失去平衡有关，人的灵魂、肉体和骨骼要和谐共处，不得有任何差池。极为复杂，M．穆尼甘轻吹着哨音说。

哈里斯直听得入了迷。终于有医生理解他的病情了！

是心理问题，M．穆尼甘说。他飘然地来到一面昏暗的墙壁前，哗啦啦地取下半打X光片，房间里浮现出古老的鬼魅般的影子。有了，有了！令人吃惊的骨骼！光影中一根根或长或短或大或小的骨头。哈里斯先生必须了解自己的处境，他的难题！M．穆尼甘拍打着X光片，轻声细语，手指划过淡若星云的肌肉组织，里面悬着若隐若现的头盖骨、脊髓、骨盆、灰质、钙质、骨髓，这里、那里、这些、那些，还有其他！看！

哈里斯胆战心惊。从X光片和图片中吹来泛着绿色磷光的风，仿佛来自达利和福塞利画中怪物所定居的土地。

M．穆尼甘以轻柔的哨音问，哈里斯先生愿意——治疗——他的骨骼吗？

“看情况。”哈里斯说。

哦，M．穆尼甘爱莫能助，除非哈里斯愿意配合。从心理学的角度看，一个人首先得承认需要帮助，否则医生也无能为力。但（耸了耸肩）M．穆尼甘还是决定“试一试”。

哈里斯张着嘴巴躺在台上。灯光熄灭，窗帘拉上。M．穆尼甘走近他的病人。

有个东西碰了一下哈里斯的舌头。

他感到自己的下颌骨被迫张开，发出微弱的喀喀声。昏暗的墙上，那些骨骼图片中的一幅似乎抖了一下，要跳起来。哈里斯猛地一震，不由自主地合拢嘴巴。

M. 穆尼甘大叫一声。他的鼻子差点被咬掉！没用，没用！时机未到！他咕哝着拉开窗帘，心里十分失望。等哈里斯先生感到能从心理上配合、等他真需要帮助且相信M. 穆尼甘能帮他，那时也许才有办法。M. 穆尼甘伸出他的小手，诊断费仅需两块钱。哈里斯先生必须想一想。眼前这张骨骼图，需要哈里斯带回家仔细研究。它能让他熟悉自己的身体。他必须彻底了解自己，他必须提高警惕。骨骼是奇怪又难控制的东西。M. 穆尼甘的眼睛闪闪发光。哈里斯先生再会。哦，他喜欢吃面包棒吗？M. 穆尼甘递给哈里斯一罐又长又硬的咸味面包棒，他自己也拿了一根，说是咀嚼面包棒可以让他的牙口保持——呃——锻炼。再会，再会，哈里斯先生！

哈里斯先生回家。

第二天，星期天。哈里斯先生发现全身新增了数不清的疼痛。整个上午，他以全新的兴趣盯着那张骨骼图，那是M. 穆尼甘给他的，虽然尺寸不大，但从解剖学上看，堪称完美。

吃晚饭时，妻子克拉丽丝一个一个地掰动细小的指关节，发出噼啪的响声，他吓了一跳，捂住耳朵大喊："住手！"

饭后他把自己关在房间里。克拉丽丝和她的三个女伴在客厅里玩桥牌，有说有笑。哈里斯则躲在远处，越发好奇地摸索自己的四肢。过了一个小时，他突然站起来叫道："克拉丽丝！"

克拉丽丝总能像跳舞一样进入任何一个房间，身体做出各种轻盈曼妙的动作，脚底几乎不触碰地毯的绒毛。她暂时抛开伙伴，高兴地跑来看他。她发现他又坐在远处的角落里，只顾看那张解剖图。"亲爱的，你还在担心吗？"她问，"别担心了。"她坐在他的膝盖上。

她的美貌也难使他分神。他掂了掂她轻盈的身体，疑惑地摸摸她的膝盖骨。她的膝盖骨似乎在光润白皙的皮肤下移动。"它本来就是这样的吗？"他深吸一口气问道。

"什么本来就是这样？"她笑了，"你是说我的膝盖骨？"

"它本来就会在你的膝盖上跑来跑去吗？"

她试了试。"确实如此。"她惊叹道。

"你的也会动，真是太好了，"他叹了口气，"我还在担心呢。"

"担心什么？"

他拍拍自己的肋骨。"我的肋骨不会动，它们就停在这里，有几根悬在半空中，真让人搞不懂！"

克拉丽丝双手握着自己小小的胸部曲线下方。

"当然啦，傻瓜，每个人的肋骨都固定在某个点上，那几根滑稽的短肋骨叫游离肋。"

"希望它们不要游得太远。"他惴惴不安地打趣道。现在，他只想一个人待着，好用颤抖的双手去做更多、更新奇的考古发现。他可不想被人嘲笑。

“谢谢你过来，亲爱的。”他说。

“随叫随到。”她小巧玲珑的鼻子轻轻蹭了蹭他的。

“等等！你看，这里……”他伸出手指摸摸自己的鼻子，又摸摸她的，“你发现没？鼻骨向下只长到这儿，再往下全是软骨组织！”

她揉了揉自己的鼻子。“当然，亲爱的！”然后舞出房间。

现在，他独自一人坐着，感觉汗水从脸上的坑坑洞洞里汩汩渗出，汇成一股细流沿脸颊往下淌。他舔了舔嘴，闭上眼。啊……啊……下一步，是什么……？是脊椎，没错。这里。他慢慢地检查，像按动办公室里呼叫秘书和快递员的按钮。但此刻按在脊柱上，回应他的却是害怕和恐惧，它们从他心中的千万道门户冲出来对抗他、动摇他！他的脊椎摸上去很可怕——很陌生。仿佛刚刚吃剩的鱼骨，散落在冰冷的瓷盘里。他捏着那些小小的圆形椎骨。“主啊！主啊！”

他的牙齿开始打颤。万能的主啊！他心里想，为什么这么多年来我都没想到？这些年来，我居然和一副——骨骼——形影不离，它就藏在身体里！为什么我们总以为自己理所当然？为什么我们从不怀疑自己的身体和存在？

一副骨骼。那些相互连接、雪白、坚硬的东西；那些脏兮兮、干巴巴、易碎、眼窝深陷、骷髅脸、手指抖索、格格作响，在结满蛛网的废弃橱柜中挂在颈链上摇来晃去的东西；那些在沙漠里随处可见，像骰子般四处散落的东西！

他站起来，他再也坐不住了。此刻就在我体内，他抓住他的肚子、他的脑袋，我的脑袋里是一颗——头骨。那种圆弧状的甲壳，像带电的水母般装着我的大脑，壳体上有缝隙，前面有两个窟窿，仿佛双管猎枪的枪口！这些由骨头形成的洞窟和护壁为我的血肉、我的嗅觉、我的视觉、我的听觉、我的思想提供保护和居所！一颗头骨，包围着我的大脑，使它透过两扇骨窗看见外面的世界！

他很想冲进去，搅乱她们的牌局，正如狐狸闯进鸡窝，闹得纸牌像鸡毛一样满天飞！他费了很大的劲才没那么做。啊，啊，伙计，你要控制自己。这是一个启示，你要把握它的价值，理解它，品味它。但是一副骨骼！他的潜意识叫道。我受不了它。它太粗俗，太恐怖，太吓人。骨骼使人恐惧；它们在古老的城堡里丁零当啷、咯咯作响，挂在橡木椽子上，像随风飘荡的长长的钟摆，悠然地发出窸窸窣窣的声音……

"亲爱的，你要来见见女士们吗？"他妻子清脆甜美的声音在远处呼唤他。

哈里斯先生站起来。他的骨骼架着他站起来！这个体内的东西、入侵者、恐怖的怪物，正支撑着他的手臂、他的双腿、他的脑袋！那种感觉就像一个不该出现的人站在你的身后。他每走一步都会意识到自己对这个"外来物"有多么依赖。

“亲爱的，我一会儿就来。”他有气无力地回答。他在心中对自己说，加油，振作起来！你明天还得工作。星期五你还要去凤凰城，还得驱车赶远路，数百里的路程。为了那趟旅程，你必须养精蓄锐，否则很难说服克莱尔登先生投资你的陶瓷生意。现在必须打起精神！

过了一会儿，他来到女士们中间，经过介绍，他认识了威瑟斯夫人、阿贝马特太太和科茜小姐。她们体内也都住着一副骨骼，但她们看上去神态自若，因为自然之手在她们的锁骨、股骨和胫骨外面精心地裹上了乳房、大腿和小腿，头骨上有发型和眉毛，还有被蜜蜂蜇了似的嘴唇和——主啊！哈里斯先生在心中惊叫道，要是她们说话或者吃东西，骨骼就会露出一部分——她们的牙齿！我从没想过这一点。“失陪一下。”他倒抽一口气，急忙跑出房间，及时把吃下的午餐吐到花园栏杆外的矮牵牛花丛里。

晚上妻子更衣时，他正坐在床上仔细修剪手脚上的指甲。这些指甲也是骨头的一部分，在骨骼的推挤下才愤怒地向外生长。他一定在喃喃自语中说出了这番理论，因为很快他发现妻子已穿着睡衣来到床上，张开双臂搂住他的脖子，打着哈欠说：“哦，亲爱的，指甲可不是骨头，它们不过是硬化的表皮！”

他放下剪刀。“你确定吗？我倒希望如此，这样我会好受些。”他注视着她的身体曲线，暗自赞叹，“我希望所有人类都以同样方式被打造。”

“你的疑心病真是要命！”她伸长了手臂抱着他说，“来，怎么啦？告诉妈妈。”

“我身体里有什么东西，”他说，“那个东西——被我吃了。”

第二天上午和整个下午，在位于市中心的办公室里，哈里斯先生忧心忡忡地研究着自己体内各种骨头的大小、形状和构造。上午十点钟，他主动要求摸一下史密斯先生的手肘。史密斯先生勉强同意，但怀疑地皱了皱眉。吃过午饭后，哈里斯先生又要摸劳雷尔小姐的肩胛，她立马转身往他身上一贴，闭着眼发出猫似的呼噜声。

“劳雷尔小姐！”他呵斥道，“你别这样！”

一个人的时候，他也想过自己是否有精神问题。战争刚刚结束，工作上的压力，未来的不确定性，也许都与自己的精神状态有莫大的关系。他想辞职，自己创业。他在陶艺和雕刻方面颇有天分，要尽快去一趟亚利桑那，从克莱尔登先生那儿借点钱，建一座窑场，开一家陶瓷店。这让他很操心，压力很大。幸好他找到了M．穆尼甘，他似乎很想了解他、帮他。他准备独自对抗到底，不到万不得已，他不会去找穆尼甘或伯利医生。那种怪异的感觉终将过去，他坐下来想道，眼睛瞪着虚空。

然而怪异的感觉并没有消失，反而见长了。

到星期二和星期三，那种感觉给他造成极大的困扰，他的表皮、头发和其他附着物彻底乱了套，而被裹在里面的骨骼却还是那么干净、光滑、有效率。有时他就着灯光苦着脸、瘪着嘴时，还能看见他的头骨在皮肉后面对他龇牙咧嘴地笑。

放开我！他喊道。放开我！我的肺！住手！

他痉挛似的喘着气，像被肋骨卡住了呼吸。

我的大脑——别挤它！

一阵剧烈的头痛把他的大脑烧成灰烬。

我的内脏，放开它们，看在上帝的分上！放过我的心脏！

他的心脏在肋骨的夹击下缩成一团，而肋骨就像张牙舞爪的苍白的蜘蛛，居高临下地拨弄自己的猎物。

有一天晚上，他汗淋淋地躺在床上，克拉丽丝外出参加红十字会议还没回来。他想要集中精神，却只能更清楚地意识到自己肮脏的皮囊与漂亮清爽的钙质骨骼间的冲突。

他的脸：难道不是油腻且爬满了忧虑的皱纹？

且看他完美无瑕、雪白锃亮的头骨。

他的鼻子：难道不是大得离谱？

且看他头骨上小巧玲珑的鼻骨，和它前面形成这歪斜大鼻子的巨大软骨。

他的身体：难道不肥胖臃肿？

且看他的骨骼：修长、苗条、恰到好处的线条，精雕细琢的东方象牙！完美、纤细，犹如一只白螳螂！

他的眼睛：难道不暴突、普通、呆板？

可是，请你看他头骨上的眼窝，多么深邃、圆整、忧郁、平静、睿智、不朽。任你深入注视也难以探尽它们黑暗的思想。那两窝黑暗装满了世间所有的讽刺，所有的生命，所有的一切。

比较，比较，比较。

他生了好几个小时的闷气。然而那副骨骼，那个永远脆弱而庄严的哲学家，平静地悬挂在体内，一言不发，仿佛蛰伏在蛹内的昆虫，等待再等待。

哈里斯慢慢地坐起来。

“等一等。慢着！”他突然叫起来，“你也无可奈何。我抓住你了。我想让你干什么，你就得干什么！你阻止不了！我说动一动你的腕骨、掌骨和指骨——挥挥手——叫它们走，就像我挥赶别人那样！”他笑着说，“我命令腓骨和股骨开步走，一二三四，一二三四——我们上街走走。来吧！”

哈里斯咧嘴笑了。

“棋逢对手，难分高下。我俩必须决一胜负！毕竟，我是会思考的一方！是的，谢天谢地！是的。即使没有你，我照样能思考！”

话刚说完，老虎的嘴巴咔嚓猛咬下来，将他的大脑咬成两半。哈里斯大叫一声。他的头骨抓住他，害他做噩梦。然后慢慢地，他尖叫着靠近眼前的噩梦，一个一个把它们咽下肚子，直到最后一个噩梦消失，灯光熄灭……

临近周末，他因为健康的原因推迟了凤凰城之行。他站在体重秤上，看见红色的指针慢慢滑向一百六十五磅。

他发出呻吟。为什么？多年来我的体重一直维持在一百七十五磅。我不可能掉了十磅！他对着沾满苍蝇屎的镜子察看自己的脸。冰冷、原始的恐惧随着奇怪的战栗布满他的全身。你，你！我知道你想干什么，你！

他对着自己瘦削的脸挥了挥拳头，尤其对他的上颌、他的下颌、他的头盖骨和颈椎说了一番狠话。

“你这该死的东西，你！你以为能把我饿死，使我减轻体重，啊？削掉我的血肉，让我只剩下皮包骨。想要把我甩开，你好称王称霸，啊？不，绝不！”

他逃命似的跑进自助餐厅。

火鸡、调味品、奶油土豆、四道蔬菜、三道甜点，他一样也吃不下，只觉得反胃。他强迫自己。他开始牙痛。牙齿坏了，是吗？他恼怒地想。哪怕所有的牙齿都丁零当啷、噼里啪啦地掉进我的肉汤，我也要把它们全吃掉。

他的脑袋烧得厉害，他的胸腔收缩，呼吸急促，牙齿剧烈疼痛，但他知道自己取得一个小小的胜利。他正准备喝牛奶，突然又停下来，把牛奶倒进一盆旱金莲里。不给你补钙，小子，就不给你补钙。我以后再也不吃含钙的食品或其他强化骨骼的矿物质。我只为我们当中的一个而不是两个吃饭，我的伙计。

“一百五十磅，”一个星期后他对妻子说，“你觉得我有变化吗？”

“这样更好，”克拉丽丝说，“亲爱的，以你的身高，你一直都偏胖。”她摸摸他的下巴，“我喜欢你的脸。比以前漂亮多了，线条分明，更有力了。”

“它们不是我的线条，是他的，该死！你是说你更喜欢他，不喜欢我？”

“他？‘他’是谁？”

在客厅的镜子里，在克拉丽丝背后，他的头骨透过憎恨、绝望、扭曲的皮肉，报之以嘲讽的微笑。

他气得往嘴里塞了一把麦芽糖。如果吃不下其他的，这倒是个增加体重的办法。克拉丽丝发现了糖纸。

“可是，亲爱的，说真的，你没必要为我增加体重。”她说。

噢，闭嘴！他想说。

她让他把头枕在她腿上。“亲爱的，”她说，“我最近一直在观察你。你的精神状态——很不好。你嘴上不说，但你看上去——很恐慌。晚上你在床上翻来覆去，也许你该去看看心理医生，但我想我知道他会对你说什么。通过你无意中透露的种种迹象，我猜出了大概。我可以告诉你，你和你的骨骼就是同一个人，没有任何不同，‘一个国家，不可分割，人人享有自由和正义’。合则生，分则死。如果你们两个以后不能像老夫老妻一样和睦相处，建议你再去找伯利医生看看。但首先，要放松。你已经陷入恶性循环，你越担心，你的骨头就越捣乱，让你更担心。归根结底，是谁先挑起事端——是你，还是潜伏在你消化道后面、你所声称的那个无名的存在？”

他闭上眼睛。“是我，我想应该是我。继续，克拉丽丝，继续说。”

“你先休息吧，”她温柔地说，“好好休息，忘记这回事。”

哈里斯先生振作了半天，就又开始消沉下去。这一切都是他的幻想在作祟，但上帝啊，这副难缠的骨骼已经开始反击。

当天晚些时候，哈里斯动身去诊所找 M．穆尼甘。他走了半个钟头才找到那个地方，他无意中看见楼房外墙玻璃板上有“M．穆尼甘”的首字母缩写，几个旧得掉色的烫金字。这时，他的骨头似乎从它们的栖息地突然引爆，痛苦地爆发出来。他眼前一黑，脚下一个踉跄，再次睁开眼时，他已经绕过街角。M．穆尼甘的诊所不见了。

疼痛消退。

M．穆尼甘一定能帮他。光看名字就有这么大的反应，毫无疑问 M．穆尼甘正是他要找的人。

但不是今天。每次他想要返回诊所，就会剧痛难忍。他满身大汗，不得不放弃，摇晃着走进一间鸡尾酒吧。

穿过昏暗的酒吧时，他忽然想到莫非不能把这项重大任务交给 M．穆尼甘。毕竟，当初是穆尼甘吸引他的骨骼的注意力，给他带来强烈的心理冲击！他会不会出于某种邪恶的目的而利用他呢？然而目的是什么？傻瓜才会怀疑他。他不过是个想要帮忙的小医生。穆尼甘和那罐面包棒。荒谬。M．穆尼甘没问题，没问题……

鸡尾酒吧里的一幕给了他希望。一个胖得像黄油球的大块头站在吧台边接连往嘴里灌啤酒。啊，这里有个成功的男人。哈里斯很想走上前，拍拍那个胖男人的肩膀，问他如何收服自己的骨头，但他强忍住没这么做。是的，胖男人的骨骼被完全禁锢了。只见这里鼓出几团脂肪，那里又突出几团脂肪，下巴还有好几圈肥肉。可怜的骨骼不见了；它永远也不可能突破脂肪的包围。它或许试过——但现在显然不行，它已被彻底淹没，一根支撑胖男人的骨头都看不见。

哈里斯不无嫉妒地走近胖男人，就像抄近路穿过远洋巨轮的船头。哈里斯点了杯啤酒，喝一口，这才壮着胆对胖男人说："是因为腺体吗？"

"你在跟我说话？"胖男人问。

"还是饮食有方？"哈里斯很好奇，"对不起，是这样的，我体重下降，似乎胖不起来。我想要你那样的肚子。你是因为害怕什么才把它养大的吗？"

“你，”胖男人大咧咧地说，“喝醉了。但是——我喜欢醉鬼。”他叫来更多啤酒，“听仔细了，我来告诉你。一圈又一圈，”胖男人说，“从小到大，我花了二十年才累积成这个样子。”他抱着地球仪般硕大的肚子，对他的听众传授美食地理学，“这可不是速成的杂耍，在里面的奇物没有安顿好之前这帐篷是不会架起来的。我像喂养纯种猫狗和其他宠物那样喂养我的内脏。我的肚子是一只粉胖的波斯猫，偶尔动一动呼噜几下，喵几声，吵着要巧克力吃。我尽给它吃好的，它总是乖乖地坐在我前面。还有，我亲爱的朋友，我的肠道是你见过的最滑溜、安分、滋润、健康、稀有的纯种印第安蟒蛇。我确实善待我所有的宠物，让它们保持最佳的状态。因为害怕什么东西？也许吧。”

讲到这里，他又给每人叫了一杯啤酒。

“增加体重？”胖男人咂巴着舌头玩味这句话，“你该这么做：给自己找个喋喋不休的老婆和一打给你搬来成堆麻烦、喜欢窝里斗的面包师亲戚。再来几个生意伙伴，他们最大的动机是榨干你最后一毛钱。这样，你很快就会变胖。为什么？因为你会下意识地在你和他们之间筑起脂肪，一层表皮的缓冲区，一堵细胞的围墙。你很快就会发现，吃是世上唯一的乐趣。但人也需要外来的烦恼。这世上有太多的人活得太安逸，所以他们开始自寻烦恼，他们的体重因此而下降。去看看那些卑贱的可怜人吧，很快你就能重拾那些美好的旧脂肪！”

胖男人扔下这番话，便大摇大摆地走出去，呼哧呼哧地消失在夜幕中。

“这正是伯利医生告诉我的，半点不差。”哈里斯若有所思地说，“现在，或许该去凤凰城了——”

从洛杉矶到凤凰城是一段酷热的旅程，得在白天穿越黄沙漫漫的莫哈维沙漠。这里人烟稀少，车辆时有时无，有时前后几英里都不见一辆车。哈里斯只用几根指头搭住方向盘，不管凤凰城的克莱尔登先生是否借钱给他创业，哪怕出来兜兜风也是件好事。

汽车在沙漠的热风中急速穿行。哈里斯先生体内坐着另一个哈里斯先生，也许两个哈里斯先生一样汗流浃背，也许两个都很辛苦。

在一个弯道上，体内的哈里斯先生突然制住外面的肉体，使他猛地向前一凑，压在火热的方向盘上。

汽车冲出公路，撞向滚烫的沙丘后侧翻。

夜幕降临，起风了，公路寂静无声。零零星星的几辆车疾驰而过，司机们根本看不见他。哈里斯先生躺在那里不省人事，直到深夜听见沙漠中刮起一阵风，感觉沙子像针尖一样扎在脸上，他才睁开眼睛。

第二天早上，只见他眉眼都是沙子，漫无目的、神志不清地在兜圈子，离公路越来越远。中午他四仰八叉地躺在灌木丛下，借少得可怜的阴影躲避阳光。太阳如利剑般砍下，穿透皮肉，深达——骨头。一只秃鹰在头顶上盘旋。

哈里斯翕动干裂的嘴唇。“就这样？”他喃喃道，眼睛通红，胡子拉碴，“千方百计害我走路，饿死我，渴死我，置我于死地。”他咽了咽粗粝的沙尘，“太阳煮熟我的皮肉，你就可以出头露面。秃鹰把我当午餐，你就可以躺下来狞笑。胜利的狞笑。像一架被抛弃而褪色的木琴，任秃鹰弹奏出离谱的曲调。你喜欢那样。自由。”

他继续行走，沿路风景在骄阳下摇曳、沸腾。他脚步踉跄，仰天跌躺在地上，一小口一小口地咽下热火。空气像是蓝色的酒精火焰，空中盘旋的秃鹰仿佛也被烤熟了，冒着热气，闪着光。凤凰城。公路。汽车。水。脱险。

“喂！”

远处蓝色的酒精火焰中，有人叫了一声。

哈里斯先生强撑着身体想要站起来。

“喂！”

又有人叫了一声，然后是快速移动、嘎吱嘎吱的脚步声。

哈里斯难以置信地大喊一声，站起来，立马又瘫倒在一个穿制服、戴徽章的人怀里。

经过一番单调乏味的努力，汽车被拖走、修好，凤凰城到了，哈里斯却发现自己的心态很糟糕，他甚至觉得这次业务洽谈不过是一场麻木的哑剧。即使他获得贷款，手里拿着钱，也已毫无意义。他身体里的东西就像一把白晃晃、未出鞘的利剑，坏了他的生意、他的饮食、他对克拉丽丝的爱，使他怀疑汽车的安全性；总而言之，得让这个“东西”回归正轨，服服帖帖才行。这次沙漠事件太过惊险。太接近骨头了，有人也许会撇嘴讽刺说。哈里斯恍惚听见自己对克莱尔登先生的资助表示感谢，然后他回到车上，开启漫漫归程。这次他取道圣地亚哥，避开埃尔森特罗和博蒙特之间的茫茫沙漠，沿海岸线一路向北行驶。他不相信那片沙漠，然而——还得警惕！富含盐分的海浪拍打在拉古纳海滩上，发出低沉的嘶吼。沙子、鱼类和甲壳动物，它们清洁骨头的速度丝毫不亚于秃鹰。所以他在邻近海浪的弯道上放慢车速。

该死，他病了！

该找谁呢？克拉丽丝？伯利？穆尼甘？骨科专家。穆尼甘。行吗？

“亲爱的！”克拉丽丝吻他。察觉到两人牙齿与下巴触碰时有硬硬的感觉，他瑟缩了一下。

“亲爱的。”他说，颤抖着用手腕缓缓擦了擦嘴唇。

“你看上去瘦了；哦，亲爱的，那笔生意——？”

“谈成了，我想。是的，谈成了。”

她又亲了他一下。他们悠闲地共进晚餐，气氛欢乐得有些不自然，克拉丽丝笑着不停地鼓励他。他考虑要不要打电话；

好几次犹豫不决地拿起听筒，然后又放下。

他的妻子走进来，穿上外套，戴上帽子。“喔，对不起，我得出去一趟。”她捏捏他的脸颊，“别这样，打起精神！我去红十字会，三个小时后就回来。你躺下打个盹儿。我不去不行。”

等克拉丽丝离开后，哈里斯开始拨电话，心里有点紧张。

“M．穆尼甘？”

才放下电话，他的体内就爆发了令人难以忍受的疼痛。他的骨头剧痛无比，冷热交加，比他所能想象和经历的最可怕的噩梦还恐怖。他吞下所有能找到的阿司匹林，试图以此止痛；但当一个小时后门铃终于响起时，他已经动弹不得；他虚弱地躺在那儿，精疲力竭地喘息着，眼泪与汗水齐流。

“进来！进来吧，看在上帝的分上！”

M．穆尼甘走进来。谢天谢地，门没锁。

哦，可是哈里斯先生看上去糟透了。M．穆尼甘站在客厅中央，显得又小又黑。哈里斯朝他点点头。病痛在他体内肆虐，好像有巨大的铁锤和铁钩在击打他的身体。看见哈里斯身上突出的骨头，M．穆尼甘的眼睛一亮。啊，他知道，哈里斯先生终于做好了接受治疗的心理准备。难道不是吗？哈里斯又点了点头，无力地啜泣。M．穆尼甘说话依旧带着哨音；他的舌头和哨音有点古怪。不管了。穆尼甘虽然两眼发亮，哈里斯却觉得他在缩小，越缩越小。这当然是幻想。哈里斯抽抽搭搭地叙述了自己去凤凰城的经过，M．穆尼甘深表同情。这副骨骼是个——叛徒！他们要把它一次性地解决，永除后患！

“穆尼甘先生，”哈里斯微微叹了口气，“我——我以前从没注意到。你的舌头圆圆的，像一根管子，是中空的吗？我的眼睛有点花了。我在干吗？”

M．穆尼甘轻轻发出欣慰的哨音，向他靠近。哈里斯先生能放松地在椅子上张开嘴巴吗？灯光熄灭。M．穆尼甘凑近哈里斯张开的下巴往里看。再张开一点，行吗？回想第一次给哈里斯看病，真是不容易，那时他的身体和骨头全都造了反，现在至少他的肉体肯配合了，尽管骨骼还在抗议。黑暗中，M．穆尼甘的声音越来越小、越来越细，哨音却更高亢尖锐了。现在，放松，哈里斯先生。放松！

哈里斯只觉得下巴被拉向四面八方，舌头似乎被小勺压住，喉咙也被堵塞。他大口喘气。他听见了哨音。他无法呼吸！有个东西在蠕动，钻开他的脸颊，撑开他的下巴。有个东西像灌热水一样直往他的耳鼻口里灌，他的耳朵铿锵作响！“啊——！”哈里斯掐着喉咙尖叫。在他脑袋上，一块块壳体裂开，粉碎，松散地挂着。剧痛像火一样灼烧他的肺部。

哈里斯暂时又能呼吸了，泪汪汪的眼睛圆睁。他发出凄厉的惨叫。他的肋骨就像被拾起来捆在一起的棍子，已经脱离他的身体。钻心的疼痛！他倒在地板上，呼呼地喘着热气。

灯光在失去知觉的眼珠里闪现，他感到四肢迅速散开，不听使唤。从涌出的泪水中他看见了客厅。

客厅是空的。

“M. 穆尼甘？看在上帝的分上，你在哪里，M. 穆尼甘？快来救我！”

M. 穆尼甘不见了。

“救救我！”

然后他听见了。

从他体内深处的缝隙里，有个细微的令人难以置信的声音；细微的敲打、旋动，细微干燥的刨削、碾磨和刮擦——仿佛一只饥饿的小老鼠在他的血管深处，热切、娴熟地啃食泡在水中的木材……！

克拉丽丝昂首走在人行道上，笔直地向位于圣詹姆斯广场的家走来。拐弯时她在想红十字会的事，差点儿撞上一个又黑又小、浑身散发碘酒气味的男人。

要不是擦身而过时见对方从外套里抽出一根眼熟的白色长棒，像啃胡椒薄荷棒般啃起来，克拉丽丝本不会太注意他。长棒的一头已被咬掉，那人正伸出奇怪的舌头，吸食棒子里面的东西，发出心满意足的声音。直到克拉丽丝沿人行道走到自家门前、转动门把手进屋时，他还在嘎吱嘎吱地啃个不停。

“亲爱的？”她笑着大声说，“亲爱的，你在哪里？”她关上门，走过门廊，进入客厅，“亲爱的……”

她盯着地板看了二十秒，想弄清怎么回事。

她尖叫起来。

在房子外面悬铃木的阴影下，小个子男人在长长的白色棍子上凿出排孔；然后他噘着嘴，在即兴制作的乐器上，叹息般轻轻吹起悲伤的调子，为客厅里嘶声尖叫的克拉丽丝伴奏。

孩提时代的克拉丽丝常常在海滩上奔跑，也曾因为踩到水母而尖叫。在客厅遭遇一只完整的胶状水母也算不上多糟糕的事，后退一步就是了。

可要是这只水母开口叫你的名字……

罐

这是一个陈列在帐篷中的玻璃罐里供人观赏的东西，这样的帐篷大都搭在毫无生气的小镇边缘。这是一个惨白的东西，它在混合了血水的酒精中沉浮，永远在梦中打转，用它剥落的、死去的眼睛瞪着你，却怎么也看不见你。它与眼下寂静的深夜最相称，与蟋蟀唧唧的叫声和潮湿沼泽地青蛙的呜咽为伴。它让你紧张得想吐，看见它就像在实验室里看见玻璃容器中经过防腐处理的手臂。

查理久久地回瞪着它。

此前他双手紧抓隔离带等了很久。他的手又大又粗糙，手背上长满了毛。隔离带是用来阻挡那些好奇却舍不得花钱的观众的。他花了十美分，现在终于能近距离观看了。

天色渐暗。旋转木马昏昏欲睡，发出慵懒、机械的当啷声。工人躲在帐篷后抽烟，对着手中的扑克牌咒骂。灯光熄灭，为游乐园平添一股夏日的忧郁。人们成群结队地拥向回家的路。不知哪里的广播突然响了一声又停下，让路易斯安那的星空愈发显得宽广而沉静。

查理完全被密封在液体中的惨白物给迷住了，似乎这世上除它外再无他物。他那张能说会道的嘴幸福地张开，露出牙齿；眼里流露出疑惑、羡慕和惊奇。

一道身影走进他背后的阴影里，在瘦高个的查理身边显得有些矮小。“哦，”那道身影来到耀眼的灯光下，“你还在呀，伙计？”

“是啊。”查理梦呓似的说。

这位游乐园老板对查理的好奇心很是赞赏。他朝玻璃罐里的“老熟人”点了点头说：“每个人都喜欢它；我是说，各有各的理由。”

查理摸摸自己的长下巴：“你——呃——有没有考虑过卖掉它？”

游乐园老板瞪大眼睛，随即又闭上。他哼了一声说：“没有。它能招揽顾客。他们就爱看这号东西。毫无疑问。”

查理失望地说了声“哦”。

“不过，”那老板想了想，“要是有人出得起价钱，没准儿——”

“多少钱？”

“要是有人能出——”老板扳着手指头估摸道，一边观察查理的反应，“要是他能出三、四，呃，也许七、八——”

查理随着他的每个动作满怀期待地点头。老板看在眼里，决定抬高价格：“——也许十美元，或者十五——”

查理皱皱眉，面露忧色。老板适时退让，“要是他肯出十二美元——”查理笑了，“他就可以买下那罐东西。”精明的老板最后说。

“有意思，”查理说，“我裤兜里正好有十二美元。我想，要是我把这东西带回怀尔德斯谷摆在桌子上方的架子上，大伙儿会多崇拜我呀！我敢打赌那时他们都会对我另眼相看。”

“那，你听我说——”游乐园老板说。

买卖顺利完成，罐子被移到查理的马车后座。拉车的马见到罐子时，马蹄子乱踩，咴儿咴儿地叫了两声。

游乐园老板带着几乎欣慰的表情瞥了一眼。“反正我不想再见那该死的鬼东西了。不用谢我。我最近还在想某些事和它有关，那些怪事——不过，该死，我真是个大嘴巴。再见了，种田的！”

查理驾着马车离开。蓝色的灯泡渐渐远去，仿佛逝去的星星，路易斯安那的乡村夜色广阔而深沉，马车在黑暗的包围中前进。路上早已没了人影，只有查理、迈着灰蹄的马和蟋蟀的叫声。

以及搁在马车后座上的罐子。

它随马车晃来晃去，变得湿漉漉的。里面那个冰冷的惨白物昏沉沉、软绵绵地撞在罐壁上，它往外看、往外看，却什么也看不见、看不见。

查理探身摸了摸罐盖，他闻到一股奇怪的酒精味，赶紧缩回手，身上顿时有种异样的感觉，先是冷得发抖，紧接着又是一阵兴奋。要的就是这个！他心里想，要的就是这个！

唰啦，唰啦，唰啦……

怀尔德斯谷。满目的灯笼，草绿的、血红的，泛出灰蒙蒙的光，男人们挤坐在杂货店里，嗡嗡的低语夹杂着吐唾沫的声音。

听见吱吱嘎嘎的车轮声，他们就知道是谁来了。当查理勒停摇摇晃晃的马车时，他们连头也没回。他们疏于打理的脑袋上长着土褐色的头发，他们的雪茄是黑暗中的萤火虫，他们的声音是夏夜里蛙的低语。

查理迫不及待地弯腰下了马车。"嗨，克莱姆！嗨，米特！"

"喽，查理。喽，查理。"他们低声咕哝道。政治辩论还在继续。查理乘虚而入："我买了样东西。我买了样你们会想看的东西！"

汤姆·卡莫迪的眼睛一亮，在杂货店门廊的灯光中泛出绿光。在查理的印象中，汤姆·卡莫迪总是待在门廊的暗处或树影下，要是在室内，他会躲进最偏僻的壁龛，从黑暗中用发光的眼睛盯着你看。你永远也看不清他的表情，他的眼神总是带着嘲讽。每当他看你时，你总能在他眼里发现异样的笑。

"你不会有我们想看的东西，小娃娃。"

查理握紧拳头看着它。"一个装在罐子里的东西，"他继续说道，"看上去有点像人脑，有点像腌海蜇，又有点像——算啦，你们自己来看吧！"

有人弹落雪茄泛红的烟灰，慢悠悠地走过来看。查理郑重其事地拨开罐盖。在摇曳不定的灯光下，那人的脸色为之一变。“嘿，我说，这——是什么鬼东西？”

这句话第一次化解了夜晚凝滞的气氛。其他人也陆续懒洋洋地站起，身体前倾，在地心引力的牵引下迈开步伐。他们丝毫没费力气，只是把一只脚放到另一只脚前面，防止自己不平凡的脸着地。他们把罐子和里面的东西围在当中。生平第一次，查理打起心中的小算盘，他砰的一下合上玻璃盖子。

“还想看的话，就去我家吧！我得回家了。”他慷慨地说。

“哈！”汤姆·卡莫迪从他蹲着的门廊上啐了口唾沫。

“让我再看看！”格兰普斯·梅得诺叫道，“这是一只章鱼吗？”

查理一扯缰绳，马一个趔趄跑了起来。

“来我家吧！随时欢迎！”

“你老婆会怎么说？”

“她会把我们都撵出去！”

但查理赶着马车已翻过山坡。男人们站在那儿议论纷纷，一个个望着眼前昏暗的山路。汤姆·卡莫迪站在门口低声咒骂……

查理爬上他的棚屋台阶，把罐子抱进客厅，放在它的宝座上，心想从现在开始，自己的棚屋就是皇宫，里面住着一个“皇帝”——就这么叫！“皇帝”——冰冷、惨白、安静地漂浮在他的私人泳池里，高高在上，端坐于破旧桌子上方的架子。

罐子在他的注视下驱散了笼罩在此处沼泽地边缘的寒雾。

“你拿了什么回来？”

尖细的女高音将他从敬畏中惊醒。特迪站在卧室门口怒目而视，瘦小的身子穿着褪色的蓝布衫，头发在发红的耳朵后挽成土褐色的发髻，眼睛和衣服一样暗淡无光。“喂，”她又问，“那是什么？”

“你看它像什么，特迪？”

她向前轻迈一步，慵懒地轻摆臀部，双眼紧盯着罐子，嘴唇往后一拉，露出猫一样尖细的白牙。

死气沉沉的惨白物悬浮在液体中。

特迪暗蓝色的眼睛朝查理一瞥，转向罐子，又转向查理，再转向罐子，然后倏地转身。

“它——它看上去——看上去就像你，查理！”她大叫道。

卧室门砰地关上。

关门声并未干扰到罐子里的东西。但查理怀着对妻子的渴望，站在那里心脏怦怦乱跳。过了很久，等到心跳慢下来后，他才对罐里的东西诉起苦来。

“我每年累死累活地拾掇那片洼地，她拿了钱就跑回娘家，走亲访友，一去就是九个礼拜。我管不住她。她和杂货店那些男人，他们取笑我。我没办法，谁叫我抓不住她的心呢！该死的，可我不能放弃！”

罐子里的东西不置一词，犹如寡言的哲人。

“查理？”

有人站在前院门口。

查理吓了一跳，他转过身，禁不住笑了。

是杂货店那些人。

“呃——查理——我们——我们想——是这样的——我们来看那个——东西——你那个罐子里的——”

炎热的七月过去了，眼下已是八月。

这么多年来，查理第一次高兴得像旱灾过后新抽长的玉米。那天晚上他感到前所未有的满足，他听见靴子沙沙地走过茂盛的草丛，男人们踏上门廊前朝水沟里吐唾沫，木板在沉重的身体下嘎吱嘎吱，又一个肩膀挤进门框时的声音，还有人用毛茸茸的手腕擦干嘴巴问：“我可以进来吗？”

查理故作随意地招呼客人们进屋。屋子里有的是椅子、肥皂箱给大家坐，再不济也有地毯可以席地而坐。等到蟋蟀们忍不住开始夏日的合唱，青蛙们鼓起喉咙像甲状腺肿大的妇人般在这美妙的夜晚大喊大叫时，客厅里早已坐满了来自整个山谷的人。

刚开始谁都不愿意开口。像这样的夜晚，人们陆续抵达坐定后，前半个小时通常是各自一丝不苟地卷烟卷。他们把烟草利落地放进草纸，装好、卷紧，如同在装填、拿捏今晚的思绪、惶恐和期待。这让他们有时间去思考。当他们的手指忙着卷烟时，你几乎可以看见他们眼睛后面大脑的运作。

这情景有点像不拘小节的教堂聚会。他们或坐或蹲，或斜靠在灰泥墙上，一个个虔敬地注视着架子上的罐子。

他们绝不会突兀地盯着它看。不，他们会慢慢地、不经意地，假装在环视整个房间——让眼睛在无意中撞见某个老物件。

而且——当然，这纯属巧合——他们游移的目光总能找到共同的焦点。才一会儿的工夫，屋里所有的眼睛都一致盯着它，有如别针插在针垫上。这时唯一的声音是某个人在啃玉米棒，或孩子们在屋外门廊木板上赤脚奔跑的声音。说不定还有女人的斥骂，“你们这些小鬼滚一边去！去！”于是伴随着如水流般轻快的窃笑，赤脚毛孩们一哄而散去吓唬草丛里的牛蛙了。

查理自然是坐在前方他的摇椅上，瘦削的屁股下垫着花格子坐垫，他从容不迫地摇着，享受因拥有这个罐子而平添的声名和威望。

此时的特迪，你会看见她和一群苍白、安静、对丈夫唯命是从的女人一起待在房间的最后面。

特迪似乎对令人艳羡的喧哗早有准备，但她一句话也没说，只看着男人们咚咚地走进客厅，然后坐在查理跟前像看圣杯一样直盯着罐里的东西。她的嘴唇冷冷地抿着，没和任何人打招呼。

适度的安静后，有人，或许是住在克里克路的老格兰普斯·梅得诺，会率先打破沉默，清一清喉咙深处的痰，身体往前凑，眨眨眼，润润嘴唇，说不定长满老茧的手指还会莫名地颤抖。

这是给每个人的暗示，让他们做好听发言的准备。人们都竖起耳朵，像雨后温暖泥浆中的母猪那样舒适自在。

格兰普斯先注视良久，用蜥蜴似的舌头舔了舔嘴唇，这才往后一靠，然后照例用老人家尖细的男高音说道："我想知道它是什么东西？是他，是她，还是平淡无奇的它？有时我夜里醒来，躺在玉米席上翻来覆去，想着那个罐子在这里度过漆黑的长夜，想着它悬在液体里，像只牡蛎那样惨白、与世无争。有时，我会把阿莫叫醒，两个人一起想……"

格兰普斯说话时，手指哆嗦着比划个不停。每个人都看着他粗大的拇指来回交叠，其他留着厚指甲的手指跟着起伏。

"……我们两个躺在床上想，都打起了寒颤。那也许是个炎热的晚上，连树木都会热出汗来，蚊子也热得飞不动了，可我们却冷得发抖，翻来覆去的，睡不着觉……"

格兰普斯陷入沉默，仿佛自己已经说得够多，要让其他人接上话茬，继续这个令人惊奇、敬畏的话题。

住在柳坑的尤克·马默把掌心的汗水抹在膝盖上，轻声道："记得还是流鼻涕的小屁孩时，家里养了只猫，下起崽来没完没了。我的老天爷，她哪怕上蹿下跳，翻墙越壁，也能给你下一窝的猫仔——”尤克以一种神圣、慈爱的语气说，“只能拿它们送人，可是这窝小猫出生时，附近凡是能步行走到的，谁家没一两只我家送的猫呀。”

“所以妈妈就在后廊上忙活开了，她找来一个两加仑的大玻璃罐，把水一直灌到满盖儿。妈妈说：‘尤克，你来把这些猫仔淹死！我记得我站在那儿，猫仔喵喵地叫，跑来跑去，眼睛看不见，又小又无助，挺好玩的——眼睛才刚开始睁开。我看着妈妈说：‘我可不干，妈妈！你自己来！’可妈妈脸都白了，她说这事儿必须这么干，也只有我能干。说完她就进屋调肉汁，料理鸡肉去了。我——我拎起一只——猫仔。它身上暖暖的。它冷不丁喵了一声，那一刻我真想逃跑，再也不回来了。”

说到这儿，尤克点点头，眼睛炯炯有神，仿佛回到了童年，重温往事，将它翻新，用语言陈述，以舌头润饰。

“我把猫仔扔进水里。它闭着眼睛，张开嘴巴，挣扎着想要呼吸。我还记得它露出细白的尖牙，粉红舌头伸出来，带着泡泡，连成一串冒出水面！”

“我至今还记得事后那只猫仔浮在水里的情景，它慢慢地漂来漂去，没有一点忧虑，眼睛望着我，没责怪我，但也不喜欢我。啊……”

众人心跳加速。视线从尤克身上转到架子上的罐子，看看下面，又若有所思地看看上面。

短暂的沉默。

黑人迦度来自苍鹭湿地，两颗象牙白的眼球向上翻，仿佛在表演扔球杂技。他黝黑的指关节一屈一张——活像一只只蚂蚱。

“你知道那是什么吗？你知道，你知道？我来告诉你吧，那是生命的中心，错不了！主相信我，就这么回事！”

迦度被来自沼泽地的风吹得树一般摇摆起来，除了他以外，没人看得见、听得到或感觉得到这风。他的眼球又滴溜溜转起来，仿佛可以自行活动。他的声音在黑暗中穿针走线，一针一针穿过每个人的耳垂，将他们缝进一个密不透气的图样：

“它躺在迷地竹坑里，所有东西都从它那里来。它伸出手脚、舌头和犄角，而且会长大。说不定是只丁点儿大的阿米巴原虫。然后变成大脖子青蛙，脖子和身体一样粗，呀！”他把指关节掰得噼啪作响，“在它黏糊糊的关节上不断分泌黏液，它——它是人类！是造化之源！一万年前的生命之母！我们都是它的后代。信不信由你！”

“一万年前！”康乃馨老太咕哝道。

“它真的很老！你们看呀！它再也没有烦恼。它清楚着呢。它浮在那里像油锅里的猪排。它有眼睛可以看，但它眨也不眨一下，看起来没有烦恼，对吧？没错，伙计！它清楚着呢。它知道我们是它的后代，将来都要回到它那里去。”

"它的眼睛是什么颜色？"

"灰色。"

"不对，是绿色！"

"头发什么颜色？棕色？"

"黑色！"

"红色！"

"不对，是灰色！"

然后，查理会慢悠悠地发表自己的见解。有几个晚上他说得一样，有几个晚上又说得不一样。这都无妨。在这盛夏的夜晚，即使你夜复一夜地重复同样的话，它听起来也总是不同的。蟋蟀改变了它。青蛙改变了它。罐子里的东西改变了它。查理说："会不会是这样，一个老人，或者也许一个小鬼，回到沼泽地，年复一年地徘徊，迷失在终年湿淋淋的小径和沟壑中，在古老潮湿的山沟里度过一个个夜晚，皮肤失去血色，身体越来越冷，缩成一团。因为晒不到太阳，他会越来越虚弱，最后陷入泥潭，变成——某种浮渣——像蚊子的幼虫一样在污水中沉睡。哎呀——据我们所知，这有可能是个我们认识的人！某个以前和我们说过话的人。大伙儿都知道——"

人群后面的阴影里，女人们一阵嘘声。其中一个女人站着，眼睛乌黑发亮，结结巴巴地想要说点什么。那正是特雷登夫人，她咕哝道："每年都有那么多小孩光着身子跑去沼泽地。他们到处跑，再也没回来。连我自己都差点儿迷路。

我——我就是这样失去了我的小儿子弗利的。你——你不要假设！！！”

在场的人个个屏住呼吸，大气不敢喘一下，嘴角被扭曲的肌肉往下拉，芹菜梗似的脖子上脑袋转动，用眼睛读出她的恐惧和希望。特雷登太太僵直的身体靠着墙壁，十指也是僵的。

“我的宝贝，”她喃喃道，接着大叫，“我的宝贝。我的弗利。弗利，那是你吗？弗利！弗利，告诉我，宝贝，那是你吗？”

每个人都屏住呼吸，转过身去看罐子。

罐里的东西默不作声，只是惨白、茫然地瞪视人群。在众人瘦骨嶙峋的身体深处悄然冒出一股恐惧的汁液，有如在春天消融的雪，将他们的镇定、信念和廉价的谦卑侵蚀、吞噬，消融在一股奔流中！有人尖叫一声。

“它动了！”

“不，不，它没动。是你的眼睛在捣鬼！”

“上帝作证！”尤克大叫道，“我看见它轻晃了一下，像死去的猫仔一样！”

“别吵了！它很久以前就死了。那会儿还不定有你呢！”

“他给了个暗示！”特雷登太太尖声喊叫，“那是我的弗利！那罐子里是我的宝贝！他才三岁啊！我的宝贝在沼泽地里走丢了！”

她突然抽泣起来。

“好啦，特雷登太太。好啦。快坐下吧，别激动。不光你家孩子，我家的也是啊。好啦，好啦。”

在一个女人的搀扶下，特雷登太太慢慢止住哭声，啜泣渐渐转成抽噎，嘴唇也随着小心翼翼的呼吸如蝴蝶展翅般快速抖动。

当屋子里再次恢复安静时，齐肩灰发上别一朵枯萎的粉色花的康乃馨老太吸了吸烟斗，一边摇着头，头发在灯光下舞动，一边说道：“说这些蛊惑人心的话，当我们永远也弄不明白，想把我们永远蒙在鼓里。这些魔术师的烂把戏，拆穿了可就没意思了。我们差不多每隔十天来一次，像聚会一样总有话可说。说实在的，要是我们认出那鬼东西是什么，也就没什么好讨论的。就是这样！”

“噢，去他妈的！”公牛一样低沉的声音附和道，“那东西根本就不算什么！”

说话的是汤姆·卡莫迪。

汤姆·卡莫迪一如既往地站在暗处，两只眼睛从门外望进来，嘴角隐隐泛着嘲讽的笑。他的笑犹如黄蜂的蜇刺，叮在查理的心上。是特迪叫他来的，特迪想要毁掉查理的新生活，一定是她!

“什么也不是，”卡莫迪又刻薄地说，“罐子里不过是从海湾里捞上来的老水母，又烂又臭，只配拿去喂狗！”

“你不会是嫉妒吧，卡莫迪表兄？”查理不慌不忙地问。

“呵！”卡莫迪不屑道，“我是来看笑话的，看你们这帮蠢货怎么无中生有！你没看见吗？我压根儿就没踏进屋里半步，也从没掺和过。我这就回家去。有跟我一起走的吗？”

没人愿意跟他走。他又笑了，好像在说，这是个更大的笑话，怎么会有那么多人深陷其中！特迪站在人群后面的墙角处，用指甲挠着自己的手掌。查理看见她的嘴巴抽动了一下，感到一阵寒意，说不出话来。

卡莫迪还在笑，门廊响起高跟长靴笃笃叩击的声音，伴随蟋蟀的叫声，他走远了。

康乃馨老太咬着烟斗继续道：“就像我在你们争吵前说的，架子上的东西，为什么就不能是——所有东西呢？是各种活的——死的——我不知道。雨水、阳光、大便、果酱统统混在一起。杂草、蛇、小孩、雾和日日夜夜藏在枯藤丛间的东西。为什么它必须是一样东西？也许它是很多种东西呢。”

接下来的一个小时，讨论的节奏放慢，特迪悄悄跟在汤姆·卡莫迪后面溜走了，查理开始不安地冒汗。那两个人肯定在耍什么鬼把戏。在晚上剩下的时间里，查理始终热汗涔涔……

聚会持续到很晚才散去，查理躺在床上五味杂陈。聚会进行得很顺利，但特迪和汤姆怎么办？

夜深了，几颗星星划过天际，时间已过午夜。查理听见她轻摆的臀部拂过长草的沙沙声。她鞋跟轻轻踩过门廊，进入屋内来到卧室。

她无声地在床上躺下，猫一样的眼睛盯着他。他看不见它们，但能感觉到有两只眼睛在看他。

“查理？”

他等了等。

然后他说：“我没睡。”

她顿了顿。

“查理？”

“什么？”

“我敢打赌你不知道我去了哪里；你一定不知道我去了哪儿。”深夜里，她的声音若有若无，单调中带一丝嘲弄。

他等她继续说下去。

她也在等。但她按捺不住，于是又继续说：“我去了开普市的游乐园，坐汤姆·卡莫迪的马车去的。我们问了游乐园老板，查理，我们问了他，我们问了，我们确实问了！”她似乎在窃笑。

查理如坠冰窟。他用胳膊肘支起身子。

“我们弄清你那罐子里装的是什么了，查理——”她拐弯抹角地说。

查理猛地翻过身，双手捂住耳朵。“我不想听！”

“哦，可你必须听，查理。这可是个好笑话。哦，很难得的好笑话，查理。”她尖声尖气地说。

“你走开。”他说。

“别，别！不，不，先生，查理。为什么，不，查理——

亲爱的。先听我说！”

“滚！”他说。

“让我说完！我们和游乐园老板聊了会儿，他——他快笑死了。他说他把罐子和里面的东西卖给一个，一个——乡巴佬——售价十二美元。可那东西最多也就值两美元！”

笑声从她嘴里发出，在黑暗中绽放，可怕的笑声。

她一口气说道：“它只是垃圾，查理！橡胶、纸糊、丝、棉、硼酸！就这些东西！里面是个金属架！这就是它的全部，查理。没别的！”她尖声道。

“不，不！”

他一骨碌坐起来，粗大的手把床单一掀，咆哮着。

“我不想听！不想听！”他一遍又一遍地怒吼。

她说：“等着瞧吧，很快大家就知道它有多假！他们不笑死才怪！他们非笑岔气不可！”

他抓住她的手腕。“你不会告诉他们吧？”

“你不想人家说我是骗子吧，查理？”

他用力甩开她的手。

“你为什么不放过我？你这个贱人！我做的每一件事你都要嫉妒，又刻薄又贱。我把罐子带回家，抢了你的风头。你非得毁了它你才能睡得安心！”

她笑了。“那我就谁也不告诉。”她说。

他怒视着她。“你毁了我的乐趣，问题就出在这里。你告不告诉其他人都无关紧要。我算是明白了，你就是不想让我快活。你和那个汤姆·卡莫迪。我真希望我能让他笑不成。他这些年一直在嘲笑我！好吧，你尽管去告诉其他人吧，现在就去——不妨玩得开心！”

他气冲冲地走过去，抓起罐子，晃了一下，差点把东西摔在地板上，但他止住颤抖，将罐子轻放在细长的桌子上。他低头趴在罐子上啜泣。如果失去它，他的世界就完了。而且他还会失去特迪。月复一月，她对他越来越疏远，挖苦他，取笑他。这么多年来，她的臀部一直是他生活的钟摆，靠着它他才能数着时间活下去。但其他男人，包括汤姆·卡莫迪，也同样靠它数着时间过活。

特迪站着等他把罐子摔碎。但他轻抚罐子，渐渐冷静下来。他怀念起过去一个月那些漫长美好的夜晚，那些和朋友们聚在一起谈天说地、在屋里到处走动的美妙夜晚。别的不说，至少这点还不错。

他慢慢转身面对特迪。他已经永远失去了她。

“特迪，你没去游乐园。”

“我去了。”

“你在撒谎。”他平静地说。

“我没撒谎！”

“这——这个罐子里必须得有点什么。除了你刚才说的垃圾，得要有点别的什么。那么多人相信它有点什么。特迪，你不能改变这个事实。那个游乐园老板，如果你们真问过他，那他肯定没说实话。”查理深吸一口气，接着说，“过来，特迪。”

“你想干什么？”她板着脸问。

“你过来。”

他向她逼近一步。“过来。”

“离我远点，查理。”

“我只想给你看样东西，特迪，”他的声音轻柔、低沉、坚决，“过来，猫咪。过来，猫咪，猫咪，猫咪——过来吧，猫咪！”

大约一星期后，又到了晚上聚会的时间。格兰普斯·梅得诺和康乃馨老太来了，后面跟着年轻的尤克，特雷登太太，还有那个黑人迦度。其他人也都尾随而入，老的少的，甜的酸的，各就各位，椅子在他们身下嘎吱作响，各有各的心事、希望、恐惧和好奇。没人看那个神圣的罐子，而是轻声地跟查理打招呼。

他们还要等后到的其他人。从他们的目光可以看出，每个人在罐子里看到的东西都不尽相同，有关生命的东西，一个又一个苍白的生命，以及蕴藏在死亡中的生命和蕴藏在生命中的死亡，每个都带着自己的故事、线索和台词，它们似曾相识，历久弥新。

查理一个人坐着。

“你好，查理，”有人瞥了一眼空空如也的卧室，“你老婆又回娘家了？”

“是啊，她去田纳西了。过几个星期就回来。她最喜欢回娘家了。你们都了解特迪。”

“忒能折腾，这女人。”

众人轻声交谈，纷纷坐定，突然有人走上漆黑的门廊，两只炯炯的眼睛看向屋里的人群——是汤姆·卡莫迪。

汤姆·卡莫迪站在门外，弯下的膝盖不住地颤抖，手臂垂在两侧打着哆嗦。他盯着屋内，但不敢进门。他张着嘴，但没有笑。他的嘴唇湿润，微张着，但没有笑意。他的脸白得像粉笔，仿佛病了很久。

格兰普斯抬头看着罐子，清了清嗓门说：“咦，我以前怎么从没注意到，它的眼睛是蓝色的。”

“它一直都是蓝眼睛。”康乃馨老太说。

“哪里，”格兰普斯反驳说，“上次我们来这里时还是棕色的，”他眼睛朝上眨了眨，“还有——它的头发也是棕色的。它以前可不是棕色的头发！”

“是棕色的，就是棕色的。”特雷登太太叹气说。

“不，不是！”

“是的，就是的！”

汤姆·卡莫迪瞪着屋里的玻璃罐，在炎热的夏夜里直打哆嗦。查理抬头瞥了一眼罐子，泰然自若地卷着一支烟，显得平静、安详、笃定。唯有汤姆·卡莫迪在罐子里看到了自己以前从没见过的东西。每个人都看到他们想看的东西，种种思绪如疾风骤雨般交汇在一起。

“我的宝贝，我的小宝贝。”特雷登太太在心中叫道。

“一个大脑！”格兰普斯心里想。

黑人迦度活动着手指：“生命之母！”

渔夫噘起嘴唇：“水母！”

“猫咪！那只猫咪，猫咪，猫咪！”尤克看见在水中挣扎的爪子，“猫咪！”

“那一切的一切！”康乃馨老太干枯的思绪呐喊道，“那个夜晚，那片沼泽，死亡，那些苍白的东西，那些来自大海的潮湿的东西！”

一阵沉默后，格兰普斯喃喃自语道：“不晓得是他——还是她——或者只是平淡无奇的它？”

查理心满意足地抬起头，拍拍卷烟让它适合放在嘴里。他看一眼站在门口再也笑不出来的汤姆·卡莫迪。“我想我们永远也不会知道。是的，我们不会知道。”查理轻轻摇着头，随客人们一起静下来看啊看啊。

这是一个陈列在帐篷中的玻璃罐里供人观赏的东西，这样的帐篷大都搭在毫无生气的小镇边缘。这是一个惨白的东西，它在混合了血水的酒精中沉浮，永远在梦中打转，用它剥落的、死去的眼睛瞪着你，却怎么也看不见你……

湖

水波隔绝了我，使我远离这个世界，远离天上飞翔的鸟儿，远离沙滩上的孩子，远离岸上的母亲。有那么一刻绿色的沉寂。我从湖里出来，世界在等我，自我离开后，它几乎没动过。

我跑上沙滩。

妈妈用一条毛茸茸的毛巾给我擦身体。“站在这里擦擦干。”她说。

我站着不动，看太阳带走手臂上的水珠，取而代之的是鸡皮疙瘩。

“哎呀，起风了，”妈妈说，“快穿上毛衣。”

“等等，我要看看我的鸡皮疙瘩。”我说。

“哈罗德！”妈妈不答应。

我穿上毛衣，看着湖浪在岸边涌起落下，并非笨拙的，而是有意带着一种绿色的优雅。即便醉汉也不可能有这样的优雅。

时间是九月。再过几天一切都会莫名其妙地悲伤起来。漫长而寂寥的沙滩上，只剩下稀稀落落的六个人。孩子们也不拍球了，风呼呼地吹，他们的心情不知怎地也跟着低落，只坐下来感受沿无尽的湖岸而来的秋意。

所有的热狗摊都被钉上了金色木板条，里面封存了芥末、洋葱和香肠的气味，属于悠长而欢乐的夏天的气味，像把夏天活活钉死在一个个棺材里。店主们纷纷扯下雨布，关上门，挂上锁。紧跟着，风来了，吹在沙滩上，抚平了七、八月里留下的数不清的足迹。因此九月的这个时候，只剩下我胶底网球鞋的鞋印，还有唐纳德和德劳斯·阿诺德的脚印，远远地留在蜿蜒的湖滨。

沙子随风飞扬，在人行道上形成道道沙幕，旋转木马上覆盖着帆布，铜柱上的木马呲牙咧嘴，以奔腾的姿态冻结在半空中。秋风顽皮地溜到帆布底下，为它们奏响唯一的音乐。

我站在那儿。其他孩子都在上学，只有我例外。明天，我将坐上火车，开启我向西横穿美国大陆的旅程。这是我和妈妈最后一次踏上这片沙滩，算是短暂的告别。

这种寂寥的气氛让我渴望独处。“妈妈，我想沿着湖边跑跑。”我说。

“行，但要快点回来，还有，别太靠近水。”

我跑起来。沙子在我脚下打转，风抬起我的身体。你知道奔跑是什么样的，张开双臂，你便可以感觉指缝间多了一层风所形成的薄膜，就像翅膀一样。

妈妈坐在地上的身影越来越远。很快，她变成一个棕色的小圆点，四周只剩下我一个人。

对于一个十二岁的孩子来说，独处是件新鲜事儿。他习惯了周围的人，唯一可以独处的地方是他心灵的一隅。围绕在他身旁的那些现实中的人，总是不停地告诫他该做什么、怎么做。男孩不得不冲下沙滩，才能在自己的世界中独处，哪怕在想象中体味一番也不错。

现在终于没人打扰了。

我走进水里，让清凉的湖水淹上我的小腹。以前在人群中，我始终不敢多看一眼，或到现在这个地方，在水中寻找并呼唤某个名字。可现在——

水像个魔术师，将你锯成两半，让你感觉身体分了家，水下的那部分你像糖果般溶解。湖水清凉，偶尔涌来一阵优雅的湖浪，落下时扬起一道道花边。

我呼唤她的名字，一连喊了十几声。

“泰丽！泰丽！噢，泰丽！”

小的时候在这种情况下，你真的会期待自己的呼唤有回应。你会觉得自己的所想都能成真。而有时候这种想法似乎也没那么离谱。

我想起去年五月泰丽拖着金色的马尾游进湖水中。她笑得很开心，阳光洒在她十二岁的小小肩膀上。我想起湖面逐渐平静，救生员跃入水中，泰丽母亲在尖声呼叫，而泰丽再也没有出现……

救生员试图劝她出来，可她就是不肯现身。他回到岸上，粗大的手指上还沾着一点水草，泰丽走了。她再也不会在教室里和我相对而坐，或在夏夜里的红砖道上追逐室内玩具球玩耍。她游太远了，湖水不愿再放她回来。

如今在这孤独的秋天，我只身一人来做最后的告别。天空如此广阔，湖水如此浩渺，沙滩如此绵长。

我一次又一次呼唤她的名字。泰丽，噢，泰丽！

风轻轻吹过我的耳边，犹如风吹进海螺般絮絮低语。湖水上涨，拥抱我的胸膛，我的膝盖，一下高一下低，一会儿这边一会儿那边，吸吮我的脚后跟。

“泰丽！回来，泰丽！”

我只有十二岁，但我知道自己有多爱她。那是种超越了肉体和道德的爱，永远与风、大海和沙子同在，是温暖沙滩上的日久生情，是单调枯燥却沉静美好的校园时光。当然也少不了过去那几年我从学校帮她把书背回家的漫长秋天。

泰丽！

我最后一次呼唤她的名字。我打了个颤，感觉湖水打在脸上，但我不明白为什么会这样。这里的湖水从来不曾激起如此高的浪花。

我转身走上沙滩，在那儿站了半个小时，想要最后再看一眼，留下一点关于泰丽的记忆。然后我跪下来筑一座沙堡，细细地塑造，就像我和泰丽过去经常合作的那样。可这次，我只搭了一半，然后站起来。

“泰丽，要是你能听见我的呼唤，剩下的就由你来完成吧。”

我朝远处妈妈那个小点儿走去。湖水冲上岸，一圈一圈地打湿沙堡，沙堡一点一点塌陷，变成原来平滑的沙滩。

我默默地沿着湖边走回去。

远处隐约有旋转木马在叮当作响，那只是风的声音。

第二天，我乘火车离去。

火车记性差，转眼就能把一切抛在身后。它忘了伊利诺伊州的玉米地、童年的河流、河上的桥、湖泊、峡谷、小木屋、那些伤痛与欢乐。它把它们远远地甩在后面，让它们消失在地平线之外。

我长高了，也变壮了，稚嫩的心逐渐成熟，扔掉不再合身的衣物，告别文法学校，升入高中，又上了大学。然后我遇见一个来自萨克拉门托市的年轻女孩。我们认识有那么一阵子后，就结婚了。到了二十二岁那年，我几乎已经忘记了东部的一切。

玛格丽特提议去东部度过我们迟到的蜜月。

一如回忆，火车也是双向的。它能把你多年前抛在身后的东西一下子带回到你面前。

拥有一万人口的布勒夫湖畔小镇出现在地平线上。穿着漂亮新衣裳的玛格丽特看上去迷人极了。她挽住我的手臂，静静地看着我。眼前的故乡让我有一种久别重逢的感觉。火车缓缓驶入布勒夫车站，工作人员为我们送来行李。

时隔多年，岁月早已改变了人们的样貌和体型。我们一起走遍整个小镇，可我一个人都没认出来。他们有的看着面熟，印象中曾经和我一起在山谷里徒步；有的隐约藏着儿时的笑容，让我想起已然关闭的文法学校、用金属链悬挂的秋千、一上一下的跷跷板。但我没作声。我边走边看，心中的记忆堆积着，像等待焚烧的秋叶。

我们总共待了两个星期，一起重访了镇上所有地方。那些天是快乐的。我想我很爱玛格丽特。至少我认为是这样。

蜜月即将结束前的某一天，我们在湖边漫步，时序并不像多年前那个季节那么晚，但湖滨已现出些许荒凉。游人稀少，好几家热狗摊都已关门、钉上木板。只有风一如既往地等在那儿为我们歌唱。

我仿佛看见母亲像往常那样坐在沙滩上。那种想要独处的感觉又来了。可面对玛格丽特，我实在难以启齿。只能陪在她身边，等待机会。

天色已晚。小孩们差不多都已经回家，只剩下零星几个男女还沐浴在风中的阳光下。

救生艇泊在岸边。救生员缓缓走下来，手上抱着一个东西。

我忽地呆住，紧张得屏住呼吸，感觉自己在变小，变成十二岁的少年，非常小、非常微不足道，而且充满恐惧。秋风呼号。我看不见玛格丽特，只看见沙滩，看见从船上缓缓走下的救生员，手上抱着一个灰色的麻袋，不是很重的样子，他的脸几乎和那个麻袋一样灰不溜秋而且满是褶子。

“你待在这儿别动，玛格丽特。”我说，但我并不知道自己为什么要说这句话。

“为什么？”

“在这儿等着就是了——”

我慢慢走向沙滩救生员站立的地方。他看了看我。

“这是什么？”我问。

救生员直看着我，久久说不出话来。他把灰麻袋放在沙滩上，湖水嘶嘶地漫上来围住袋子后又退去。

“这是什么？”我追问道。

“好奇怪啊。”救生员轻轻地说。

我等他说下去。

“奇怪，”他自言自语道，“这是我所见过最奇怪的事。她都死了那么久了。”

我重复他的话。

他点点头。“算起来有十个年头了。今年这儿还没有溺水的孩子。从一九三三年到现在，共有十二个孩子在这儿溺水身亡，可都是没过几个小时就找到尸体了。我记得只有一个例外。这具尸体，它为什么要在水里待上十年，那一点也不——舒服。”

我盯着他手上的灰麻袋。“打开它。”我不知道自己为什么这么说。风声更大了。

他摸摸袋子。

“快点，伙计，打开它！”我叫道。

“还是别打开的好。”他说，然后也许看见了我脸上的表情，“她还是个小女孩——”

他只打开一部分，但已经足够了。

沙滩上的人都走了，只剩下天空、风和水，还有即将降临的寂寞秋天。我低头看着她。

我不停地说着什么。一个名字。救生员望着我。“你在哪儿找到她的？”我问。

“沙滩那头的浅水中。她在水里待的时间可真长啊，不是吗？”

我摇摇头。

“是啊，太长了。噢，上帝，真的太长了。”

我想，人都会长大。我也长大成人，可她却没有变化。她还是那么小，那么年轻。死亡不允许成长或改变。她还是那一头金发。她将永远年轻，我将永远爱她。噢，上帝啊，我将永远爱她。

救生员重新扎紧袋子。

不久后，我独自走下沙滩，然后停下来，望着地上。这儿就是救生员发现她的地方，我对自己说。

水边立着一座沙堡，只堆了一半的沙堡。以前，我和泰丽就是这样堆沙堡的，她一半，我一半。

我注视着它，然后跪在旁边，发现一串小小的脚印从湖里出来，又回到湖里，再也没有回来。

这时——我终于明白。

“我来帮你完成。”我说。

我真的这么做了。我慢慢筑好剩下的半座沙堡，然后站起来，转身离开，这样就不会看到它在波浪中倾圮，像所有事物那样最终瓦解。

我走回沙滩上，一个名叫玛格丽特的陌生女人正笑眯眯地等着我……

使　者

马丁知道秋天又来了，因为狗狗冲进屋里，带来了风，带来了霜，带来了树底下苹果发酵的味道。狗狗乌黑的毛卷曲得像钟表的发条，里面藏有各种东西，小黄花、晚夏花的花粉、橡子壳、松鼠毛、离巢知更鸟的羽毛、新伐木材的锯末，还有火红的枫树那红若炭火的叶子。马丁呼唤狗狗，狗狗纵身一跃，将干枯的冷蕨、黑莓藤、芦苇一股脑儿抖落床上。毫无疑问，千真万确，这不可思议的动物就是十月！

“过来，伙计，过来！”

狗狗趴在马丁身上，用这个季节所有的篝火和微妙的热情温暖他，让他的卧室充满或浓或淡或湿或燥的远行的气息。春天，他送来紫丁香、鸢尾花和新修草坪的芬芳；夏天，他胡须上沾满冰淇淋，带来鞭炮、罗马焰火筒、五彩转轮和被太阳烤过的味道。可是秋天！秋天！

“狗狗，外面什么样儿了？”

狗狗趴在那儿，像往常一样讲给他听。躺在床上的马丁发现，秋天和自己因病而变得苍白前没什么两样。狗狗是他的联络人、他的搬运工，是他身体敏捷的化身，马丁一声令下，他立刻飞奔而去，然后又匆匆返回。他会绕圈子，会到处闻，会为马丁收集、传递关于时间和这个世界的种种蛛丝马迹，它们遍布城镇、乡村、小溪、河流、湖泊、地窖、阁楼、橱柜和煤仓。每天他会有十几次收到狗狗的礼物，葵花子、煤渣、马利筋、马栗，还有南瓜浓郁的香味。狗狗穿梭往返于大千世界，织出洋洋的大观藏在皮毛中，只消一伸手，它们就出现在眼前……

“你今天上午去了哪儿？”

听不见回答，马丁也知道狗狗去过山脚下。那里的秋天躺在新熟的谷物里，那里的孩子躲在准备燃烧的柴堆或沙沙的草垛中，将自己掩埋在落叶下假扮警惕的死人，狗狗带着秋的世界从旁边一闪而过。马丁伸出颤抖的手指，摸索厚厚的皮毛，识读狗狗的远行。穿过光秃秃的麦田，蹚过粼粼的溪涧，穿过碑石林立的墓地，然后钻进树林。在这个异香弥漫的伟大时节，马丁跟随他的使者尽情遨游，然后回家！

卧室门打开。

“你的宝贝狗又闯祸了。”

母亲用托盘端来水果沙拉、可可和烤面包片，她的蓝眼睛里满是责备。

“妈妈……”

“总是到处乱挖。今天早上又在塔金小姐的花园里刨坑。可把她气疯了。这是本周他在那儿刨的第四个坑。”

“也许他在找什么东西。”

“胡说，他好奇得要命。要是他再不乖，只能把他锁起来。”

马丁看着眼前这个女人，仿佛在看一个陌生人。“噢，你不能那么做！那样我怎么才能了解每一件事？要是狗狗不能告诉我，我怎么会有新发现？”

母亲压低声音：“你确定他能——告诉你每件事？”

“他出去逛一圈，回来后我就什么都知道了。有他在，没有我不知道的事儿！”

母子俩坐在那儿，看着狗狗和散落在被子上的干土和种子。

“好吧，只要别再乱刨坑，他想怎么跑都可以。”母亲说。

“过来，伙计，过来！”

马丁在狗狗的项圈处挂上一个小锡片：

我的主人是马丁·史密斯——十岁——卧病在床——欢迎来访。

狗狗汪汪地叫起来。母亲打开楼下的门，放他出去。

马丁坐着仔细听。

远远地，你能听见狗狗在宁静的秋雨中奔跑。你能听见他穿过大街小巷或草坪去把霍洛韦先生带回家时，远去，扬起，又远去的犬吠和铃铛声。钟表匠霍洛韦先生在店里修理构造精致的雪花面手表，染了一身油腻的金属味。或者他会带回杂货店老板雅各布斯先生，他身上有股浓浓的莴苣、芹菜、番茄的味道，和贴着红魔鬼标识的辣味火腿罐头所隐藏的神秘味道。雅各布斯先生和他看不见的辣味火腿常常在楼下的院子里向马丁招手。狗狗有时也会带回杰克逊先生、吉莱斯皮太太、史密斯先生、霍姆斯太太等任何一位朋友或朋友的朋友。偶遇也好，请求、关怀也罢，最后统统都被狗狗请回家吃午饭或喝下午茶。

现在，马丁听见狗狗回到楼下，他身后下着小雨，雨声中夹带着移动的脚步声。楼下，门铃响起，妈妈打开门，轻声交谈。马丁从床上坐起来，脸上绽放出异彩。楼梯吱嘎作响，传来一个年轻女人的轻笑。这人正是海特小姐，他学校里的老师！

卧室门打开。

马丁有伴了。

上午、下午、傍晚、黎明和黄昏、太阳和月亮绕着狗狗转，他忠实地汇报草地和空气的温度，大地和树木的色彩，连日的雨或雾，但——最最重要的是——一次又一次地领来——海特小姐。

星期六、星期日和星期一，她为马丁烤橙子小蛋糕，帮他从图书馆借来关于恐龙和穴居人的书。星期二、星期三和星期四，她不知怎么地总在玩多米诺骨牌时败给马丁，或在下跳棋时输给他，然后转眼又惊叫着在国际象棋上完败。星期五、星期六和星期日，他们谈天说地，说个没完；她是那么年轻，笑得开心又潇洒；她的头发是柔软、闪亮的棕色，就像窗外的季节；她的步履清脆利落而且迅速，在令人沮丧的下午响起，让他心跳加速，感到温暖。尤其是，她通晓讯息的奥秘，她神奇的手指在狗狗身上一摸，便能解读出所有讯息。她闭上眼睛轻轻一笑，以吉卜赛人的嗓音，从手中的宝藏占卜出整个世界。

可星期一下午，海特小姐死了。

马丁从床上缓缓坐起。

“死了？”他喃喃道。

死了，他母亲说，是的，死了，在镇外一英里远的地方，车祸夺走了她的生命。死了，是的，死了，对马丁来说，这意味着寒冷，意味着寂静和苍白，以及冬天的提前到来。死亡，寂静，冰冷，苍白。思绪盘旋，飘落，化成喃喃细语。

马丁抱着狗狗思索；面对墙壁。那个有着一头秋色头发的女人。那个笑声轻柔，从不嘲笑，两眼注视你的嘴，仔细听你说每一句话的女人。她是半个秋天的化身，她会说出狗狗没说完的话，关于世界的话。她的心跳在这个灰色的下午渐渐沉寂、消失……

“妈妈？他们在坟墓里干什么，妈妈，是在地下吗？只是躺着吗？”

“躺着。”

“躺着？只是这样吗？听起来一点也不好玩。”

“看在上帝的分儿上，这不是因为好玩。”

“他们为什么不起来，偶尔溜达溜达也行呀，要是躺累了呢？上帝可真糊涂——”

“马丁！”

“他应该对人好一点，不该叫人乖乖地躺着。那是不可能的。没人能做到！我试过一次。狗狗也试过。我对他说：‘装死！’他马上就装死，可没过一会儿就腻了，累了，然后摇着尾巴，睁一只眼看我，看起来很无聊。噢，我敢打赌，墓地里的人也一样，对吧，狗狗？”

狗狗叫了起来。

“别胡说八道！”母亲说。

马丁望着空中发呆。

“我敢说他们肯定也一样。”他说。

秋天把树叶都烧光了，狗狗依旧到处跑，依旧蹚过小溪，潜入墓地，然后在暮色中归来，一路连声狂吠，震得窗户都抖动起来。

十月的最后几天，狗狗的行动开始变得异常，仿佛风向变了，从陌生的国度吹来。他站在楼下的门廊上瑟瑟发抖。他发出呜呜的哀嚎，眼睛紧盯住镇外的旷野。他不再给马丁带来客人。他每天会站立好几个小时，好像被拴上了链子，哆嗦个不停，又会往前猛冲，似乎有人在召唤他。晚上，他回来得一天比一天迟，也不见带人来，马丁也在枕头上越陷越深。

“是啊，大家都很忙，”母亲说，“他们没空看狗狗身上戴的锡牌。或者他们想来看你，但是忘了。”

但事情没那么简单。狗狗的眼睛闪着狂热，夜深后，在某个隐秘的梦中他的哀嚎转为抽搐。他在黑暗中躺在床底下发抖。有时，他大半夜的站在那儿望着马丁，仿佛心中藏着惊天的秘密却说不出口，只得狂摇尾巴，或者不停地转圈子，转呀转的，怎么也不肯躺下。

十月三十日，狗狗跑出去后就再也没回来，直到晚饭后马丁还听见父母不停地呼叫狗狗。夜越来越深，街道和人行道上空空荡荡，冰冷的空气笼罩着房屋，却什么动静也没有。

午夜过后很久，马丁躺着凝望冰冷透明的玻璃窗外的世界。现在，连秋天也没有了，没了狗狗，秋天也就没了音讯。也不会有冬天，谁能带来积雪，让它化在你的手心？父亲，还是母亲？不，那不一样。他们玩不来这个游戏，既不懂它的奥秘和规则，也不懂它的声音和哑谜。再也没有季节。再也没有时间。那个中间人，那个使者，已经消失在人类文明中，被毒死、被偷走、被车撞死后丢在某个涵洞里……

马丁哽咽着，把脸埋在枕头里。世界成了隔着玻璃的画卷，可望而不可即。世界已死。

马丁在床上辗转反侧。万圣节过后不到三天，最后几个南瓜也烂在垃圾桶里了，纸扎的骷髅头和巫师也烧掉了，幽灵道具和其他棉麻物被束之高阁，留待来年再用。

在马丁眼里，万圣节无非是这样一个夜晚，人们在秋夜寒冷的星光下吹响锡角，孩子们像树叶精灵似的飘上燧石道，把头探进或把卷心菜扔进别人家的门廊，或在冰冷的窗户上用肥皂涂写名字和类似的神秘符号。这一切都遥不可及、深不可测，虚幻如梦魇，好像从几英里外观看一场木偶秀，既无声音也无意义。

十一月的头三天，马丁只是望着在天花板上更迭的光和影。焰火盛会永远地结束了；秋天躺在冰冷的灰烬里。马丁在白色大理石般层叠的被褥中越陷越深，他一动不动地听着，始终在听……

星期五晚上，父母吻了他，向他道过晚安后，便出门隐入通往影院的寂静之夜中。隔壁邻居塔金小姐待在楼下客厅里，直到马丁喊话说想睡觉了，她才拿起正在织的东西动身回家。

马丁默默躺在床上观看皓月当空和斗转星移。他想起以前常在这样的夜晚步行穿过小镇，身边跟着跑前跑后转来转去的狗狗。他们穿过青翠的溪谷，涉过满月下白蒙蒙的沉睡的溪流，跃过墓地里的一块块碑石，轻声念出刻在大理石上的名字；跑，快跑，穿过修剪平整的草坪，那里唯一活动的便是天上闪耀的星星，跑上暗影憧憧的街道，街上的影子多到不肯让路，挤满了人行道，绵延数英里。跑，快跑！追逐，也被追逐，被浓烟、迷雾、夜风、心中的幽灵、恐怖的记忆追逐；到家了，安全了，舒适温暖，睡着了……

晚上九点。

当。下面楼梯井深处传来沉闷的钟声。当。

狗狗，你快回来吧，顺便把世界也带回来。狗狗，带回来蒙霜的蓟草吧，或者只把风带来也行。狗狗，你在哪儿？啊，听，现在，我要呼唤你。

马丁屏住呼吸。

远远地——有个声音。

马丁颤抖着坐起来。

听，又来了——那个声音。

声音细小得像锋利的针尖划过遥远的天边。

仿若梦中的回音——狗的叫声。

叫声越过田野和农场，泥路和野兔出没的小径，一往无前，震天价响的叫声划破寂静的夜。那是一只转圈子的狗发出的声音，来来去去，忽高忽低，关进去，放出来，向前冲，向后退，仿佛那只狗被一根长长的链子拴住了。仿佛狗在奔跑。有个人在栗树下，在发霉、漆黑的阴影中，在月影中吹哨漫步，那狗折回去，又往家的方向跑来。

狗狗！马丁心想，喔，狗狗，快回家，伙计！听，喔，听，你去了哪儿？快来，伙计，快来告诉我！

五、十、十五分钟；近了，很近了，那叫声，那声音。马丁叫起来，从床上抽出双腿，身体靠近窗户。狗狗！听，伙计！狗狗！狗狗！他反复叫道。狗狗！狗狗！坏狗狗，一跑就是这么多天！坏狗狗，乖狗狗，回家吧，伙计，快回家，多带点东西回来！

又近了，近了，就在街上，叫个不停，声音震动屋前的护墙板，转动月光下屋顶上的风信鸡，子弹般齐发——狗狗！到楼下了，就在门前……

马丁一阵战栗。

是跑下去——把狗狗放进来，还是等爸妈回来？等？噢，上帝，等？可万一狗狗又跑掉了呢？不，他要赶紧下楼，立刻打开大门，高声欢呼，把狗狗拉进来，然后飞奔上楼，笑着、哭着、搂紧它……

狗狗不叫了。

嘿！马丁用力一扑，差点儿把窗户撞坏，他总是这样。

没有声音。像是有人不让狗狗出声，嘘，嘘。

过了足足一分钟。马丁紧张得握紧拳头。

楼下隐约传来呜咽声。

接着，楼下的前门慢慢打开。有好心人为狗狗开了门。一定是这样！狗狗带来了雅各布斯先生，或者吉莱斯皮先生，或者塔金小姐，或者……

楼下的门关上。

狗狗冲上楼梯，哀叫着飞扑到床上。

“狗狗，狗狗，你去了哪里，你做了什么！狗狗，狗狗！”

他紧紧抱住狗狗，久久不放，一面哭泣。

狗狗，狗狗。他又笑又叫。狗狗！但片刻后他突然停止笑声和呼喊。

他抽身后退，抓住狗狗，瞪着他。

狗狗身上的气息和以前不一样。

那是一种奇怪的泥土味，一种黑夜中的黑夜的味道，一种从阴暗的地下深处刨出来的与埋藏已久、早已腐烂的东西贴近的味道。腐臭的土屑从狗狗的口鼻和爪子上散落。他刨得好深啊。确实很深。肯定是的，不是吗？不是吗？不是吗？

狗狗这次带回的是什么讯息？这讯息意味着什么？这股恶臭——恶心难闻的坟墓的泥土味。

狗狗是只坏狗，不该刨的地方，他就是要刨。狗狗是只好狗，总爱交朋友。狗狗爱人类。见人就带回家。

漆黑的楼梯上传来脚步声，一步一顿，前脚拖着后脚，缓缓地，慢慢地，痛苦地向上移动。

狗狗打了个寒颤，诡异的夜的泥土散落在床上。

狗狗转过头。

卧室门轻轻打开。

马丁有伴了。

玩　火

他们在火辣辣的太阳底下站了好大一会儿，盯着老式铁路表闪亮的表盘，脚下倾斜的影子摇晃着，透气的遮阳帽下汗流个不停。他们摘下帽子，擦了擦爬满皱纹、热得发红的前额，头上的白发全湿透了，像多年不见日光似的。两个男人中的一个说，鞋子烫得都像两条烤面包了，然后呼出一口热气问：

"你肯定是这幢公寓吗？"

另一个名叫福克斯的老人微微点头，仿佛担心动作太大会摩擦起火一样。"我接连三天每天都看见这个女人。她会出现的。只要她还活着，就一定会。你等着瞧吧，肖。上帝！多么好的病例啊。"

"奇怪的工作，"肖说，"要是被人知道，不成偷窥狂才怪呢。两个愚笨的老傻瓜。老天爷，站在这儿好难堪啊。"

福克斯拄着拐杖。"我来负责说吧，要是——等等！她在那儿！"他压低声音，"等她出来时，别急着看她。"

公寓大门砰的一声震响。有个矮胖女人出现在门廊前十三级台阶的最上面，恶狠狠地快速扫视了下，一只肥圆的手挤进钱包，抓出几张皱巴巴的钞票，然后野蛮地冲下台阶，沿街道绝尘而去。身后公寓的窗户里探出几个脑袋，摔门声显然惊动了不少邻居。

“快跟上，”福克斯低声催促，“我们也去肉店。”

那个女人撞开肉店的门，直冲了进去。两个老人瞥见一张刚涂了口红的黏糊糊的嘴。她的眉毛像两撇胡须，一双眼睛乜斜着，显得疑神疑鬼。刚走近肉店，他们就听她在里面大呼小叫。

“我要一块上好的肉。让我瞧瞧你藏了什么私房货！”

肉店老板不声不响地站在那儿，身上套一件沾满血红手印的罩衣，两手空空。两个老人走进店里站在女人身后，假装观看一块新切的牛里脊。

“那些羊排看着真恶心！”女人叫道，“羊脑多少钱？”

肉店老板干巴巴地低声告诉她。

“那就称一磅羊肝！”女人说，“拇指拿开！”

肉店老板慢吞吞地称起来。

“动作麻利点！”女人呵斥道。

肉店老板停止动作，双手伸到柜台下。

“快看。”福克斯悄声道。肖往后微仰，看向柜台下面。

肉店老板原本空着的一只血手正紧紧握住亮晃晃的斩肉刀，松开、握紧，又松开。白瓷柜台上方，女人冲着老板大吼大叫，老板的蓝眼睛平静得令人害怕，脸是克制的粉红色。

“现在你信了吧？”福克斯压低声音，“她真的需要帮助。”

他们全神贯注地盯着成块的牛排，发现上面有一个个铁槌反复敲打留下的小凹痕。

同样的一幕在杂货店和小商店里继续上演。两个老人跟在女人后面，礼貌地保持着距离。

“找死太太[①],”福克斯小声道，“这就好比看着一个两岁小孩儿上战场，她随时都可能踩中地雷。砰！碰上温度适中，湿气够大，每个人开始发痒、出汗，火气一点就着。然后这位好女士走过来，牢骚满腹，尖叫连连。最后就玩完啦。好了，肖，我们开始干活吧？”

“你是说就这么走过去找她？”肖大吃一惊，“哦，我们不会真这么干吧？我还以为是业余闹着玩的。研究人的行为习惯是挺有趣的，可真的掺和进去——？我们有更重要的事儿要做。”

“有吗？”福克斯朝街上点点头，那个女人不顾一切地往前冲，引发一连串的紧急刹车、鸣喇叭和咒骂的声音。“我们还是基督徒吗？我们就这样让她稀里糊涂地拿自己去喂狮子吗？还是去改变她？”

“改变她？”

“让她学会爱，学会宽容，让她活得更久。你瞧瞧她。真

① Mrs. Death Wish，death wish 指（有意识或无意识的对自己或他人的）死亡愿望。

是活得不耐烦了！故意激怒别人。过不了多久，就会有人找上她，用锤子和士的宁[①]招呼她。今天已经是第三次了。当你溺水时，你会不择手段，见人就抓，拼命尖叫。我们先吃午饭再去帮她，如何？否则，我们的病人迟早要被谋杀。"

肖走在被太阳晒得滚烫发白的人行道上，恍惚间他仿佛看见街道竖立起来，变成高耸的悬崖峭壁，那个女人正沿着崖壁坠向熊熊燃烧的天空。终于，他摇摇头。

"你说得对，"他说，"我不想因她而自责。"

下午三点左右，太阳炙烤着公寓正面的墙漆，空气也被漂白，水沟里的水也都蒸发了。两个老人麻木而虚脱地站在楼房内的过道里，整个过道从头到尾热浪蒸腾，飘着一股面包的香味。连开口说话的声音都像是从蒸汽房里传出来的，闷闷的，显得极为疲惫和遥远。

前门打开了。福克斯叫住一个拿着条切得很齐整的面包的男孩。"孩子，我们找那个出去时把门摔得很响的女人。"

"哦，她？"男孩飞奔上楼，回头喊道，"施莱克太太！"

福克斯一把抓住肖的手臂。"上帝啊，上帝！这不会是真的！"

"我想回家。"肖说。

---

① strychnine，含毒生物碱。

“可我们都已经到了！”福克斯难以置信地说，一边举起拐杖敲了敲门厅里的住户指示牌，“阿尔弗雷德·施莱克夫妇，楼上三三一室！老公是码头搬运工，一个粗鲁的大块头，每次回家浑身脏兮兮的。星期天，我还看见他们一起出门，女的喋喋不休，男的闷声不响，看都不看她一眼。噢，肖，你就别打退堂鼓了。”

“没用的，”肖说，“像她这样的人你帮不了，除非他们主动寻求帮助。那是心理治疗的第一法则。这一点你我都知道。你要是挡了她的道儿，她会踩扁你。别犯傻了。”

“可谁来为她说话——为那些和她一样的人？她丈夫？她朋友？杂货店老板，肉店老板？他们恨不得她早点死！他们会叫她去看心理医生吗？她知道自己有病吗？不。谁知道？只有我们。你不会对患者隐瞒这么生死攸关的信息吧？”

肖摘下湿答答的帽子，意志消沉地盯着它看。“很久以前，有一次，生物课上老师问我们，能不能用手术刀把青蛙的神经系统完好地剥离，取下整个精密的天线似的结构，小小的、粉红色的野蓟似的构造和半隐藏的神经节。那当然不可能。神经系统占了青蛙身体很大一部分，不可能像脱下一只绿手套那样简单。取下它，青蛙就被毁了。我看施莱克太太就是这种情形。你不可能摘下一个坏掉的神经节，坏的是她疯狂的小小象眼中的玻璃体，还不如弄干净她嘴里的口水呢。真让人难过。但我觉得，我们已经做得太过火了。”

“你说的也对，”福克斯耐心诚恳地点点头，“可我只想给她提个醒儿。在她的潜意识里播下一粒种子。告诉她：‘别到处惹事，当心被杀。’我只想在她的脑子里种下这粒小小的种子，希望它生根发芽开花结果。一个非常微弱、非常贫乏的希望，但愿她能在一切都太迟之前鼓起勇气去看心理医生！”

“热得都没力气说话了。”

“那就更不能犹豫了！九十二华氏度比其他任何温度下的谋杀概率都要高。超过一百度，热得难以动弹。低于九十度，足够凉爽，不至于出人命。可一到九十二度，火气就会达到顶峰，全身瘙痒、发毛、出汗，像煮熟的猪肉一样。大脑变成在烧红的迷宫内盲目冲撞的一只老鼠，一句话、一个眼神、一点响动，甚至掉根头发，都会触发应激谋杀。应激谋杀，一个又好听又吓人的说法。你看看门厅的温度计，八十九度。马上就要爬上九十，即将蹿到九十一，再过一两个小时，就到九十二了。这是第一段楼梯。我们可以在每个楼梯转角稍事休息。上楼吧！”

两个老人在三楼昏暗的楼道里移动。

“别看门牌号，”福克斯说，“我们来猜猜哪间房是她的。”

当走到最后一间时，门后的收音机传出震天价响的声音，门上斑驳的油漆颤抖着化成粉末，悄然落在他们脚下破旧的地毯上。两人看着整扇门跟随音乐节奏在颤动。

他们互相看了看，严肃地点点头。

突然，一个声音像刀斧剁在案板上似的爆发出来；一个女人正对着电话尖声咆哮，电话里的人住在对面。

“真没必要打电话。她只要打开窗户吼一嗓子就行了。”

福克斯敲门。

收音机继续放声歌唱，女人的吼声一浪高过一浪。福克斯又敲门，然后试了试门把手。可万万没想到的是，门居然从他手中迅速地往里荡开，他们就像舞台上的演员，被提前升起的幕布弄得一时动弹不得。

“噢，不！”肖惊叫道。

铺天盖地的声音将他们淹没。那感觉就像站在大坝的泄洪口上，再猛地拉开水闸。两个老人本能地举起手遮挡，仿佛声音是炽热的阳光，灼伤了他们的眼睛。

屋里的女人（当真是施莱克太太！）站在壁挂式电话机前，唾沫星子以惊人的速度从口中飞溅而出。她露出大大的白牙，自顾自地嚎叫不休，鼻翼翕张，汗湿的前额隆起一条青筋，另一只空手不断握紧、松开。她一边吼叫，两只眼睛却是闭着的：

“告诉我那该死的女婿，想让我见他门儿都没有。他就是个懒鬼！”

忽然，女人睁大了眼睛。尽管没听到也没看见，可动物的本能告诉她，门外有人闯入。她继续对着电话大吼大叫，同时瞥了一眼两个不速之客，眼神如利刃般穿透他们。她又吼了足足一分钟，这才砰地放下听筒，气也不喘一下地说：“嗯？”

两个男人为了自保同时跨出一步，嘴唇动了动。

“说话！”女人叫道。

“你能不能，”福克斯说，“把收音机开小一点？”

看口形，她大约听出“收音机”几个字。她的脸被晒得黝黑，依然怒目而视，看也不看地猛拍一下收音机，像敲打每天哭闹成习的孩子般。声音骤然消退。

“我什么也不买！”

她像发现骨头上有肉似的撕开一包已经翘角的廉价香烟，利落地抽出一支塞在涂满口红的嘴里，点燃后贪婪地吸起来，再从薄薄的鼻翼里喷出，房间内烟雾弥漫，而她俨然一只对付他们的喷火龙。“我要干活。有话快说！”

他们看见杂志凌乱地散落在油毡地板上，像一条条颜色鲜艳的鱼。破旧的摇椅旁搁着没洗过的咖啡杯，油腻腻的台灯有点歪斜，上面布满大拇指印。窗玻璃污迹斑斑的，水槽里堆满碗碟，水龙头不紧不慢地滴着水，天花板的角落里飘着几张死皮似的蜘蛛网。最糟糕的是，关在窗内那一股浓重的、活得不耐烦的味道。

他们看见墙上的温度计。

上面显示九十华氏度。

他们半是吃惊地对视一眼。

“我是福克斯先生，这位是肖先生。我们都是已退休的保险推销员。现在偶尔还做点生意来补贴不够充裕的退休金。但大部分时间我们都是轻松过——”

“你在向我兜售保险！”她歪着头从烟雾中望着他们。

“但这不用你花钱。”

“继续讲。”她说。

“该从哪儿开始呢。我们可以坐下吗？”他朝四周看了看，没发现任何能让他放心坐下去的东西。“算了吧，”见她又要吼的样子，他马上接口道，“这么说吧，四十年来我们目睹了太多的人从疗养院走进坟墓，后来我们退休了，这期间我们归纳出一些看法。去年坐在公园里聊天时，我们做了一些总结。我们意识到，其实很多人可以不必那么年轻就离世。所以，只要通过确切的调查，保险公司就能提供新型的客户信息，作为一种衍生服务……”

“我没病。”女人说。

“哦，可你确实有病！”福克斯先生叫道，随即吓得用两根手指按住嘴。

“谁说我有病！”她怒吼道。

福克斯一口气说道：“我就坦白说吧。从心理学的角度看，每天都有人死去。他们身体的某个部分已经厌倦，那一小部分会设法害死整个人。例如——”他环顾四周，找到第一个证据，松了一口气，“瞧！你浴室里的那个灯泡，挂在磨损的电线上，正对着浴缸。说不定哪天你脚一滑，手一抓——嗞一声！”

施莱克太太瞟一眼浴室里的灯泡，“那又怎样？”

“人，”福克斯先生慢条斯理地说，而肖先生却忐忑不安，脸忽而发红，忽而煞白，朝门口缓慢移动，“人，和汽车一样，也需要检修刹车，他们的情绪刹车，你明白吗？他们的灯，他们的电池，他们对待生活的方式和回应。”

施莱克太太哼了一声说：“你的两分钟到了。可我什么也没听明白！”

福克斯先生先是对她眨了眨眼睛，然后又透过落满灰尘的窗玻璃，对外面毒辣的太阳眨了眨眼睛。汗水顺着脸上柔和的皱纹流下来。他偷偷看了一眼墙上的温度计。

“九十一。”他说。

“你怎么了，老家伙？”施莱克太太问。

“对不起。”他着迷地注视着对面墙上温度计的红色刻度，看水银在细小的玻璃管中攀升，“有时候——有时候我们难免走弯路。嫁错郎，入错行，没钱花，生病，偏头痛，腺体缺陷，等等。各种各样烦心事儿。在你还没反应过来前，你会见到谁就拿谁撒气。”

她直盯着他的嘴巴，仿佛他说的是外语；她眉头深皱，乜斜着眼，歪着脑袋，香烟在肥胖的手上静静燃烧。

“我们总是对人大呼小叫，到处树敌，”福克斯咽了咽口水，视线从她身上移开，“这些人巴不得我们消失，生病，甚至死掉。他们恨不得将我们打倒在地，一枪崩了我们。然而这都是不知不觉中形成的，你明白吗？”

上帝，这儿可真热，他心想。要是能开一扇窗该多好啊。只需一扇。打开一扇就够了。

施莱克太太的眼睛越睁越大，仿佛要认同他说的每一句话。

“有些人有意外倾向，换句话说，他们有意以犯罪来惩罚自己，往往是那种自以为早已忘却的、微小的不道德行为。但他们的潜意识会将他们置于险地，让他们乱穿马路，让他们——”他犹豫一下，下巴滴着汗，“让他们忽视浴缸上的破电线——他们是潜在的受害者。这都在他们脸上写着呢，就藏在——可以说和文身一样，不同的是它藏在皮肤的内里而不是表面。凶手一见到这些有意外倾向、活得不耐烦的人，就会发现这些隐藏的记号，就会本能地转身尾随他们来到某个偏僻的小巷。运气好的话，也许五十年也不见得能遇上一个潜在的凶手。然后——某天下午——命运不期而遇！这些人、这些有死亡倾向的人，触碰到从旁经过的陌生人的某根错误的神经，自然就把凶手召了过来。”

施莱克太太非常缓慢地把香烟捻灭在一个脏兮兮的碟子里。

福克斯拄着拐杖的手在哆嗦，下意识地换了另一只手握住。“所以就在一年前，我们决定找到这些人，为他们提供帮助。他们压根儿就不知道自己需要帮助，做梦也没想过要看心理医生。刚开始，我说，咱们先验证一下吧。可肖一直反对这件事，只同意业余玩玩，私下里搞一搞，那样谁也不知道。你是不是觉得我很傻。我们做了一年试验，先观察了两个男人，悄悄站在远处，观察他们的生活环境、工作、婚姻。你一定觉得我多管闲事吧？可这些人没一个有好下场的。有横死在酒吧的，有被推出窗外的。还有个女的，给电车轧死了。难道都是巧合？那个意外中毒身亡的老头呢？有天晚上他忘记打开浴室的灯。他在想什么，竟会忘记开灯？是什么让他摸黑吃药，第二天死在医院里，死前还嚷嚷只想活着？证据，证据，我们有的是证据。二十多个例子。短时间内一大半都进了棺材。还需要再验证吗？是时候采取行动了，数据告诉我们，得采取预防措施。和当事人合作的时候到了，要在收尸的从侧门溜进来前和他们成为朋友。”

施莱克太太站直身体，就好像他突然给了她头部重重一击，但随即只动了动弄花了的嘴唇说：“所以你就找到这儿来了？”

“这个——”

“你们一直在观察我？”

“我们只是——”

“跟踪我？”

“那是为了——”

“给我滚出去！”她说。

“我们可以——”

“滚！”她说。

“你能听——”

“噢，我就料到会这样。”肖闭上眼睛小声道。

“下流的老东西，滚出去！”她嚎叫道。

“不用花钱。”

“我会把你们扔出去，我会把你们扔出去！”她握紧拳头，咬着牙叫道，脸涨得通红，“你们算老几，卑鄙无耻的老婆娘，竟敢来监视我，两个老不死的！”她咆哮着，一把抓下福克斯先生头上的草帽，他大叫一声。她猛地撕下帽子的衬布，骂骂咧咧。“滚出去，滚出去，滚出去，滚出去！”她用力把帽子摔在地板上，脚跟狠狠地踩在中间，然后一脚踢开，“滚出去，滚！”

“噢，可你需要我们！”福克斯惊恐地看着地上的帽子，她则连珠炮似的对他破口大骂。这个女人懂得各种各样骂人的字眼，像酒精喷火连带冒烟地对他狂轰滥炸。

“你们以为自己是谁？上帝吗？上帝和圣灵降临人世，裁判、窥探别人？你们这些老混蛋，龌龊下流的老婆娘！你们，你们——”她继续咒骂他们，吓得他们连连后退，直缩到门口。她气也不喘骂出一连串脏话。这才停下来，深吸一口气，胸脯一阵起伏，颤抖着，继续骂出一连串比刚才更恶毒的脏话。

“听我说！”福克斯僵硬地说。

肖站在门外，正恳求同伴跟他一起走。一切都结束了，果然不出他所料，他们就是两个傻瓜。这个女人骂得一点儿也没错。哦，简直颜面尽失！

“老处女！”女人喊道。

“请你嘴巴放干净点。”

“老处女，老处女！”

这似乎比刚才那些脏话更有杀伤力。

福克斯身体晃了晃，嘴巴忽地张开、闭上，又张开、闭上。

“老娘儿们！”她继续叫道，“娘儿们，娘儿们，娘儿们！”

他恍若置身熊熊火海。大火淹没整个房间，将他困在里面。家具仿佛在移动、旋转，太阳透过紧闭的窗户射进来。突然嗡的一声，不知哪儿来一只苍蝇，猛地一个回旋飞走了，脚垫上扬起一阵火花般乱窜的灰尘，在阳光中升腾、燃烧。她的嘴巴是野蛮的血红色，喷吐着积存了一辈子的污言秽语。她背后焦褐色的墙纸上，温度计恰好指着九十二度。他又看一眼温度计，没错，是九十二度。可眼前的女人还在嘶声嚎叫着，就像火车车轮在巨大的弧形轨道上刮擦前行，又像指甲划过黑板，钢铁摩擦大理石。“老处女！老处女！老处女！”

福克斯缩回手臂，握紧拐杖，高高地举起，然后用力一击。

“不要！”肖在门口惊叫道。

然而，女人已经滑倒在一边，嘴里发出含混不清的声音，两只手不停地挠着地板。福克斯难以置信地以居高临下的姿势望着她。透过包围他的一层隐形、滚烫的透明墙，他看了看自己的手臂、手腕、手掌和手指。他看着手中的拐杖，仿佛在看一个触目惊心的感叹号，那样莫名地竖立在房间中央。他的嘴巴始终张开着，灰尘无声地飘落，一切都陷入死寂。他感到血液从自己的脸上迅速褪去，仿佛有一扇小门砰地往他的肚子撞进去。

“我——”

她骂得更凶了。

她挣扎着爬起来，身体每个部分就像毫不相干的动物。她的胳膊和腿，她的手，她的头，都像被砍下的怪物身上的一部分，疯狂地想要回归本体却不知该如何实现。她的嘴不停地吐出不堪入耳的咒骂，那是长久以来埋藏在她灵魂深处的东西。福克斯呆呆地看着她，还没从惊吓中回过神。在今天之前，她总是各处喷她的毒液。现在，她把积累了一辈子的毒血倾倒出来，他感到了被淹没的危险。他感觉有人在拉扯他的外套。他看见门往一边打开，听见手中的拐杖细骨头似的咣当一声掉在地上，仿佛手被某只看不见的黄蜂狠蜇了一下。然后他就在门外了，机械地行走着，穿过火热的公寓，夹在烧焦的墙壁间下楼。她的叫骂声似铡刀般沿着楼梯直砍下来。“滚出去！滚出去！滚出去！”

声音犹如落井人的哀嚎，逐渐消失在黑暗的井底。

到了最后一级楼梯，快到大门口了，福克斯挣脱伙伴的搀扶，久久地靠在墙上，眼里含着泪水。他什么也做不了，只能痛苦地呻吟。他的手摸索着寻找丢失的拐杖，然后移到脸上，碰到了湿润的眼睛，心头一惊，又慌忙移开。他们在最下一级楼梯里默默坐了十分钟，喘着气从惊吓中慢慢回过神来。终于，福克斯先生转头望向肖先生，后者又惊又怕地看了他足足十分钟。

“你看见我做什么了吗？哦，哦，真的太险了，太险了，”他摇了摇头，“我真是个傻瓜啊。那个可怜，可怜的女人。她是对的。”

“我们什么忙也帮不上。”

“我总算明白了。活该我倒霉。”

“来，擦擦脸吧。这样好多了。”

“你觉得她会向她老公告状吗？”

“不会，不会。”

“你觉得我们要不要——”

“找他谈谈？”

他们想了一下，都摇摇头。他们打开公寓大门，灼人的热气扑面而来，一个大块头从两人中间挤过去，差点儿将他们撞翻在地上。

“没长眼睛吗！”那人叫嚣道。

他们转身看着男人一步一步笨重地走进火热、黑暗的公寓。那是怎样的一个庞然大物啊，乳齿象的骨架，狮鬃般乱蓬蓬的脑袋，双臂粗得似牛腿，毛茸茸的，皮肤晒得黝黑。擦身而过时，他们瞥见一张汗湿、粗糙、晒得像烤猪的脸，布满血丝的眼睛下面，咸咸的汗水正沿着下巴往下滴；胳肢窝下一大片的汗渍，整件T恤腰部以上全湿了。

他们轻轻关上公寓大门。

“就是他，”福克斯先生说，“那个就是她的丈夫。”

他们站在公寓对面的小店里。时间是下午五点半，太阳马上就要落山了，在稀疏的树底下和巷子里，投下一道道盛夏的葡萄色的影子。

“那是什么，从她丈夫屁股兜里露出来的那个？”

“码头工人的吊钩。钢的。很锋利，看着很重。像以前独臂人假肢上的铁钩。”

福克斯没说话。

“现在温度多少？”过了一会儿，福克斯问，仿佛累得不想回头去看。

“店里的温度计还是九十二华氏度，正好九十二。”

福克斯坐在装货箱上，有气无力地握着一瓶橘子汽水。“凉快一下，”他说，“没错，这会儿我太需要一瓶橘子汽水了。”

他们坐在火热的空气中，仰头久久地望着公寓大楼的某扇窗，等待，等待……

小杀手

有人要谋杀她的念头是什么时候出现的，她也说不清楚。过去一个月里，她脑海中也曾有过蛛丝马迹和些许的怀疑，却都似瀚海深渊，仿佛面对绵延无际的热带水域，看似风平浪静，使人想要投身其中，可等到被水流裹挟时，才发现平静的水面下潜藏着怎样的怪物。它们来去无踪，身体膨胀，触角丛生，还有锋利的鳍，穷凶极恶地追着人不放。

周围在旋转、晃动，空气中弥漫着令人歇斯底里的臭味。尖锐的工具被传来传去，还有说话的声音，和戴着消过毒的白口罩的一群人。

她心想，我叫什么名字？

艾丽斯 · 雷伯。她想起来了。大卫 · 雷伯的妻子。但这并没有让她放下心来。眼前都是身穿白衣、悄声低语的陌生人。她孤身一人，承受着巨大的痛苦、恶心，死亡的恐惧笼罩在心头。

众目睽睽下我正在被谋杀。一个阴谋已经悄然上演，医生、护士都被蒙在鼓里。大卫也不知道。没有人知道，除了我和——凶手，那个小小的杀人凶手，小刺客。

我要死了，可我没法告诉他们。他们会笑话我，说我精神失常。他们会看望凶手，把他抱在怀里，哪能想到他是罪魁祸首。可我在这里，在上帝和人类的眼皮底下，奄奄一息，没人会相信我的话，每个人都会怀疑我，拿谎言安慰我，拿无知埋葬我、哀悼我，再救走我的毁灭者。

大卫在哪儿？她疑惑道。在候产室一支接一支地抽烟，听时钟缓慢的滴答声吗？

她忽然全身冒出冷汗，随即一声哀嚎。来了！来了！来杀我吧！她声嘶力竭地喊道。杀吧，杀吧！但我不会死！我不会！

接下来一阵空洞，真空状态，痛楚突然消失，她精疲力竭，周围一片昏暗。一切都结束了。噢，上帝啊！她重重跌下去，坠入一片黑暗的虚无，又掉落另一片虚无、虚无、虚无，还是虚无……

脚步声。轻轻靠近的脚步声。

远处传来一个声音说：“她睡着了。别打扰她。”

花呢布、烟斗和某种须后水的混合气味。大卫守在她身边，旁边是杰弗斯医生干净的气味。

她没有睁开眼睛。“我醒了。”她平静地说。没有死，还能开口说话，真是太好了，终于松了口气。

“艾丽斯。”有人叫她。是大卫，在她紧闭的眼前，握住她筋疲力尽的手。

你想见凶手吗，大卫？她心想。我听见你说想见他，那我就只好指给你看了。

大卫站在她身边。她睁开眼睛，房间内的一切逐渐聚焦。她虚弱地移动一只手，把被单掀开。

凶手有张红扑扑的小脸，一双蓝眼睛镇定地望着大卫，他的眼睛深邃而明亮。

“唷！”大卫·雷伯笑着叫道，“多么漂亮的宝宝呀！”

到了大卫·雷伯来医院接妻子和新生儿回家那天，杰弗斯医生在办公室等他。他示意雷伯在一张椅子上坐下，递给他一支雪茄，自己也点了支，然后半坐在办公桌边沿，表情严肃地喷了一会儿烟后，清了清嗓子，直视雷伯说：“大卫，你老婆不喜欢她的孩子。”

“什么！”

“她吃了不少苦。接下来的一年，她需要你更多的关爱。当时我没告诉你，可她在产房里情绪很激动。说了些奇怪的话——这些我就不多说了。我只能说她对这孩子有敌意。这也没什么，也许问你一两个问题，就知道怎么回事了。”他又吸了一会儿雪茄，然后说道，“这个孩子是‘计划中’的吗，大卫？”

“为什么这么问？”

“这很重要。”

“是的，是‘计划中’的。我们一起商量好的。艾丽斯高兴得不得了，就在一年前，那时——”

“呃——这就有点麻烦了。因为假如不是计划中的，那可能只是单纯的女人不想当母亲的问题。艾丽斯不是这样的，”杰弗斯医生取出口中的雪茄，摸了摸下巴，“那么，肯定还有其他原因。也许是隐藏在她心中的童年经历在作祟。或者也许只是暂时的怀疑和不信任。不管哪个妈妈，只要和艾丽斯一样吃尽苦头，又在鬼门关前走过一遭，想必都会如此吧。如果是这样，花点儿时间就能恢复。我得给你提个醒，大卫。这样，万一哪天她说了——嗯——‘宁可孩子生出来就死掉’之类的话，你也能宽容她，不会太责怪她。有什么状况，你们一家三口尽管来找我。我随时欢迎老朋友，好吗？来，再来一支雪茄吧，为了——啊——为了宝宝。”

这是个晴朗的春日午后。汽车沿着宽阔的林荫大道嗡嗡前行。天空碧蓝，鲜花在暖风中盛开。大卫话很多，点燃雪茄，又说了一会儿。艾丽斯只是简单地轻声回复，随着汽车的行进神情略微轻松了些，但她没有如母亲般紧紧地、溺爱地抱着婴儿，这使大卫的心隐隐作痛。好像她怀里抱的仅仅是个瓷俑。

“那，”他终于笑了笑说，“我们给他取什么名字好呢？”

艾丽斯·雷伯望着车窗外渐次退去的绿树。“还是别急着决定吧。等找到特别的名字再取。别对着他的脸喷烟。”她连着说完这几句话，语调没有一丝变化。最后一句也不是带有母爱的责备，既无关心也无恼怒。她不过是张了张嘴，话就出来了。

大卫忐忑地摇开车窗，扔掉雪茄。“对不起。”他说。

孩子躺在妈妈的臂弯里，太阳透过树木把光影投在他脸上。睁开的蓝眼睛像春天里初开的蓝色花朵。粉嘟嘟、有弹性的小嘴发出湿润的声音。

艾丽斯匆匆瞥了一眼孩子。丈夫感到妻子贴着他在发抖。

“冷吗？”他问。

“有点凉。还是把窗关上吧，大卫。”

不只是有点凉。他慢慢地摇上车窗。

晚餐时间。

大卫把孩子抱出婴儿室，搁在新买的高脚椅子上，搁的角度有点别扭，他又在四周围了一圈枕头。

艾丽斯凝视着手中来回动作的刀叉。“他还太小，不适合坐高椅。”她说。

“反正让他坐在这里挺好玩儿的。”大卫说，他心情很好，“近来一切都顺利。公司业务也一样。订单多得都快堆到鼻子上了。一个不小心今年又能赚进一万五千块。喂，快看我们的小宝贝呀。口水都流到下巴了！”他伸手用纸巾擦了擦孩子的嘴。顺着眼角的余光，他意识到艾丽斯连看都没看一眼。他把孩子的口水擦干净。

“看来你不感兴趣，”他说，又继续吃他的饭，“可是做妈妈的，都该对自己的孩子有点兴趣吧！”

艾丽斯猛地扬起下巴。“不要说这种话！别当着他的面说！如果你非说不可，待会儿再说。”

“待会儿？”他叫了起来，“当面、背后，这有什么区别？”说着，他立刻又平静下来，带点愧疚，“好吧。我知道了。”

吃完饭，她任他把孩子抱到楼上。她没叫他这么做，只是由他去。

从楼上下来，他发现她站在收音机前，音乐响着，但她没有在听。她闭着眼睛，像是在思考、自责。看见他，她开始动作。

她忽然靠上去，紧紧贴着他，温柔而快速，一如从前。她的唇找到他的，贴上去。他有点吃惊。现在孩子不在，在楼上，客厅里只剩他俩，她又开始呼吸，活过来了。自由了。她不停地轻声絮叨着。

“谢谢你，谢谢你，亲爱的。你还是一样的你，那么地可靠！”

他忍不住笑道：“我爸以前常对我说：‘儿子，你要养好家！’”

她疲惫地将她一头乌溜溜的秀发贴在他脖子上。“你已经做得太多了。有时候我想，要是能回到刚结婚那会儿，那该多好啊。就我们自己，不用负任何责任。没有——没有孩子。”

她拼命攥着他的手，脸色异常苍白。

“噢，大卫，以前只有你和我，我们互相爱护。可现在我们得爱护自己的孩子，他却不会爱护我们。你知道吗？我躺在医院里想了很多事情。这个世界是邪恶的——”

“是吗？”

“是的。真是这样。但法律会保护我们。如果没有法律，我们的爱可以保护我们。我对你的爱可以保护你不被我伤害。在所有人中，你只有在我面前才是脆弱的，但爱可以庇护你。我不怕你，因为爱可以缓解你的怒火、抑制你反常的本能、减轻你的仇恨、弥补你的缺陷。可是——我们的孩子呢？他还太小，不懂爱，不懂爱的法则，什么都不懂，除非我们教他，所以同时我们也容易被他伤害。”

“被一个婴儿伤害？”他推开她，轻轻地笑道。

“婴儿能区分是非对错吗？”她问。

“不能。但他能学习。”

“可是他是新生儿，毫无道德观，又这么无知。”她停下来，两手松开他，迅速转身，“那个声音？是什么声音？”

雷伯朝客厅四周看了看。“我没听见——”

她盯着书房的门。“在那里面。”她一字一顿地说。

雷伯穿过客厅，推开书房门，打开灯，接着又关掉。“什么也没有，”他朝她走过来，“你太累了。我陪你上床休息吧——现在就去。”

他们一起熄了灯，慢步走上悄无声息的楼梯，两个人谁也没说话。在楼梯尽头，她向他道歉：“亲爱的，请原谅我的胡言乱语。我真的累坏了。”

他说他理解。

她在婴儿室门口停了停，有些犹豫，然后一下扭开门把手走了进去。他看着她，她小心翼翼地靠近婴儿床，往下看，像被打了一巴掌似的愣了一下。“大卫！”

雷伯走到婴儿床边。

孩子的脸红得发亮，而且湿漉漉的；粉嘟嘟的小嘴一张一合，一张一合；眼睛像一团蓝色的火焰；双手在空中挥舞着。

“噢，”大卫说，“他刚刚哭过。”

“哭过吗？”艾丽斯·雷伯抓着床边的栏杆，稳住自己的身体，“我没听见他哭。”

“刚才门是关着的。”

“他脸红气喘是因为哭过吗？”

“肯定哭过。可怜的小家伙。一个人在黑暗中哭鼻子。今晚让他睡在我们房里吧，免得他又哭。”

“你会宠坏他的。”他妻子说。

雷伯把婴儿床推进自己房间时，感觉妻子的目光一直在跟随。他默默脱下外衣，坐在床沿上。突然，他抬头低骂一声，弹一下手指。“该死的！忘记告诉你了。星期五我得飞芝加哥。”

“噢，大卫。”她失声道。

“都被我推迟两个月了，这回必须得去，不能再推了。”

“我害怕一个人在家。”

“这个星期五，新厨师会来。她会住在我们家。过不了几天，我就回来了。”

“我怕。我不知道怕什么。如果我告诉你，你绝不会相信。我想我疯了。”

这时他已经上床。她熄灭卧室的灯；他听见她走到床边，掀开被单钻进来。他闻到身边女人的温暖气息。“如果你要我过几天再去，也许我可以——”他说。

“不用了，”她违心地说，“你去吧。我知道这很重要。只是我一直在想刚才对你说的话。法律、爱和保护。爱保护你不受我伤害。可是，我们的孩子——”她喘了口气，“怎样才能保护你不受他的伤害呢，大卫？”

他还没来得及回答，没来得及告诉她有关孩子的这些话有多愚蠢，她忽然拧亮床头灯。

“你看。”她指了指说。

婴儿清醒地躺在他的小床上，正用他那双深邃锐利的蓝眼睛直视着他。

灯光再次熄灭。她紧挨着他颤抖。

“害怕自己的孩子可不好，”她低声道，语气突然变得急促、凶狠，“但他想杀我！他躺在那儿偷听我们说话，就盼着你离开，他好再设法杀我！我发誓！”她开始啜泣。

“好了，”他不停地劝慰她，“不要说了，请不要说了。”

她在黑暗中哭了很久。夜深了，她稍稍放松，依旧依偎着他发抖。她的呼吸渐渐缓和，温暖而规律，她身体蜷缩着睡了。

他也昏昏欲睡。

但就在他的眼皮越来越沉，睡意越来越浓时，他听见一个奇怪的微弱的声音，似乎房间内有人醒着。

是那张有弹性、湿润的粉红小嘴发出的声音。

宝宝。

然后他——睡着了。

清晨，艳阳高照。艾丽斯脸上挂着笑容。

大卫·雷伯拎着手表在婴儿床上晃呀晃的。“瞧，宝贝儿。这是什么？亮晶晶，漂漂亮。是不是，是不是？亮晶晶，漂漂亮。”

艾丽斯笑着对他说去吧，去芝加哥出差吧。她会勇敢的，没必要担心她。她会照看好宝宝。噢，是的，她会照看好宝宝，没有任何问题。

飞机向东飞行。天空广袤无边，有阳光也有云，芝加哥就在前方的地平线上。下了飞机，大卫立即忙着发号施令、拟订计划、参加宴会、电话联络、开会讨论。但他每天都不忘给艾丽斯和宝宝写信和拍电报。

离家第六天晚上，他接到洛杉矶的长途电话。

“艾丽斯？”

“不，大卫。我是杰弗斯。”

“医生！”

“镇定点，孩子。艾丽斯病了。你最好坐下一班飞机回来。是肺炎。我会尽量医好她，问题是她刚生产不久，体力还没恢复。”

雷伯放下电话站起来，他的肢体失去知觉。酒店房间在他眼前变得模糊、四分五裂。

“艾丽斯。”他茫然地说，朝门口走去。

螺旋桨启动、旋转、震颤、停止，时间和空间被抛在身后。大卫感觉到门把手在转动，脚下的地板变得真实起来，卧室的墙壁环绕在四周。午后的阳光笼罩着杰弗斯医生，他立在窗前，正转过身来。艾丽斯静静地躺在床上等待，像一座雪雕。接着杰弗斯医生开始说话，轻柔而滔滔不绝，音调在灯光中高低起伏，一会儿轻轻叨絮，一会儿喃喃细语。

“你老婆真是个好妈妈，大卫。她担心孩子胜过担心自己……”

艾丽斯苍白的脸色忽然一凛，随即又恢复原样。然后她开始慢慢地讲述，脸上半带微笑，一副做母亲应有的态度，陈述这个或那个相关的细节，巨细靡遗地汇报她初为人母的小小世界和生活。她停不下来；发条被拧紧，她的语气越来越急促，流露出愤怒、恐惧和一丝难以察觉的厌恶。杰弗斯医生的表情始终不变，但大卫的心跳却随着妻子讲述的节奏而加快：

“孩子不肯睡。我还以为他病了。他躺在婴儿床上瞪大眼睛看，夜深了便开始哭。他哭得声嘶力竭，整夜不停。我没办法让他安静下来，也没办法休息。”

杰弗斯医生慢慢地点了点头。“她累到感染肺炎。不过她服了不少磺胺剂，现在总算脱离危险了。”

大卫感觉有点不舒服。“那孩子呢，孩子怎么样？”

“生龙活虎，精神好得很！”

“谢谢您，医生。”

医生走出房间，下楼轻轻开门离去。

“大卫！”

听见她惊恐的低呼，他转过身。

“我们的孩子，他还是那样。”她紧紧抓住他的手，“我想欺骗自己，告诉自己我是多么地傻，可孩子知道我刚从医院出来，知道我身体虚弱，所以一晚接一晚地哭闹，不哭的时候又安静得出奇。我知道只要我打开灯，他就一定是躺在小床上盯着我看。”

大卫感觉他的身体有如拳头般揪在一起。他想起自己亲眼看见、察觉孩子在深夜理应熟睡时仍旧在黑暗中醒着，清醒地躺着，默默地像在沉思，也不哭，但是躺在小床上望着他。他赶紧抛却这个念头，这太疯狂了。

艾丽斯接着说："我想要杀死孩子。没错，我确实想要这么做。你出差的第二天，我来到他的房间，双手架在他脖子上；我站了很久，想了很久，很害怕。后来我拿了毯子盖住他的脸，把他翻过去，让他脸朝下躺着，接着我便跑出房间。"

他想制止她说下去。

"不，让我说完，"她声音沙哑，眼睛望着墙壁，"在离开他房间时，我想，这很简单，没什么大不了的。每天都有婴儿窒息而死。永远也不会有人知道。可是，当我跑回去看他是不是已经死掉时，大卫，他居然还活着！没错，他就是活着，而且翻了身，仰躺在那儿，活得好好的，还在笑，呼吸很正常。后来，我就再也没敢碰他。我把他扔在那儿，再也没有回去，没给他吃东西，也没去看他一眼，什么也没做。也许是那个厨师照看了他。我不知道。我只知道他在哭闹，让我无法睡觉，然后我就整夜地胡思乱想，在房间里走来走去，我的病就是这么来的，"她几乎一口气说道，"我们的孩子躺在那里想尽办法要杀死我，用很简单的办法。因为他知道我有多么了解他。我对他没有爱，我们之间没有爱的保护，永远也不会有。"

她说完了。内心忽地松懈下来，终于沉沉睡去。大卫·雷伯在她床前站了很久，不能动弹。血液在他体内凝固，没有一处细胞在活动。

第二天早上他只有一件事要做，就是走进杰弗斯医生的办公室，告诉他整件事情的来龙去脉，然后聆听医生耐心的解答：

“别急，孩子。有时候，母亲憎恨自己的小孩也很正常。我们称之为矛盾情绪。爱和恨是共存的，所以情人动不动就反目成仇。孩子也会憎恶他们的母亲——”

雷伯插了一句：“我从没恨过我的母亲。”

“你当然不会承认，谁都不乐意承认他们痛恨最心爱的人。”

“这么说，艾丽斯痛恨她的孩子。”

“不如说她被执念所困。她的情况已经不单是普通的矛盾情绪。一次剖腹产手术把孩子带到这个世界，却险些带走艾丽斯，也难怪她把自己濒死的经历和肺炎全都归咎到孩子身上。她这是在投射，转移自己的情绪，身边人是最容易找的替罪羊。谁都会这么干。撞到椅子便诅咒椅子，绝不会怪自己笨。打高尔夫球挥杆不中便怪草坪或球杆太烂，或者球的质量不好。要是生意失败，我们就怨天尤人。我能对你说的先前都说过了。爱她。这是世上最好的药。从小的地方表现你的爱，给她安全感。想办法让她明白孩子是无辜的，让她感觉生下这孩子是值得的。过一段时间，她就会平静下来，就会忘记死亡，开始去爱孩子。如果一个月左右还没有改善，你再来找我。我给你介绍一位好的精神科医生。现在去吧，别再做出那副表情了。”

当夏天来临时，似乎一切都已相安无事，情况终于好转。大卫开始正常上班，他埋头于公务，但也不忘多找时间陪伴妻子。她则开始远距离的散步，恢复体力，偶尔还会打打羽毛球。现在她很少情绪失控，似乎已经摆脱了恐惧。

不料某天夜深人静时，一阵温暖的疾风突然扫过，树木为之撼动犹如响亮的铃鼓齐发。艾丽斯被吵醒，她浑身战栗，钻进丈夫的怀抱。他安慰她，问她怎么回事。

她说：“房间里有东西在偷看我们。”

他打开灯。“你又做梦了，”他说，“不过你在好转。很长时间没这样了。”

他又熄了灯。她叹口气，忽然就睡着了。他抱着她，心想，她是多么可爱、多么奇怪的一个人啊，就这样持续了大约半个小时。

他听见卧室门打开几英寸。

没人进来。门怎么会开呢。风早就停了。

他在等。黑暗中，他静静地躺着，感觉等了一个小时。

远处婴儿室里传来孩子嚎啕大哭的声音，就像小小的流星在漆黑无边的夜空中慢慢消失。

在群星和黑暗，在怀中女人的呼吸和再次吹过树木的夜风中，这样的哭声显得既微弱又孤单。

雷伯慢慢数到一百。哭声仍然没有停息。

他小心翼翼地挪开艾丽斯的手臂，悄悄下床，穿上拖鞋，披上睡袍，蹑手蹑脚地走出卧室。

他想，得下楼去泡点热牛奶拿上来，然后——

他的脚下一片漆黑，他脚底一滑，一头栽下去。脚滑是因为他踩到一个软软的东西。栽下去时前面一片空白。

他伸出双手，拼命抓住栏杆，这才稳住身体，没有整个掉下去。他站了站稳，咒骂一声。

害他滑倒的“软乎乎的东西”骨碌碌地滚落几个台阶，发出窸窸窣窣的声音。他的脑袋轰的一声，心瞬间提到嗓子眼，一种虚脱的痛感顿时把他淹没。

谁这么不小心把东西扔得到处都是？他小心翼翼地伸手去摸那个差点害他一头栽落楼下的东西。

他的手僵在那里，吓了一跳。他倒吸一口气。心跳停了两下。

他手里抓着的是一个玩具。那个大拼布玩偶，是他为了好玩才买的。买给——他们的宝贝。

第二天，艾丽斯开车送他去上班。

在开往市区的中途，她放慢速度，把车开到路边停下来，然后在座位上转身面对自己的丈夫。

“我想去度假。我不知道你有没有空，亲爱的。要是你没空，就让我一个人去吧。我们可以请人照看孩子，肯定可以的。我必须离开一段时间。我原以为自己已经摆脱这种——这种感觉了。可事实并非如此。我受不了与他同处一室。他老盯着我看，仿佛他也讨厌我。我无法触碰他。我只知道我要赶紧离开，免得发生什么事情。”

他从一边下车，绕过车头，来到她这边，让她挪了挪，然后坐进去。“你得去看心理医生。如果医生建议你度假，那你就去度假。可事情不能再这样下去，我不想老是提心吊胆的，”他发动汽车，“剩下的路我来开吧。”

她低下头，强忍住眼泪。车开到办公楼下，她才抬起头。“好吧。你预约一下。你要我看哪个医生都可以，大卫。”

他给她一个吻。“这才像话嘛，夫人。你自己能开回家吗？”

“当然，傻瓜。”

“那么晚饭时间见。开车小心点儿。”

“我一向小心。拜。”

他站在路边目送她驱车离去，风吹着她乌黑闪亮的长发。他上楼，一分钟后他给杰弗斯医生打电话，请他预约可靠的精神科医生。

那天工作进展得很不顺利。他感觉自己的脑子迷迷糊糊的；恍惚中他不断看见艾丽斯迷茫地呼喊他的名字。她的恐惧深深地感染了他。事实上她早就成功地说服了他，使他相信这个孩子的某些异常。

他口述了几封冗长无聊的信函，去楼下察看了货物。找助手了解情况，做了一些日常安排。一天下来，他累坏了，脑袋一跳一跳地痛，恨不得早点回家。

坐电梯下楼时，他还在想，要不要告诉艾丽斯关于那个玩偶的事儿呢——昨晚害我差点儿摔下楼去的那个拼布玩偶？主啊，那不等于推波助澜吗？不，我不能告诉她。毕竟那只是个意外。

夕阳斜照，他坐上回家的出租车。到了家门口，付过车费，他沿水泥人行道慢慢行走，享受着逗留在空中和林间的日光。白色殖民地风格的房子前面显得异常安静，像无人居住的空房。渐渐地，他才想起眼下是星期四，他们时不时会请的帮工今天不在。

他深吸一口气。一只小鸟在屋后叽叽喳喳地叫。街区外的大道上车来车往。门把在他手中滑顺无声地转动。

门打开了。他走进去，把帽子和公文包放在椅子上，脱下外套，然后抬头看了看。

傍晚的阳光从客厅上方的窗户沿楼梯井倾泻而下。楼梯底部，那个拼布玩偶仰面朝天地躺着，在夕阳的照射下闪耀出斑斓的色彩。

但他没有多看一眼那个玩偶。

他只是看着，一动不动地看着一旁的艾丽斯。

艾丽斯以苍白扭曲、怪异的姿势躺在楼梯底，像一个再也不想玩耍的破布娃娃。

艾丽斯死了。

屋里静得只能听见他的心跳。

她死了。

他捧住她的头，摸她的手。他抱着她的身体。但她再也活不过来。她甚至都不想活了。他一次又一次、声嘶力竭地呼喊她的名字，然后再一次拥抱她，想要给她温暖，但是没有用。

他站起来。他一定打过电话。他不记得了。他突然发现自己来到楼上，打开婴儿室的门，走进去，茫然地注视着婴儿床。他一阵反胃，视线有些模糊。

孩子的眼睛是闭着的，但他的脸红红的、湿湿的，都是汗，似乎哭了很久，哭得很厉害。

“她死了，”雷伯对孩子说，“她死了。”

说完，他轻轻笑了起来，没完没了地笑，直到杰弗斯医生从黑暗中走进来，不断拍打他的脸。

“醒醒！振作起来！”

“她从楼梯上摔下去了，医生。她被一个拼布玩偶绊了一下，摔倒了。昨天晚上我也差一点被它绊倒。可是现在——”

医生摇了摇他。

“医生，医生，医生，”大卫意识模糊地说，“可笑啊，可笑。我——我终于知道给孩子取什么名儿了。”

医生没说话。

“下个礼拜天，我要让他接受洗礼。知道我给他取什么名字吗？我要叫他路西法。”雷伯重新把头埋入自己颤抖的手中。

晚上十一点。许多他不认识的人在屋子里进进出出，他们带走了他的至爱——艾丽斯。

大卫·雷伯坐在书房里，面对杰弗斯医生。

“艾丽斯没有疯，”他缓缓地说，“她有理由害怕这个孩子。”

杰弗斯呼出一口气。“你别跟她一样！她把自己的病怪到孩子身上，现在你又把她的死归咎于他。你要记住，她是被玩具绊倒的。你不能责怪孩子。”

“你是说路西法？”

“不要这么叫他！”

雷伯摇了摇头。“艾丽斯晚上听见客厅里有动静。你想知道声音是怎么来的吗，医生？是孩子弄出来的。一个四个月大的孩子，摸着黑，偷听我们说话。一个字也不落！”他握住椅子两侧的扶手，“就算我开灯，也很难发现，他那么小。他会躲在家具后面，藏在门后，或者靠在墙上——远低于视线高度。”

“你别说了！”杰弗斯说。

“你让我说说我的想法吧，否则我会发疯的。我在芝加哥时，是谁吵得艾丽斯没法睡觉，累出肺炎的？是这个孩子！那一次艾丽斯没死，接着他又想杀我。办法很简单，在楼梯上放个玩具，晚上不停地哭，等他父亲下楼拿牛奶时，绊倒他。多么简便有效的计谋啊。虽然没得逞，可他用同样的办法杀死了艾丽斯。”

大卫·雷伯停下来点燃一支烟。“我早该发现的。好多次半夜开灯时，孩子都睁大眼睛躺在那儿。大多数婴儿一直都在睡觉。只有这个孩子例外。他就是不肯睡觉，在思考。”

“婴儿不会思考！”

“可他不睡觉，脑袋总归在活动吧。孩子的内心我们到底了解多少？他有仇视艾丽斯的一切理由。艾丽斯怀疑他——是个不正常的孩子。是个——异类。你很懂婴儿吗，医生？仅限于正常情况吧。你很清楚婴儿出生时是怎么杀死他们的母亲的。可是为什么？会不会是因为他们被迫来到这个糟糕的世界，所以很生气呢？”

雷伯疲惫地向杰弗斯医生那儿凑了凑。“这样就都说得通了。也许在千百万个新生儿中有几个一出生就能走路、观察、聆听和思考，就像很多动物和昆虫那样。昆虫一生下来就能自给自足。绝大多数哺乳动物和鸟类过个几星期也能做到。婴儿却要花上好几年才能学会说话、走路。”

“可如果十亿个婴儿中有一个是——异常的呢？假如他们生下来就有清醒的意识和思考的本能呢？这样的孩子不是做什么都可以瞒天过海吗？他可以伪装成软弱、爱哭、无辜的普通孩子。他只要花一点点力气，就能夜晚在屋子里爬来爬去，偷听大人说话。在楼梯顶放个绊脚的东西多么简单。晚上哭个不停，把母亲累出肺炎，多么省事儿。出生时在母亲体内动动手脚，让她患上腹膜炎，又多么方便！”

“看在上帝的分儿上！”杰弗斯坐不住了，“这话说得真难听！”

“可事实就是这样。有多少母亲难产而死？有多少母亲因为种种不可能的奇特因素而致死？这些怪异的红通通的小东西早在娘胎中就开始动脑筋，他们的阴谋诡计甚至让我们摸不着头脑。他们天生的小脑袋充斥着种族的记忆、仇恨和最原始的残酷，除了自我保护，他们什么也不懂。在眼下这件事中，自我保护显然包括清除一个了解真相的母亲，因为她知道自己生了个多么恐怖的东西。我问你，医生，这世上有比婴儿更自私的吗？没有！”

杰弗斯皱了皱眉，无奈地摇头。

雷伯丢掉烟头。“我不是说这孩子有多强大。他只要提前几个月学会爬行，只要能听懂大人说话，只要夜里哭到很晚。这就足够了，甚至绰绰有余。”

杰弗斯开玩笑说：“就算是谋杀吧。但谋杀需要动机。这孩子能有什么动机？”

雷伯早有准备。“有什么比一个腹中的婴儿更平安惬意、轻松自在、饱足无忧？没有。他漂浮在一个如梦似幻、没有时间，只有营养与寂静的天地，可突然间，有人把他赶下温床，要他挪窝，逼他来到一个喧嚣冷漠、自私自利的世界。在这里，他不得不适应；不得不狩猎；不得不觅食；不得不追寻曾经毋庸置疑而今渐渐消逝的爱；不得不放弃内在的宁静和无争的酣眠，去面对人世的迷茫。他怎能不怨恨呢！他怨恨这冰冷的空气和巨大的空间，怨恨忽然被带离熟悉的环境。所以在孩子纤细的大脑神经中只有自私和仇恨，因为魔力已经被粗暴地解除。是谁吵醒了他，破坏了他的美梦？是母亲。所以这个新生儿会用尽一切疯狂去憎恨她。母亲已经把他抛弃，不要他了。父亲也好不到哪里去，也该杀！他罪有应得！”

杰弗斯打断他：“如果你说的是真相，那全世界的女人都该惧怕自己的孩子，猜忌自己的宝宝。”

“为什么不呢？这个孩子难道不是最好的证明吗？一千年的医学成见为他提供了掩护。所有医学常识都认为他既无助又无辜。哪知道他是带着仇恨来的。而形势对他只会越来越不利，不会越来越好。起初，孩子还能得到一定的关注和母爱。可随着时间的推移，一切都将改变。刚出生的婴儿魔力真大呀，一声啼哭、一个喷嚏，就足以让父母做傻事，稍有动静就能让他们紧张得跳脚。孩子能感觉到，自己越长大这种魔力就会失去得越快，直到永久消失，不复存在。为什么不趁现在好好利用它呢？为什么不抓住时机乘虚而入呢？等过了几年再宣泄仇恨，就太晚了。所以要报仇，只有趁现在。”

雷伯的声音很轻、很低。

“我的小男孩，小宝贝，晚上躺在婴儿床上，经常脸湿湿的、红红的，喘着气。是因为刚哭过吗？不，是他自己慢慢爬出婴儿床，在黑暗的过道里爬来爬去，累成这样的。我的小宝贝，我要杀了他。”

医生递给他一杯水和几粒药丸。“你不会杀任何人。你要睡足二十四小时，睡眠会让你改变想法的。把药吃掉吧。”

雷伯就着水喝下药，感觉被带到楼上的卧室，又哭了一阵，然后被扶到床上躺下。医生守在床边，等他沉沉睡去才离开。

雷伯一个人躺在床上，意识越来越模糊。

他听到一个声音。“是什么——那是什么？”他虚弱地问。

有东西在过道里移动。

大卫·雷伯睡着了。

第二天一早，杰弗斯医生车开到雷伯家门口。早上天气很好，他准备接雷伯去乡下休养。雷伯应该还在楼上睡觉。杰弗斯给他服用了足够的镇静剂，至少能让他昏睡十五个小时。

他摁了摁门铃。没人回应。用人也许还没起床。杰弗斯推了推前门，发现门是开着的，便走进去。他把医药箱放在就近的椅子上。

楼梯尽头有个白色的东西一闪而过。杰弗斯几乎没注意到，只觉得有东西在动。

屋子里有煤气的味道。

杰弗斯跑上楼，用力撞开卧室的门。

雷伯一动不动地躺在床上，卧室里弥漫着浓浓的煤气。靠近卧室门口的墙脚下，松开的煤气阀口正嘶嘶作响。杰弗斯扭转两下，迅速关掉阀门，强行打开所有的窗户，然后冲回到雷伯身边。

雷伯全身冰冷，已经死去好几个小时。

杰弗斯医生猛烈咳嗽，泪汪汪地冲出房间。雷伯不会自己打开煤气，他不可能打开。那些镇静剂已经让他陷入昏睡，要到中午才能醒过来。这不是自杀。几乎没有可能。

杰弗斯在过道里站了五分钟，然后朝婴儿室走去。门是关着的。他打开门，走到婴儿床前。

婴儿床是空的。

他虚弱地在床边站了半分钟，然后自言自语起来。

“婴儿室的门被风关上，所以你无法安全返回婴儿床。你没料到门会被关上。一个小小的细节，一扇意外关闭的门，可以毁掉最完美的计划。你就藏在屋子里，假装无辜的小可怜，我要把你找出来。”杰弗斯医生有点失神，手放在头上，面色苍白地笑了笑，“我怎么跟艾丽斯和大卫说的一样。可我不能不小心。我什么也不能肯定，但不能不小心。”

他走到楼下，打开椅子上的医药箱，取出一样东西拿在手上。

有东西沿着过道沙沙地移动。很小很安静的东西。杰弗斯嗖地转过身。

我不得不用手术把你带到这个世界，他想，现在我也能用手术把你送走……

他缓慢、坚定地向前走了六步，来到过道里。他把手伸进阳光中。

“瞧，宝贝！亮晶晶——漂漂亮！”

一把手术刀。

人　群

施帕尔纳先生捂住脸。

他感觉身体飘在空中，听到凄厉痛苦的尖叫。汽车撞穿墙壁，像玩具般跌落翻滚，巨大的冲击力将他从车内抛出去。然后——寂静。

人群一窝蜂地拥来。他躺在地上，隐约听见他们奔跑的声音。他听见密集的脚步越过夏季的草地，踏上斑马线，穿过沥青路面的街道，再翻过散落一地的砖块，来到半挂在夜空中的汽车旁，车轮在离心力作用下还在疯狂地转动。他能根据脚步声辨别他们的年龄和体型。

他不知道人群来自哪里。他努力保持清醒，人群很快将他围住，众多面孔像一片片硕大发亮的树叶，低垂在他身体的上方。面孔不断围拢、轮换，迫不及待地向下看呀看，想从他脸上读出他是生是死，把他的脸当月晷，以月光投射在他脸颊上的鼻子的阴影作为判断呼吸或不再呼吸的刻度。

人群来得真快啊，他想，就像眼球内迅速收缩的虹膜。

一声警笛。警察来了。人群一阵骚动。他被移送上救护车，嘴唇上淌着血。有人问："他死了吗？"另一个回答："不，他没死。"第三个说："他死不了，他不会死。"夜幕中，他看见前面人群里的一张张脸，他们的表情告诉他，他不会死。这倒是奇怪。一个男人的脸，瘦削、明亮、苍白，咽了咽口水，咬了咬嘴唇，一副难过的样子。一个红头发的小个子女人，脸颊和嘴唇红得吓人。一个满脸雀斑的小男孩。还有其他人的脸，一个上唇皱巴巴的老头，一个下巴有颗痣的老妇人。他们都来自——哪里？房子、汽车、街巷，事故现场附近的世界。从巷子、旅馆、有轨电车、貌似的虚空中，他们走出来。

人群看着他，他看着人群，一点儿也不喜欢他们。他们很不对劲。可他说不出哪里不对。只觉得眼下自己遭受的车祸远没有他们可怕。

救护车门砰地关上。透过车窗，他看见人群不停地往车里看。这群人来得好快，快得不合常理，他们围成一圈，使劲往下看，刺探，呆望，问这问那，指指点点，以毫不掩饰的好奇心惊扰、破坏一个人的痛苦的隐私。

救护车驶离现场。他躺在担架上，感觉那些脸仍然盯着他，哪怕闭上眼睛也一样。

车轮在他脑海中接连转了好几天。一个车轮，四个车轮，呼呼地转个不停。

他知道这很不正常。车轮、事故、跑动的脚、好奇的人群，都不正常。一张张脸融入车轮，疯狂地旋转。

他醒了。

阳光，病房，一只手正给他把脉。

“感觉还好吗？”医生问。

车轮隐退。施帕尔纳先生环顾四周。

“感觉——还行。”

他想找话说，说说那场事故，“大夫？”

“嗯？”

“那群人——是昨晚吗？”

“是两天前。你星期四就来了。不过，现在没事了，你的情况很好。不要起来。”

“那群人。还有关于车轮的事儿。突发事故会让人，呃，有点——错觉吗？”

“有时会，暂时性的。”

他躺在床上望着医生：“会影响对时间的感知吗？”

“恐慌有时会。”

“一分钟感觉像一小时，一小时感觉像一分钟？”

“没错。”

“那我告诉你，”他能感觉到身下的床和脸上的阳光，“你会觉得我疯了。我知道我开得太快。现在也很后悔。我冲上路肩，撞上那堵墙。我知道自己受了伤，动不了，但事情都还记得。尤其是——那群人。”他顿了一下，决定继续讲下去，因为他突然明白是什么困扰着他，“那群人出现得太快了。车撞上墙后三十秒，他们就站在我面前了，看着我……三更半夜的，他们居然跑得那么快，太奇怪了……”

“你只是感觉像三十秒，”医生说，“很可能是三四分钟。你的感觉——”

“好吧，我明白——事故，错觉。可是我很清醒！我记得有件事最能说明问题，也是最奇怪的事儿。老天爷，真邪门。车是底朝天的。那群人到达时，车轮还在转！”

医生微微一笑。

躺在床上的男人继续说：“我敢保证！车轮还在转，飞速地转——是前轮！车轮照理不会转太久，空气摩擦会使它们停下来。可当时轮子真的在转！”

“你的神志不清。”医生说。

“我没有神志不清。街上原来是空的。一个人影儿都没有。然后就出事了，车轮还在转，身边就多了许多面孔，很快，一眨眼的工夫。他们低头看我的样子，我知道我不会死……”

“你是惊吓过度。”医生说完，离开病房走进阳光里。

两个星期后，他出院了。他坐上回家的出租车。过去两个星期里，到医院看望他的人很多，他把事故经过、旋转的车轮和人群讲给每个人听。他们都笑他神经过敏，谁也没把它当回事儿。

他探身向前，敲了敲车窗。

“怎么了？”

司机扭头说："对不起，先生。这鬼地方开车真要命。前方出事故了。我们要绕道吗？"

"要。不，不！等等。继续往前开。我们——我们去瞧瞧。"

出租车鸣着喇叭向前行驶。

"活见鬼，"司机说，"嘿，你！让开！"又咕哝道，"见鬼——人越来越多了。真是多管闲事。"

施帕尔纳先生低下头，双手在膝盖上发抖。"你也看见了？"

"看见了，"司机说，"每次都这样。削尖了脑袋往里挤。你还以为死的是他们自己的老妈呢。"

"他们转眼就跑来了。"出租车后座上的男人说。

"就像火灾或爆炸那样。本来鬼影也没一个。轰。冒出一大堆人。真他妈搞不懂。"

"你见过晚上的车祸吗？"

司机点点头："见过。没什么不一样。照样围着一群人。"

事故现场进入视线。人行道上躺着一个人，不用看也知道躺了个人，因为那儿围着一群人。他坐在出租车后座上，人群背对着他。他打开车窗，很想大声吆喝。可他没敢这么做，怕他们转过头来。

他害怕看见他们的脸。

"我好像对交通事故情有独钟，"傍晚他在自己办公室里说，他的朋友隔着桌子坐在对面听他讲，"今天上午才出院，刚坐上车还没一会儿，就在路上撞见一场车祸。”

“世事循环，没什么好奇怪的。”摩根说。

“我给你讲讲我那次事故吧。”

“听过了。全听过了。”

“可那确实很诡异，你必须承认。”

“必须的。我们喝一杯怎么样？”

他们继续聊了半个多小时。与此同时在施帕尔纳的脑海中，始终有块手表在滴答作响，一块永远也不用上发条的手表。那是关于几个小细节的记忆。车轮和面孔。

大约五点半，街道上传来一声金属撞击的巨响。摩根点了点头，头探出窗外往下看：“我怎么说来着？还真是世事循环啊。一辆货车和一辆乳白色的凯迪拉克。是的，没错。”

施帕尔纳走到窗前。他浑身发冷地站在那儿看着手表，看表盘上细小的指针。一、二、三、四、五秒——人群在奔跑——八、九、十、十一、十二——人群从四面涌来——十五、十六、十七、十八秒——更多的人，更多的车，更多的喇叭声。远远地，施帕尔纳惊奇地看着事故现场，如同在看一个回放的爆炸事件，炸开的碎片都被吸回到起爆点。十九、二十、二十一秒，人群到齐。施帕尔纳无言地朝楼下指了指。

人群聚集得真快。

他看见一个女人的身体，但转眼就被人群淹没。

摩根说：“你的样子糟透了。来，把酒干了。”

“我没事，没事。别管我。我没事。你能看见那些人吗？你能看清他们吗？真希望能走近一点看。”

摩根叫了起来：“见鬼，你要去哪里？”

施帕尔纳出了门，摩根紧随其后。他以最快的速度跑下楼。“跟我来，快！”

“悠着点儿，你还没恢复呢！”

他们走出大楼来到街上。施帕尔纳用力朝前挤。他隐约看见一个脸颊和嘴唇红得吓人的红头发女人。

“在那儿！”他猛地转向摩根，“你看见她了吗？”

“看见谁？”

“该死的，她又不见了。被人群挡住了！”

四周挤满人，他们喘着气，来回张望，动来动去，咕哝着什么，在他试图通过时挡住去路。显然，那个红头发女人一看见他就溜走了。

他又看见一张熟悉的面孔！一个长满雀斑的小男孩。可世上有很多长雀斑的男孩。而且无论如何，这也没用，还没等施帕尔纳靠近，小男孩就跑了，转眼消失在人群中。

“她死了吗？”一个声音问，“她死了吗？”

“快要死了，”有人回答，“没等救护车来就会死。他们不该动她。他们不该动她的。”

人群中到处都是面孔——熟悉的、不熟悉的，一个个低头弯腰，向下看呀看的。

“嘿，先生，别挤。”

“你挤谁呢，伙计？”

施帕尔纳退出人群，摩根一把扶住他，免得他跌倒。“你这傻瓜。身体还没恢复呢。非要赶下来，究竟是为什么？”摩根责问道。

“我不知道，我真不知道。他们动了她，摩根，有人动了她。谁会动在车祸中受伤的人呢？这会要了他们的命。要了他们的命啊。”

“是啊。人就是这样儿的。一群蠢货。”

施帕尔纳仔细地整理剪报。

摩根在一旁看着。“你这是干吗？自从出了车祸，你就总以为每起交通事故都和你有关。这些是什么？”

“车祸剪报和照片。你来看看。别看车，”施帕尔纳说，“看周围的人群。”他指了指，“看这儿。把威尔希尔区的这张事故现场照片与西木区的那张对比一下，没有相似之处。可是西木区的这张照片和十年前同样在西木区拍摄的事故照片，你比比看，”他又指了指，“两张照片都有这个女人。”

“巧合吧。这个女人碰巧在一九三六年和一九四六年两次出现在车祸现场。”

“一次也许是巧合。但十年出现十二次，而且事故地点彼此相隔三英里，那绝不是巧合。你看，”他拿出十二张照片，

"每张照片她都在场！"

"或许，她是个变态。"

"她可不只是变态。为什么每次事故发生后她都刚好那么快赶到现场？还有，为什么在两张相隔十年的照片里她穿着同样的衣服？"

"该死，还真是这样。"

"最后，两个星期前我出车祸的那个晚上，她为什么站在我身边！"

他们喝了一杯。摩根翻了翻剪报。"你在医院里就请人帮你剪辑了过去十年的报纸？"施帕尔纳点点头。摩根端起酒杯呷了一口。时间不早了。楼下的街灯渐渐亮起。"这一切说明了什么？"

"我不知道，"施帕尔纳说，"可这些事故都有一个共同点。那就是人群。他们总爱围观。年复一年，肯定有人像我们这样怀疑过。为什么他们来得那么快？他们是怎么做到的？现在我知道了，答案就在这儿！"

他扔下剪报。"它让我感到害怕。"

"这些人——不会是嗜血变态的杀人狂吧？"

施帕尔纳耸耸肩。"这能解释他们频繁出现在事故现场的原因吗？注意，他们固定在特定的区域出现。布伦特伍德区的事故现场是一群人，亨廷顿公园的事故现场又是另一群人。但总有几个面孔会在每个事故现场露面。"

摩根说：“不全是同样的面孔吧？”

“当然不是。事故也会慢慢引来正常人围观，但我发现这些人总是最先抵达现场。”

“他们究竟是什么人，想干什么？你这人怎么老卖关子。好家伙，你一定知道什么。你把你自己吓到了，这会儿又来吓我。”

“我想接近他们，可总有人挡道，我怎么也赶不上。他们转眼就消失在人群中。人群是他们的保护伞，都把着风，提防着我。”

“感觉像一伙的。”

“他们有一样是相同的，就是常常一起现身。一起出现在火灾、爆炸现场或战场附近，一起出席任何死亡的盛宴。秃鹰，鬣狗，还是圣徒？我不知道他们属于哪个，真不知道。我决定今晚去报警。不能再这样下去了。今天，他们中有人动了那个女人的身体。他们本不该动她的。这害死了她。”

他把剪报放进公文包。摩根站起来，穿上外套。施帕尔纳扣上公文包。“或许，我突然想到……”

“什么？”

“他们说不定想让她死。”

“为什么？”

“谁知道呢。要跟我一块儿去吗？”

“不好意思。太晚了。明天见。祝你好运。”他们一起出门，“代我向警察问好。你觉得他们会相信你吗？”

“哦，放心吧，他们会相信的。晚安。”

施帕尔纳开车向市中心缓缓驶去。

“我要活着到那儿。”他告诉自己。

当一辆货车从巷子里驶出，笔直朝他冲过来时，他大吃一惊，但并不怎么意外。他正庆幸自己敏锐的观察力，心中盘算着要如何告诉警察，不料货车竟迎面撞上他的车。那其实不是他的车，这事说来令人沮丧。他心事重重，在车里被抛来抛去，心中却还在惦念，真丢人啊，摩根临走把他另一辆车借给我，说好过几天等我的车修好再还的，现在我又出事了。挡风玻璃狠狠地撞在他脸上。几下剧烈的颠簸震得他前扑后跌。然后一切活动停止，声音止息，他只觉得疼痛。

他听见他们的脚步声，奔跑、奔跑。他伸手摸索车门。咔嗒一声，车门开了。他意识模糊地跌落人行道，一只耳朵紧贴沥青路面，听他们围拢来的脚步声。那声音就像一场大暴雨，密密麻麻的雨点，大的、小的、不大不小的，纷至沓来。他等了几秒钟，听他们接近、抵达。然后，他虚弱地、期待地抬头看了看。

人群就在眼前。

他能闻到人群混杂的气息，他们争相呼吸着别人赖以生存的空气。他们把他围挤在里面，不断从他喘息的面部上方吸走所有的空气，直到他想叫他们后退，因为他们正使他活在真空中。他的头部正在大出血。他想动，可意识到脊椎出了问题。尽管没感到多大的冲击力，脊椎还是受伤了。他不敢再动。

他说不出话，张了张嘴，可除了窒息声，什么也没有。

有人说："给我搭把手。我们给他翻个身，换个舒服点儿的姿势。"

施帕尔纳的脑袋轰地一声响。

不！别动我！

"我们要把他挪一下。"那人又若无其事地说。

你们这些白痴，你们会害死我，不要！

可他一个字也说不出来，只能在心里想。

几只手抓住他，开始抬他。他大叫一声，但一阵眩晕使他差点窒息。他们把他摆平，让他感到钻心的疼痛。移动他的是两个男人。一个年轻人，脸庞瘦削、明亮、苍白，很警觉的样子。另一个年纪很大，上唇皱巴巴的。

他见过这两张脸。

一个熟悉的声音问："他——死了吗？"

另一个熟悉的声音回答："不。还没死。可没等救护车来，他就会死。"

多么变态、疯狂的阴谋啊。每次都是旧戏重演。他对着那一圈密不透风的脸歇斯底里地悲鸣。他们围拢在他身边——

这群他曾见过的法官和陪审员。他忍着剧痛点数一张张熟悉的脸。

满脸雀斑的男孩。上唇皱巴巴的老头。

红头发、红脸颊的女人。下巴有颗痣的老妇人。

我知道你们为何而来，他心想。你们来这儿和到任何事故现场的目的没什么两样。不就是让该活的人活，该死的人死吗！所以你们把我抬起来。你们知道这会让人丧命。你们知道，不那么做我就能活下去。

在人群中浑水摸鱼，这是亘古不变的法则。以这种方式杀人更容易，借口也很简单：我们不知道移动一个受伤的人是危险的事，我们无意伤害他。

他望着他上方的他们，心中就像从深水中仰望桥上之人一样好奇。你们究竟是谁？你们来自哪里，怎么来得这么快？你们就是那群挡路的人，耗尽垂死之人赖以维生的空气，占用他需要单独躺卧的空间。就是你们，肆意践踏，不给人活路。我认得你们每一个。

这就像是礼貌的独白。他们默然无语。一张张面孔。那个老头。那个红发女人。

有人捡起他的公文包，“这是谁的？”

是我的！是控告你们的证据！

所有的眼珠子都倒转过来看他，在乱发和帽子下发出瘆人的光。

一张张面孔。

远处——一声警笛。救护车到了。

可望着这些面孔，这群人，这些演员，这些面孔的组合，施帕尔纳知道一切都太晚了。他能从他们的脸上看出来：他们知道。

他想说话，勉强挤出一丁点声音：

“看样子——我要——加入你们了。我——想我要成为你们中的——一员了。”

于是他闭上眼睛，等待验尸官。

玩偶匣

他透过寒冷的晨窗向外望去，手里捧着一个玩偶匣。他想要撬开锈迹斑斑的盖子，可不管他多么用力，里面的玩偶就是不肯大叫一声跳出来，或将戴着天鹅绒手套的手拍向空中，或带着五彩斑斓的笑朝四面八方飞速摇摆。它被压在盖子底下，紧紧盘绕在它的监牢里。贴上耳朵，你能感到盒盖下受困玩具的压力、畏惧和恐慌，就像手捧一个人的心脏。埃德温说不清那是来自盒子的脉搏，还是自己紧贴盒盖的血管在跳动。

他放下盒子，看着窗外。茂密的树木环绕着房子，房子环绕着埃德温。他看不见树木以外的地方。每当他的视线想要穿越它们，去寻找另一个世界时，这些树木就会随风交织得更加密实，抑制住他的好奇，阻挡他的视线。

“埃德温！”在他身后，母亲在等他，她喝着咖啡，有些气急，“别呆看了。快来吃早饭吧。”

“不。”他低声说。

“什么？”她愣愣地转过身来，“哪个更重要，早餐还是窗外？”

“窗外……”他轻声说，目光在他探索了十三年的林中小路和曲径上来回逡巡。树木绵延万里，树林以外真的什么也没有吗？他无法回答。他收回目光，心灰意冷地看向草坪和台阶，扶着窗户的手在颤抖。

他转身继续食不知味地吃杏子，巨大空旷的早餐室里只有他和母亲两个人。五千个早晨在这张桌、这扇窗前度过，树林之外没有一丝动静。

两个人默默地吃着早餐。

她是个脸色苍白的女人，除了乡下老房子四层塔楼窗户上的鸟儿，没有人见过她。每天清晨六点、下午四点、晚上九点、午夜过一分，她会一袭白衣，悄无声息地出现在塔楼上，一个人安静地站在高处，仿佛最后一朵狂傲洁白的花朵，在被遗弃的温室里抬头迎向月光。

她的孩子埃德温则是野蓟生长的季节中可能被风吹走的一株蓟草。他的头发像丝绸，眼睛是不变的蓝色，流露出热情，一副心事重重的样子，好像睡眠不足。如果门砰的一声用力关上，他会像手指鞭炮那样炸开。

母亲开始说话，先是不紧不慢、特别小心翼翼地说，接着越说越快，越说越来气，差点儿把吐沫星子都喷在他脸上。

“为什么每天早上你都不听话？我不喜欢你盯着窗外，听见了没？你想要干什么？你想见它们吗？”她双手颤抖地喊道。她生气的样子十分可爱，像一朵盛怒的白花。“你想见那些在路上疯跑，把人当草莓一样碾碎的野兽吗？”

是的，他心想，我想看那些野兽，多吓人也没关系。

“你想去外面吗？”她继续叫道，“像你父亲那样，在你还没出生前离家出走，像他那样被杀死，被可怕的野兽攻击，你想那样！”

“不……”

“它们杀死了你的圣父，难道还不够吗？你为什么还想着那些野兽！”她的手朝树林一挥，“好吧，既然你真那么想死，那就去吧！”

她不再说话，手指在桌布上不停地松开、抓紧。“埃德温呀埃德温，你的圣父创造了这个世界的一草一木，这对他来说很美好，对你也该一样。那些树林之外除了死亡别无所有；我不允许你靠近那儿！这里才是你的世界。其他没什么值得你惦记的。”

他可怜巴巴地点了点头。

“好了，笑一个，快把面包吃完吧。”她说。

他慢慢地吃，窗外风景悄悄地映在他的银勺上。

“妈妈……？”他欲言又止，“什么是……死亡？你说起过。那是一种感觉吗？”

“对那些必须在别人之后继续活下去的人来说，是的，是一种很糟糕的感觉，”她突然站起来，“你上学要迟到了！赶快！”

他抓起书本，吻了她一下。“拜！”

“记得向老师问好！”

他像出膛的子弹一样逃离她，沿着无尽的楼梯向上爬，穿过通道、走廊，经过一扇扇窗户。窗外的光线像白色的瀑布一样，倾泻进黑洞洞的廊道。他向上爬，向上穿过像夹层蛋糕般的世界，每层之间有东方挂毯做厚厚的糖霜，顶上插满了明亮的蜡烛。

他从最高一层的楼梯上俯视这四层宇宙。

底层是低地，有厨房、餐厅和起居室，中间两层是音乐、游戏和绘画的中层国度，以及上了锁、禁止入内的房间。这里——他一个转身——是野炊、冒险和学习的高地。他慢悠悠地闲逛着，或者在蜿蜒而上的求学途中坐下来唱孤独小孩的歌。

这就是宇宙。圣父（或上帝，母亲常这么叫他）很久以前给灰墙贴上有高山矗立的壁纸。这是圣父——上帝的创造，在圣父创造的世界里，只要碰一碰开关，就会有星辰闪耀。太阳是母亲，母亲就是太阳，所有世界都绕着她转。至于埃德温，他不过是颗黯淡的小陨石，在黑暗的地毯和闪烁的壁挂太空间旋转而上。你可以看见他徒步或探索，在巨大的彗星楼梯上出现又消失。

有时他和母亲在高地野炊，把清凉雪白的亚麻布铺在红簇绒的波斯草坪上，铺在世界之巅空气稀薄的深红色高原草甸上，那儿有许多斑驳褪色的画像，画上面色发黄的陌生人不怀好意地俯视他们，看他们吃喝笑闹。他们从铺花砖的暗龛里银色水龙头中取水，又笑又叫地把杯子扔进壁炉砸毁。他们在施了魔法的上层国度，在未知、狂野的秘境中玩捉迷藏。她总是发现他躲在天鹅绒窗帘里，把自己裹得像个木乃伊，或者藏在蒙着被单的家具底下，就像一株怕吹到风的珍稀植物。有一次，他迷路了，在到处是灰尘和回音的荒山野岭中游荡了好几个小时，橱柜里的挂钩和衣架上只有黑夜做伴。但她还是找到了他，抱着哭泣的他穿过层层宇宙，回到客厅，那里真切而熟悉的尘埃在阳光中如火花般纷纷落下。

他奔上一层楼梯。

这里有千百扇门，他不知敲了多少次，可都是锁着的，他进不去。毕加索画中的女人和达利画中的男人躲在画布里无声地尖叫，他在他们金色眼睛热烈的凝视中闲逛。

“这些怪物就生活在森林外面。”母亲曾经指着达利—毕加索的画说。

他飞快地从它们面前跑过，朝它们伸伸舌头。

他停下来。

一扇禁止入内的门居然开着。

温暖的阳光从门里斜照出来，让他兴奋不已。

门后面，一道螺旋梯在阳光中默默地盘旋向上。

他站在那儿直喘气。多年来，他一直试着打开这些门，但门总是锁着的。现在，要是把这扇门完全推开，拾级而上，不知会怎样？会有怪物藏在上面吗？

“你好！”

他的声音在盘旋的阳光中跳跃。“你好……”一个懒洋洋的回音从远处小声回应，越升越高，直至消失。

他穿过门。

“求求你，求求你，别伤害我。”他对着高处被阳光照亮的地方低声祈祷。

他一步一停地向上爬，像忏悔的罪人那样，闭着眼睛，准备接受惩罚。然后，他加快速度，越爬越快，直到膝盖发痛，喘不过气来，脑袋像撞钟一样嗡嗡直响，最后终于抵达这该死的楼梯顶，站在阳光充足的露天塔楼上。

阳光刺眼。从来，从来没见过这么强烈的阳光！他跌跌撞撞地走到铁栏杆前。

“在那儿！”他张口结舌地左顾右盼，“在那儿！”他绕塔顶跑了一圈，“那儿！”

他在阴森的树障之上。他生平第一次站得这么高，比挡风的板栗树和榆树还高。视线所及之处尽是碧绿的草地、苍翠的树木和爬着甲虫的白丝带，而另一半世界是无尽的蓝色世界，一个连太阳都会迷失其中的不可思议的蓝色房间，大到让他感觉自己要掉进去，他惊叫一声，紧紧抓住塔楼边缘。树林和爬着甲虫的白丝带再过去点的地方，有手指样的东西高高竖起，可他并没有发现达利—毕加索画中的怪物，只看见一些小小的红、白、蓝三色手帕，高挂在巨大的白杆上随风飘扬。

他突然感到眩晕；又一次眩晕。

他转过身，差点儿从楼梯上摔下去。

他砰地关上那扇禁止入内的门，无力地靠在门上。

“你会瞎掉双眼，”他使劲揉眼，“你不该看的，你不该，你不该！”

他跪在地上，蜷缩成一团。他得等一会儿——马上就会眼前一黑。

五分钟过后，他站在高地的一扇普通的窗户前，望着外面自己熟悉的花园世界。

他又看见那些榆树、山胡桃树、那堵石墙，还有那片树林，他原以为树林就是一堵无尽的墙，墙外什么都没有，只有噩梦般的虚无、迷雾、风雨和永恒的黑夜。现在他确信宇宙的尽头并非眼前这片树林，在高地和低地之外还存在着其他的世界。

他再次试着推开那扇禁止入内的门。门被锁上了。

他真的上去过吗？他真的发现了那片一半绿色、一半蓝色的广阔天地吗？上帝看见他了吗？埃德温忍不住颤抖。上帝啊。抽着神秘的黑色烟斗，挥动神奇手杖的上帝。也许现在正看着他的上帝！

摸着自己冰冷的脸颊，埃德温低声说：“我还能看见。谢谢你，谢谢上帝。我还能看见！”

九点半，迟到了半小时，他敲敲学校的门。

“老师早！”

门忽地打开。老师穿着宽大厚重的灰色僧袍在等他，脸藏在斗篷下。她和往常一样戴着银框眼镜，戴灰色手套的手向他招了招。

“你迟到了。”

她身后壁炉的火光照亮了成排的书籍。百科全书如砖墙般排列，比人还高的壁炉里，一根木头在熊熊燃烧。

门关上，屋内温暖又安静。这里有上帝曾经坐过的课桌，他也曾经在这张地毯上走过，给他的烟斗填满气味浓烈的烟丝，皱着眉头望向那扇巨大的彩色玻璃窗外。屋内仍残留着上帝抚摸过的木头、烟丝、皮革和银币的气味。在这里，老师的声音听起来像庄严的竖琴，诉说着上帝，旧时光，以及因上帝的意志和智慧而地动天摇的世界，它由上帝一手创造，一张蓝图，一声令下，木材高高吊起。上帝的指印像半融化的雪花，还留在十来支削好的铅笔上，陈列在上锁的玻璃柜中。绝对、绝对不能碰这些铅笔，以防这些指纹永远化掉消失。

高地上老师轻柔的声音不绝于耳，埃德温明白老师对他精神和体格的期待。他要成长为一个杰出人物，拥有上帝的气质和洪钟般的声音。有朝一日，他必须昂首挺立在这扇高窗前，散发出白热的火光，一声呼喊下世界都要为之颤抖；他必须成为上帝本身！什么也不能阻挡他，天空、树林和树林以外的怪物都不能。

老师像一股雾气般在房间里飘动。

“为什么迟到，埃德温？”

“我不知道。”

“我再问你一遍。为什么迟到？”

“有一扇——禁止入内的门开了……”

他听到老师发出嘶嘶声，看到她慢慢后滑，直到身体陷入那张手工雕刻的大椅子中，被黑暗吞没，她的眼镜闪了一下就不见了。他感觉她在黑暗中注视他，她的声音木然，很像他夜里从噩梦中惊醒前听到的自己的呼喊声。“哪扇门？在哪儿？”她问，“必须把它锁上！”

“是达利—毕加索画旁的门。”他惴惴不安地说道，他和老师一直是亦师亦友的关系，可现在还是那样吗？会不会被他破坏殆尽？“我爬上那个楼梯。我忍不住，忍不住！对不起，对不起。求求你，别告诉母亲！”

老师失落地坐在空洞的椅子上，迷失在空洞的斗篷里。她像置身深井，每动一下，眼镜就如萤火虫般微微发光。“那你在那里看见了什么？”她低声问。

“一个很大的蓝色房间！”

“是吗？”

“还有一个绿色的，还有许多丝带，有许多虫子在上面爬，可我没、没待多久，我发誓，我发誓！”

“绿色的房间，丝带，是的，丝带，上面爬着小虫子，没错。”她说，她的声音让他难过。

他伸手去拉她的手，可她的手却落在她的膝盖上，然后在黑暗中摸回到她的胸前。“我马上就下来了，锁上了门，我再也不去看了！”他叫道。

她的声音如此微弱，他几乎听不清。“可你看过一次，就会有第二次，你会越来越好奇。”斗篷轻轻晃动，它的底部朝向他，问道，“你——喜欢你看到的东西吗？”

“我很害怕。它很大。”

“大，是的，很大，非常大，埃德温。不像我们的世界，它庞大、变幻莫测。哦，你为什么要这么做！你明知这不对！”

炉火盛极而衰，她在等他的回答，等到他终究不知该怎么回答时，她问，嘴唇像几乎没动：“是因为你母亲吗？”

“我不知道！”

“是她太紧张、太刻薄，还是她对你发脾气、把你管得太严？你想要自由一点，就是这样，是不是，是不是？”

“是的，是的！”他疯狂地抽泣。

“所以你才逃走，因为她掌控你的全部时间、你的全部思想？”她听起来失落又悲伤，“告诉我……”

他的双手沾满泪水。“是的！”他咬着手指和手背，“是的！”他本不该承认，可现在用不着他自己说，是她说的，都是她说的，他只要承认、摇头、啃他的指关节、大声哭出来就是了。

老师一下子老了几百岁。

“我们都在学习。”她疲惫地说，从椅子上站起来，灰袍轻轻摆动，走到课桌前，戴着手套的手摸了很久才找到笔和纸，“我们都在学习，噢，天哪，慢慢地、痛苦地学习。我们都以为自己做得对，可自始至终、自始至终计划都会落空……”她嘶了一声，忽然抬起头，斗篷看起来完全是空的，在微微颤抖。

她在纸上写了几个字。

“把这个交给你母亲。我让她每天下午必须给你留出两小时，去你想去的地方，任何地方，除了那外面。你听见了吗，孩子？”

“听见了，”他擦干眼泪，“可是——”

“说吧。”

“关于外面和野兽的事，母亲是不是在骗我？”

“看着我，”她说，“我是你朋友，从来没打过你，可你母亲有时必须这么做。我们都是为了你好，让你懂事，让你长大。这样，你就不会像上帝那样被毁掉。”

她站起来，不小心侧了侧斗篷，壁炉的火光恰好照在脸上，一下子抹平她满脸的皱纹。

埃德温倒抽口冷气，心脏怦怦直跳。“火！”

老师僵住。

“火！”埃德温看看火，又看看她的脸。斗篷猛然从他的凝视中移开，那张脸消失在斗篷深处，不见了。“你的脸，”埃德温呆呆地说，“很像母亲！”

她快速移到书架前，抽出一本书。她面向书架，用她高亢、单调、唱歌般的声音说：“你要知道，女人看着都差不多！别瞎猜了！找到了，找到了！”她把书递给他，“读第一章！读日记部分！”

埃德温接过书，但没感到书的重量。他开始读，壁炉里的火焰轰隆作响，灿烂的火苗冲向烟囱道。老师坐回到椅子上，不再说话，他读得越多，灰斗篷的头点得越频繁，变得越平静，隐藏的脸仿佛大钟内的钟舌，越发庄严肃穆。他继续读，火光照亮书架，点燃书脊上的烫金字母。他嘴上在读，心里却想着那些书，它们的书页被剪裁，某几行句子被涂掉，某几张图片被撕掉，有些书的皮封套被黏紧，有些书被像对待疯狗般用青铜色的皮带扎牢。他想着这一切，嘴唇在静静的火光中翕动：

起初，上帝创造宇宙，宇宙孕育世界，世界分生大陆，大陆化生陆地；以其智慧与双手，塑造爱妻圣子，圣子终将成为上帝本身……

老师缓缓点头。火渐渐减弱，变成沉睡的灰烬。埃德温继续念下去。

他顺着楼梯扶手滑下来，气喘吁吁地溜进客厅。“妈妈，妈妈！”

她躺在一张松软的紫褐色椅子上喘息，仿佛她也跑了很长一段路。

“妈妈，妈妈，你都湿透了！”

“是吗？”她说，像是他害得她一顿跑，“确实是，确实是。”她深吸一口气后又叹气，拉住他的双手各吻了一下。她定定地看着他，双眼圆睁。“听我说，我要给你一个惊喜！知道明天是什么日子吗？猜不到了吧！是你的生日！”

“可是离我上次生日才过十个月！”

“明天就是你的生日！我们都想不到，但我说是就是，亲爱的。”

她笑起来。

“那我们要再打开一间密室吗？”他高兴得晕头转向。

“是的，第十四个房间！明年第十五个，然后第十六、十七个，等等，直到你第二十一个生日，埃德温！然后，哦，然后打开通往最重要房间的三道门，到那时你就是这个房子的男主人，圣父，上帝，宇宙的主宰了！”

“嘿，”他叫道，“嘿！”他把书本抛向空中。它们像轰然起飞的鸽群，呼呼作响。他笑，她也跟着笑。笑声随着书本扬起再落下。他又一次冲上楼梯，尖叫着沿扶手滑下来。

她候在楼梯底部，张开双臂接住他。

埃德温躺在洒满月光的床上，双手摆弄着玩偶匣，可盖子太紧，他怎么也打不开。他把盒子拿在手上把玩，没有看它。明天，他生日——可为什么？他有那么乖吗？没有。那为何生日这么快就到了？也许，仅仅因为周围变得，怎么说呢，不安分？没错，无论白天还是黑夜，一切开始变得闪烁不定。月光在母亲脸上筛下无形的雪花，他看见白色的战栗。他还要再过一个生日，才能让她安心。

“我的生日，”他对着天花板说，“从现在开始，会来得更快。我明白，我明白。妈妈笑得那么大声、那么厉害，她的眼神好奇怪……”

老师会被邀请参加我的生日聚会吗？不会。母亲和老师还从未见过面。“为什么不见一见啊？”“原因吗，不便说明。”妈妈说。“老师，你不想见见我妈妈吗？”“总有一天吧。”老师说，声音轻飘飘的，像客厅里被风吹走的蜘蛛网。“总有……一天……”

可是老师晚上会去哪儿？她会在那些神秘的山上国度，那些接近月亮、枝形吊灯落满灰尘的地方游荡吗，还是在树林过去再过去的地方漫步？不，那不太可能！

他汗湿的手把玩着玩偶匣。去年，当周围变得有些动荡不安时，母亲不也将他的生日提前了好几个月吗？是的，哦，是的，是的。

还是想点儿别的吧。想想上帝。上帝创造了冰冷漆黑的地窖，受太阳炙烤的塔楼，还有塔楼与地窖之间的奇妙世界。想想他死的那一刻，被墙外怪物般的甲虫压死。噢，这世界想必因为他的死而动荡不安！

埃德温将玩偶匣贴近脸颊，对着盖子小声说："哈啰！哈啰！哈啰，哈啰……"

除了弹簧紧紧盘绕的压力，里面没有一点儿回应。我会把你放出来的，埃德温想。等着瞧吧，等着瞧。也许会有点儿痛，但没别的办法了。来，来……

他下了床，来到窗前，探出大半个身子，低头看月光下的大理石路面。他高举盒子，感觉汗水顺着腋窝流下，手指紧握，胳膊用力一挥，大吼一声把盒子扔了出去。盒子在寒冷的夜空中翻滚、坠落，过了很久才击中大理石路面。

埃德温喘着气，身子探得更远了。

"在哪儿？"他接连叫道，"在哪儿？那边的！说你呢！"

回音散去。玩偶匣躺在树林的阴影里。他看不清，不知道盒盖有没有摔开，不知道小丑杰克是否微笑着从可怕的监牢里跳出来，在风中变换着方向飞速摇摆，身上的银铃轻轻响着。他仔细倾听，在窗前站了足足一小时，最后才回到床上。

次日一早，响亮的说话声忽近忽远，在厨房里进进出出。埃德温睁开眼，谁的声音，究竟是谁？上帝的工匠？还是达利一族？但母亲恨透了他们。不可能。说话声消失在嗡嗡的轰鸣中。寂静。奔跑声从很远处传来，越来越响，直到房门猛地打开。

“生日快乐！”

他们跳舞，吃糖霜饼干，咬柠檬冰棍，喝粉红葡萄酒。一个撒上白糖粉的蛋糕上写着他的名字。母亲用力弹钢琴，放声歌唱，然后转身拉他去吃更多草莓，喝更多葡萄酒，更多欢声笑语让头顶的枝形吊灯簌簌地颤抖。接着，一把银钥匙在挥舞，他们赶去开第十四扇禁门。

“预备！开！”

门无声地滑入墙内。

“哦。”埃德温说。

令人失望的是，第十四个房间只是个落满灰尘的暗棕色壁橱，里面空空的，没有以往那些令人期待的生日礼物！他的第六个生日礼物就是现在高地上的那间教室。第七个生日，他打开了低地上的游戏室。第八个，音乐室。第九个，无比神奇的厨房！第十个房间里摆着留声机，在微风中不断唱出幽灵般的歌声。第十一个是花园里一个宽敞的绿房间，里面铺的地毯不是用扫的，是用剪的！

“噢，别失望，走！”母亲笑着将他推进壁橱，“等着瞧有多神奇！关上门！”

她按下与墙壁在同一平面上的红色按钮。

埃德温尖叫。“不要！”

房间在颤抖、活动，像一张嘴，将他们固定在铁颌中；它动起来，墙壁向下滑开。

“哦，别出声，亲爱的。”她说。门下落，穿过地板，一面荒唐的空墙像一条长得没有尽头的蛇，窸窸窣窣地滑行，带来一扇又一扇门跟着它不停地行进，埃德温边尖叫边紧抓母亲的腰。房间某处呜咽了一声，接着清了清喉咙；颤动停下来，房间也静止不动。埃德温盯着一扇他从没见过的门，听见母亲说，去打开它，快打开它。新门洞开，带来更多的神秘。埃德温眨了眨眼。

“是高地！这是高地！我们怎么到这儿来了？客厅不见了，妈妈，客厅不见了！”

她拉他穿过那扇门。“我们直接跳上去，飞起来。以后每星期一次，你会飞到学校，不用跑远路了！”

他依然一动不动，眼看这神奇的变换，一个陆地换成另一个陆地，一个国度换成更高更远的国度。

“哦，妈妈，妈妈……”他说。

他们在花园深处的草地上待了很长时间，多么美好的时光啊。他们悠然自得地啜饮大杯的苹果酒，胳膊肘枕着深红的丝绸靠垫，鞋子踢到一旁，脚趾埋在酸蒲公英和甜三叶草下。听见树林外怪物的咆哮，母亲有两次吓得跳起来。埃德温亲了亲她脸颊。“别怕，”他说，“我会保护你的。”

“我知道你会。”她说着，仍然转身观察那片树林的动静，仿佛外面的怪物随时会摧毁树林，并伸出巨人的大脚将他们踩得稀巴烂。

漫长的下午临近结束时，他们看见一只铬鸟似的东西从树梢上亮眼的地方飞过，在高空中发出隆隆的轰鸣。他们急忙跑进客厅，低着头，像面对绿色的闪电与雷阵雨，感觉那个声音会降下瓢泼大雨将他们淋个透彻。

噼啪，噼啪——生日在火焰中烧成玻璃纸一样的透明虚无。太阳落山了，在昏暗的客厅里，母亲用她幼苗般的鼻子和夏日玫瑰般苍白的嘴唇品味香槟，不久便醉醺醺地把埃德温赶回他的房间，把他关在里面。

他像演哑剧似的慢慢地脱着衣服，心想，今年，明年，两年、三年后的今天会打开哪个房间？那些野兽、怪物又是怎么回事？上帝被杀死？什么是被杀死？什么是死亡？死亡是种感觉吗？上帝喜欢这种感觉所以不想回来了吗？还是说，死亡是一场旅行?

母亲下楼时把香槟酒瓶掉在过道上，埃德温听了浑身发冷，因为他突然想到——母亲也会这么碎掉。如果她跌倒、摔破，早晨起来，你会发现一地的碎片。你会在镶木地板上看见透明的玻璃碴和清澈的葡萄酒，这就是你在黎明时分看到的一切。

天亮后他的房间里飘散着葡萄藤、葡萄和苔藓的味道，一种阴暗清凉的味道。楼下，早餐十有八九已经准备得差不多了，一弹指它就能出现在冰冷的餐桌上。

埃德温起床，洗漱，更衣，然后等待，心情很不错。现在，这种焕然一新的感觉至少能维持一个月。今天和以前一样，他会吃早餐，上学，吃午饭，到音乐室听歌，玩一两个小时电玩，然后——在户外明亮的草地上喝茶，傍晚再去学校待一个小时左右，也许会和老师一起搜寻那些受审查的藏书，好好研究一下关于那个不曾对他开放的世界的文字和思想。

他之前忘了老师的便条，现在他得拿去交给母亲。

他推开门，走廊是空的。从楼下的世界深处、从不受任何脚步声侵扰的寂静中浮起淡淡的薄雾；几座山都很安静；银泉没有在初升的阳光下跳动；从雾气中盘旋而上的楼梯扶手像史前怪物般窥探他的卧室。他离开这个怪物，像一艘白色的小船，乘着脚下黎明的海浪和氤氲出发去寻找母亲。

她不在房间。他急匆匆地跑下来，穿过一片寂静，大声喊：“妈妈！”

他在客厅找到她。她倒在地上，身上一件闪亮的绿金色礼服，手中一只香槟高脚杯，地毯上到处都是玻璃碎片。

她明显是睡着了，于是他在魔法餐桌旁坐下来等待。他对着空白的桌布和闪闪发光的盘子眨了眨眼，桌上什么吃的也没有，打从他出生以来，那些美味的食物一直都是放在这里等着他，但今天例外。

“妈妈，醒一醒！”他跑到她身边，“我要上学吗？早餐在哪儿？醒醒！”

他跑上楼。

高地上寒冷、阴暗，在这种阴沉沉的雾天，太阳不再透过白玻璃从天花板上照耀下来。埃德温奔下漆黑的走廊，穿过阴暗的寂静，用力拍学校的门，门自行打开，发出一声哀鸣。

学校空无一人，黑漆漆的。壁炉里没有呼呼作响的火往有横梁的天花板上投下影子，没有噼啪声，没有窃窃私语。

“老师？”

他站在冰冷的教室中央。

“老师！”他大喊道。

他唰地把窗帘拉到一边，一道微弱的阳光透过彩色玻璃照进来。

埃德温手一挥，他命令火焰像爆米花一样在壁炉里爆开，他命令它重新燃烧！他闭上眼睛，等待老师出现。但当他再次睁开眼睛，看见讲台上的东西时，禁不住目瞪口呆。

整整齐齐摆在桌上的是那灰斗篷和长袍，上面放着闪亮的银框眼镜和一只灰手套。他摸了摸。另一只灰手套不见了。长袍上还躺着一支油性化妆笔，他试了下，在手上画出黑色的线条。

他后退一步，目不转睛地看着长袍、眼镜和化妆笔。他的手摸到一扇门的门把手，这扇门原来一直是锁着的。门慢慢敞开，里面有个棕色的小壁橱。

“老师！”

他跑进去，门砰地关上，他按下一个红色按钮，房间渐渐下沉，沉入极度的寒冷。世界一片寂静、寒冷。老师不见了，母亲又——睡着了。他在房间的铁颌内往下坠。

机械碰撞，门打开，埃德温跑出来。

是客厅！

身后出现的不是门，而是一块高大的橡木板，他正是从那儿出来的。

母亲毫无意识地躺在地上沉睡，埃德温将她的身体翻过来，压在她身下露出一点点的，正是老师另一只柔软的灰手套。

他抓着那只不可思议的手套，在她身边站了很久，最后开始抽泣。

他逃回高地。壁炉里依旧是冷的，教室依旧是空的。他等了等，老师还是没来。他又跑到楼下阴沉的低地，命令餐桌摆满热气腾腾的饭菜！什么也没发生。他坐在母亲身边，对她说话，恳求她，触摸她，她的手却是冰冷的。

时钟滴答作响，天越来越亮，可她仍然没有动静。他饥肠辘辘，灰尘穿过层层的世界，悄无声息地坠落。他想到老师，知道要是老师不在楼上的山里，那只可能在一个地方。她曾信步误闯进外域，还在那儿迷了路，后来被人找到。他得出去把她找回来，让她叫醒母亲，否则她会永远躺在这个不断有灰尘落下的黑暗之地。

他穿过厨房，来到后院，感受到午后的阳光和世界边缘外野兽隐约的低鸣。他紧紧抓着花园的围墙，不敢放手。他看见远处阴影中那个被他从窗口扔出去的摔破的玩偶匣。斑驳的阳光在盒盖上颤动，一次次颤抖着触摸杰克的脸颊，跳出来的杰克摊开四肢，胳膊举在头顶，摆出永久自由的姿势。阳光在它的嘴上一闪一闪的，让它的笑容看起来时隐时现。埃德温从远处着迷地看着。玩偶张开双臂，面向消失在神秘树林里的小路，那条禁止踏足的路上残留着野兽油腻的排泄物。可现在，路上静悄悄的，阳光温暖宜人，树林中风轻轻地吹。终于，他松开手。

“老师？”

他沿着那条路小心翼翼地走了几步。

“老师！”

他在野兽的排泄物上滑了一下，茫然地盯着寂静的通道深处。路在他脚下移动，树在他上方移动。

“老师！”

他走得慢而稳。他转过身，身后是他的世界和它从没有过的寂静。它变小了！看到它比以前小，感觉真是奇怪。它似乎一直那么大，永远那么大。他感觉心跳都要停止了。他往回走一步，可他又害怕那个世界的寂静，只好转身面对林中小路。

眼前的一切都很新奇。他的鼻子闻到各种不同的气味，他的眼睛看到各种不同的色彩、怪异的形状和不可思议的尺寸。

如果离开树林我就会死，这是母亲说的，他心想，你会死，你会死。

但什么是死？是另一个房间吗？蓝色的房间，绿色的房间，比以前所有房间都大得多的房间！可钥匙在哪儿？在那儿，很远的前方，那里有扇精致的大铁门半开着。门外是天空一样广阔的房间，只有树木和草地组成的绿色！哦，母亲，老师……

他向前冲，绊了一跤，跌倒，爬起来，再跑。他的腿变得麻木。他沿着山坡一路滚下，路不见了，他又哭又喊，然后又不再哭喊，而是发出新的声音。他来到那扇生锈、惊人的大铁门前，夺门而出；身后的宇宙渐渐缩小，他没有回头看一眼曾经属于他的旧世界，继续往前跑，直到它完全消失。

一个警察站在路边，沿路看过去。

“这些孩子，真让人搞不懂。”

“怎么了？”一个行人问。

警察想了想，皱着眉说：“刚刚有个小孩从这儿跑过去，又哭又笑的，边哭边笑，还跳上跳下，看到什么就摸，比如路灯、电线杆、消防栓、狗啊、人啊的，还有人行道、篱笆、大门、汽车、玻璃窗和理发店的旋转彩柱，什么都要摸。见鬼，他甚至拉住我，看看我，又看看天，泪流满面，嘴里还不停地喊些奇怪的话。”

“他喊了什么？”行人问。

“他不停地喊：‘我死了，我死了，我真高兴我死了，我死了，我死了，我真高兴我死了，我死了，我死了，死了真好！’”警察缓缓地摩挲着下巴，“我猜这大概是小孩子之间流行的新游戏吧。”

镰　刀

路走着走着忽然就到头了。它和其他路一样穿入山谷，两旁的山坡不是贫瘠的岩石地就是生机勃勃的橡树林，然后经过荒野中一大片孤零零的麦田，绕过麦田旁一间白色的小屋后就断了，仿佛再也没有利用价值。

倒也没什么差别，反正最后一点汽油也刚刚耗尽。德鲁·埃里克森停下那辆老旧的汽车，默默坐在那儿呆看着自己粗大的农民的手。

莫莉靠在他身边的角落里动也不动地开口道："我们肯定在先前的岔口走错道了。"

德鲁点点头。

莫莉的嘴唇几乎和脸色一样苍白。只是她的嘴唇发干，脸上的皮肤却汗涔涔。她的声音呆板，不带一丝情绪。

"德鲁，"她说，"德鲁，现在怎么办？"

德鲁盯着自己的手。这是一双农民的手，它们种过的田地都被干燥的、永远也喂不饱的风吹光了。后座上，孩子们醒来，钻出乱糟糟、布满灰尘的铺盖，从椅背上探出脑袋问：

"怎么停车了呀，爸爸？要吃饭了吗，爸爸？爸爸，我们都饿死了。能吃饭了吗，爸爸？"

德鲁闭上眼睛。他讨厌看到这双手。

莫莉的手指碰了碰他的手腕。动作很轻柔。“德鲁，没准儿屋主人会分给我们一点吃的？”

他的嘴角现出一条白线。“乞讨，”他没好气地说，“我们以前没向人乞讨过。以后也绝不会向人乞讨。”

莫莉的手在他手腕处收紧。他侧身看见她的眼睛。他看见苏西和小德鲁正眼巴巴地望着他。慢慢地，原本挺直的脖子和脊梁软下来。脸上一片茫然，仿佛受到长时间的重击般没了形状。他下车朝房子走去。他的步伐犹豫，像个病人或几乎失明的人。

房门是开的。德鲁叩了三下。屋里一片寂静，白色的窗帘在燠热的空气中飘动。

还没进去，他就知道了。他知道屋里死了人，这是一种死亡的寂静。

他穿过干净的小客厅，进入狭小的过道。他什么也没想。他早就不想了。他要毫不犹豫地像动物一样走向厨房。

他从敞开的卧室门望进去，看见一具尸体。

那是一个老头，安躺在铺着洁白床单的床上。他才死去不久，脸上仍留有安详的表情。他一定知道自己要死了，才提前穿好了寿衣——一套旧的黑西装，洗刷得干干净净，一件干净的白衬衫，一条黑领带。

床边有一把镰刀斜靠在墙上。老人双手握着一株麦子，还很新鲜。一株成熟的麦子，麦穗金灿灿、沉甸甸的。

德鲁轻手轻脚走进卧室，不由感到一阵寒意。他摘下风尘仆仆的破帽子，站在床前低头细看。老人枕边搁着一张铺开的纸，显然是给人看的。也许是请求安葬或通知亲人。德鲁皱着眉张开苍白发干的嘴唇念道：

致在我死后站在我床前的人：

身心健全、命中注定在这世上孤独无依的我，约翰·比尔，愿将此农场及与之相关的一切遗赠给到访的有缘人。此人姓甚名谁，来自哪里，全无关系。农场和小麦皆归他所有，这把镰刀和它所肩负的神圣使命亦属于他。他可自由索取，毋庸置疑——并请谨记，我约翰·比尔只是给予者，绝非任命者。立嘱日，一九三八年四月三日。（立嘱人签名）约翰·比尔。愿主垂怜！

德鲁穿过房屋往回走，然后打开纱门说：“莫莉，你进来一下。孩子们，你们待在车上。”

莫莉走进屋里，随他来到卧室。她看了看遗嘱、镰刀和窗外在热风中摇曳的麦田。她苍白的脸绷紧，咬着唇拉住他说：“哪来这么好的事。怕是有古怪啊。”

德鲁说：“是我们时来运转而已。我们会有活干，有东西吃，还有一片可以遮风挡雨的屋顶。”他摸了摸那把镰刀，亮晃晃的犹如一弯新月。刀面上刻着一行字：支配我者，支配世界！他当时并不觉得这句话有什么深刻的含义。

“德鲁，”莫莉盯着老人紧握的手问，“为什么——为什么他把麦子攥得那么紧？”

此时孩子们已经跑上前廊，打破了沉重的寂静。莫莉吓得倒吸一口气。

他们住进屋子。他们把老人葬在一座小山上，在他坟前说了几句话，然后下山打扫房屋，卸下车上的行李，找了些东西吃，因为这里有的是食物，厨房里储藏了很多食物。接下来的三天，他们除了修葺房子、望着那片田地、躺在舒服的床上之外，其他什么也没干。他们惊讶地互相对视，不敢相信眼前所发生的一切。他们不仅吃得饱饱的，晚上德鲁甚至还能抽一支雪茄。

屋后有间不大的牲口棚，里面养了一头公牛和三头母牛；几棵大树下，有水井房和冷藏室，树荫正好可以遮凉。水井房里有大块的风干牛肉、腊肉、猪肉和羊肉，即使是他们五倍大小的家庭，也够吃一两年的，说不定能吃三年。里面还有一只搅乳桶、一盒奶酪和几个大号的金属牛奶桶。

第四天早上，德鲁·埃里克森躺在床上望着那把镰刀。他知道自己该去干活了，因为绵延的麦田里有的麦子已经成熟；他亲眼所见，他可不想变娇弱。三天无所事事对一个男人来说足够了。于是天才蒙蒙亮他便起床，镰刀拿在胸前，走出家门钻进麦田。他双手高举着镰刀，挥砍下去。

这片麦田很大。大得一个人管不过来，但它的确只有一个人在管。

第一天工作结束后，他肩扛着那把镰刀悄悄回到家里，脸上满是疑惑的表情。他还从没见过这么古怪的麦田。它的麦子是一畦一畦成熟的，每畦成熟的时间都不一样。麦子不该这样。他没把这个告诉莫莉，也没告诉她麦田的其他怪事，比如麦子割下来才几个小时就开始腐烂。麦子也不该是这样的。但他不怎么担心，因为眼下有的是粮食。

第二天早上，他割下来又烂掉的麦子都重新长出了细细的根和绿色的小麦芽，它们再度重生了。

德鲁·埃里克森摩挲着下巴，想不通是什么使小麦这样生长，以及这对他有什么好处——又不能拿去卖。那天，他几次爬上远处的小山来到老人墓前。他只想看看老人是否还在，说不定他能有所发现，能对这片麦田有所了解。他从山上往下看，才看清自己拥有多少土地。麦田向着远方的群山绵延而去，长三英里，宽约两英亩，有几畦还是麦苗，有几畦已经金黄，有几畦是绿色的，还有几畦刚被他收割。但对这件事老人什么也没提；如今他脸上有的只是一抔抔黄土和石块。坟墓在阳光和微风中默默无语。于是德鲁·埃里克森又走回去拿他的镰刀，他又好奇又欢喜，因为这似乎很重要。他不知道为什么，只觉得它非常、非常重要。

麦子熟了，他不能放着不割。割完熟麦，总会有新熟的麦子，他自个儿琢磨着说："要是每次只割熟麦，恐怕十年也不会在同一个地方收割两次。这麦田真他妈太大了。"他摇摇头，"每天就熟这么多，正好够割一天，不多也不少。头天割得只剩下青麦，可第二天一早，准还有几畦成熟的麦子……"

既然才割下就腐烂，那又何必傻乎乎地去收割。那个星期结束后，他决定休息几天。

早上很晚他还躺在床上，什么也不做，只听着屋里的寂静，这种寂静不是死寂，而是日子过得幸福快乐的恬静。

他起床穿好衣服，慢慢吃着早餐。他不想去割麦子，准备去给奶牛挤奶。他站在门廊上抽了支烟，到后院转了转，然后又回到屋里。他问莫莉，自己原打算出去干什么来着。

"挤奶。"她说。

"哦，对。"他说完又重新走出去。他发现奶牛等在那儿，乳房鼓胀得厉害。他挤完奶，把奶罐放进冷藏室，但他心中想着别的事。小麦。镰刀。

整个上午他都坐在后门廊上卷烟。他给小德鲁和苏西各做了艘玩具船，然后搅拌牛奶沥出一些奶油，但他开始头痛，感觉脑袋里有个太阳，一阵阵地灼烧。他肚子不饿，不想吃午饭。他不停地盯着麦田看，看麦子在风中起伏，荡起一波波麦浪。他又坐回到门廊上，两臂弯曲，双手放在膝盖上，不由自主地在空中抓了抓。他的掌心又痒又烫。他站起来，手在裤子上蹭了蹭，又坐下去，想要再卷支烟。可怎么也捻不好，气得低声抱怨着把它扔了。他有种感觉，仿佛他的第三只手臂被砍掉，或者身上少了某个东西，和他的手与手臂有关的东西。

他听见风在麦田里低语。

到了下午一点，他仍旧在屋里进进出出，连自己都嫌碍手碍脚，他想要挖一条灌溉渠。但他真正惦记的始终还是那些麦子，心想它们是多么成熟美丽，渴望有人来收割。

“去他的！”

他快步走进卧室，取下墙上的镰刀。他站着握住它，感到一阵清凉。他的手不再痒，头也不痛了。第三只手臂失而复得。他又完整无缺了。

这是一种本能。就好比被闪电击中却不会受伤一样地不合逻辑。麦子必须每天收割，不割不行，为什么？就是得割，就这么简单。他对着手中的镰刀笑了笑。然后，吹着口哨，扛着镰刀，去成熟了、等着收割的麦田工作。他觉得自己有点疯狂。见鬼，眼前的麦田不是再平凡不过了吗？几乎如此。

日子像温顺的马儿，嘚嘚地飞奔而去。

德鲁·埃里克森开始明白自己的工作是一种干痛，是一种渴望和需要。他的脑海中渐渐生出想法。

一天中午，苏西和小德鲁趁父亲在厨房吃饭，玩起了那把镰刀。他听见他们嬉闹，便出来拿走镰刀。他没有责骂他们，只是一脸忧虑。自那以后，每当不用时他就把镰刀锁起来。

他每天割麦，从不间断。

举起、挥下。举起、挥下、割倒。转身、举起、挥下、割倒。不停地割。举起、挥下。

举起。

想想老人和他临终握着的麦穗。

挥下。

想想这片已经死去却不断长出新麦的土地。

举起。

想想这莫名其妙成熟的麦子和青苗，它们的生长方式！

挥下。

想想……

麦子绕着他脚踝旋转出金黄的麦浪。天色已暗。德鲁·埃里克森丢下镰刀，抱着肚子弯下腰，眼前一黑，天旋地转。

“我杀人了！”他大口喘气，几乎要窒息，抱着胸脯跪倒在镰刀旁，“我杀了很多人——”

天空像堪萨斯州乡村集市里蓝色的旋转木马一样旋转。但没有音乐，只有耳朵在嗡嗡作响。

莫莉坐在蓝色的餐桌旁削土豆。他踉踉跄跄地走进厨房，身后拖着那把镰刀。

“莫莉！”

他泪眼模糊地看着她。

她坐在那儿，摊开双手等他把话说完。

“快收拾东西！”他看着地板说。

“怎么了？”

“我们要走了。”他木然道。

“我们要走了？”她说。

“那个老人。你知道他是干什么的吗？是小麦，莫莉，还有这把镰刀。每次挥动这把镰刀，就会有数以千计的人死去。你割下麦子，然后——”

莫莉站起来放下小刀，把土豆搁在一旁，善解人意地说：“我们奔波了那么久，从没吃过一顿好的。自从上个月来到这儿，才算过上好日子。你每天忙个不停，一定累坏了——”

“我听见声音，哀号的声音，就在那外面，在麦田里，”他说，“叫我住手。叫我别杀他们！”

“德鲁！”

他恍若没听见似的。“麦田生产的方式很古怪、很疯狂。我一直瞒着你，可这不对。”

她直直地看着他。他眼睛是清澈的蓝色，没有丝毫异样。

“你一定觉得我疯了，”他说，“可是我还没告诉你。哦，上帝，莫莉，帮帮我。我刚刚杀了我的母亲！”

“别说了！”她坚定地说。

“我割下一株麦子，就把她杀了。我感觉她快要死了，我也是刚刚才发现——”

“德鲁！”她的声音像一巴掌打在脸上般清脆，她又气又怕，“闭嘴！”

“哦——莫莉——”他咕哝道。

镰刀从他手上脱落，当啷一声掉在地上。她气冲冲地捡起，放在角落里。“我跟了你十年了，”她说，“有时连饭都吃不上，嘴里只有尘土和祷告。可如今福从天降，你却消受不起了！”

她从客厅拿来《圣经》。

书页在她手中沙沙作响，听起来像微风轻拂着麦穗。“坐下来，听我念。”她说。

有个声音从屋外的阳光中传来。孩子们在屋旁那棵茂盛的大橡树下嬉笑。

她念着《圣经》，不时抬头察看德鲁的表情。

打那以后她每天给他读《圣经》。又过了一个礼拜，那天是星期三，德鲁步行去遥远的镇上。他想看看有没有自己的邮件，结果还真有一封信。

他回到家时仿佛一下苍老了两百岁。

他把信递给莫莉，用冰冷、断断续续的声音告诉她：“母亲去世了——星期二下午一点——她的心脏——”

德鲁·埃里克森别无选择。“叫孩子们上车，装上粮食。我们去加利福尼亚。”

“德鲁——”妻子握着那封信说。

“你也知道的，”他说，“这是块贫瘠的田地，可麦子还是长得那么好。我还没告诉你全部。它们是一畦一畦熟的，每天只成熟一小片。这事很不对。而且麦子一割下来就烂掉！可第二天早上又重新长出来。一个星期前的星期二，我在割麦子时就像在割我自己的肉一样。我听见有人尖叫，听起来就像——如今又来了这封信。”

“我们哪儿也不去。”她说。

“莫莉。”

“我们就待在这儿。这儿有得吃，还有得住。在这儿，我们才能活得好、活得久。我不要孩子们再挨饿！”

窗外的天空一片湛蓝。太阳斜照进来，洒在莫莉半边平静的脸上，把她的一只眼睛照得透蓝。晶莹的水滴从厨房的水龙头中缓缓溢出、坠落，四五滴后，德鲁叹了口气。沙哑的声音透着无奈和疲倦。他点点头，眼睛看向别处。“好吧，”他说，“那就不走了。”

他无力地拾起镰刀。金属刀面上的字闪耀出锐利的光芒。

支配我者，支配世界！

“我们不走……”

第二天一早，他来到老人墓前。坟墓正中新长了一株麦苗。几个星期前老人握在手里的那支麦穗破土重生了。

他对老人说话，但得不到回应。

“你在这儿割了一辈子麦，是因为你逃不掉吧。有一天你无意中发现自己长在田里的生命。你知道那是你自己的，却不得不割下它。然后回家穿上寿衣，你的心脏停止跳动，于是你死了。事情就是这样，对吧？你把这片麦田交给我，哪天我死了，还得交给别人。”

德鲁的声音有些恐惧。“这一切持续多久了？除了拿镰刀的人，世上没人知道这片麦田的存在和作用吗？……”

他突然觉得自己变得很老。这座山谷看上去古老得像木乃伊，那么神秘、干枯、扭曲、强大。早在印第安人在大草原上驰骋时，这片麦田就已经在这里了。同样的天空，同样的风，同样的小麦。可在印第安人之前呢？也许是饱经风霜、披头散发的克罗马农人，他们挥动简陋的石镰刀，在永生的麦田里四处收割……

德鲁又回到田里干活。举起、挥下，举起、挥下，执著地认为他就是支配镰刀的人。他，他自己！这个念头使他爆发出一阵疯狂的、不受控制的力量和恐惧。

举起！支配我者！挥下！支配世界！

他不得不找个理由接受这份工作。他只想让家人有东西吃，有地方住。他想，辛苦了这么多年，也该让他们吃饱饭、过上好日子了。

举起、挥下。每一株被他整齐割成两段的麦子都是一个生命，如果他小心些——他望着田里的麦子——那么，他、莫莉和孩子们就能永远活着！

碰到莫莉、苏西和小德鲁的麦子，他是怎么也不会收割的。

然后，像讯号一样，它悄无声息地出现了。

就在这里，在他面前。

再挥一次镰刀，他就会把它们全割断。

是莫莉、德鲁、苏西。没错。他颤抖着跪下来，看着那几株小麦。它们在他的触摸下闪闪发光。

他如释重负地叹了口气。要是他稀里糊涂地割下它们，那可怎么办？好险啊。他长舒一口气，起身拿着镰刀后退几步，久久地站在那儿，看着那几株麦子。

那天，他早早地回到家里，还莫名地亲了亲莫莉的脸，让她感到十分奇怪。

吃晚饭时，莫莉问："你今天提前收工了？割下的麦子还会烂吗？"

他点点头，又多拿了一些肉。

她说："你该写信给农业局的人，请他们来看看。"

"不行。"他说。

"我只是建议。"她说。

他瞪大眼睛。"我要一辈子待在这里。谁也不许碰我的麦子。他们可不知道哪些该割，哪些不该割。搞不好就割错了。"

"割错什么？"

“没什么，”他慢慢咀嚼着，“一点事也没有。”

他啪一声放下叉子。“谁知道他们想干什么！这些政府官员！他们兴许——兴许会把整座麦田犁一遍！”

莫莉点点头。“它是需要重新犁过，”她说，“重新播种。”

他饭吃不下去了。“我不会给政府写信，我也不会把麦子交给陌生人收割，就这样！”他说，砰地关上纱门，走了。

他绕过代表妻儿的麦子在阳光下生长的地方，在麦田远处的另一头挥起镰刀。他知道唯有这样才能万无一失。

但他不再喜欢这份工作。工作一小时后，他知道他已经害死三个他在密苏里州的老朋友。他能从割下的麦子中读出他们的名字，他再也割不下去了。

他将镰刀锁进地窖，把钥匙藏了起来。他不收割了，永远也不收割了。

晚上，他坐在前廊上抽烟斗，给孩子们讲故事，逗他们笑。但他们没怎么笑。他们似乎有些疏远、倦怠，而且怪怪的，好像不再是他的孩子。

莫莉则抱怨头痛，拖着步子在屋里转了转，就早早上床沉沉睡去。这也很奇怪。莫莉向来睡得很晚，而且精力充沛。

月光下，麦田泛起涟漪，犹如银色的海洋。

它渴望收割。有几畦得马上割。德鲁·埃里克森坐在那儿隐忍着，努力不去看它。

要是他永远不再走进麦田，这个世界会怎样？那些将要死去、等待镰刀降临的人又会怎样？

他要等等看。

莫莉呼吸平缓。他吹灭油灯，躺在床上。怎么也睡不着。他听见麦田的风声，感到手臂和手指渴望劳作。

午夜时分，他发现自己手握镰刀走在麦田里，像个疯子似的走着，内心忐忑，半睡半醒。他不记得打开过地窖，取出过镰刀，但此刻他分明在月下的麦田中行走。

在这些麦子中也有很多老了、累了、渴望长眠的人，那种漫长、沉静、没有月光的睡眠。

镰刀攫住他，长在他的手心，逼他向前走。

但他还是挣脱了。他扔下镰刀，跑进麦田，然后停下来，跪在地上。

“我不想再杀人了，”他说，“再割下去，莫莉和孩子们就会没命。别逼我做这样的事！”

天上的星星只是一闪一闪地发光。

身后传来沉闷的声响。

有个东西越过山头蹿入夜空，活物般伸出火红的双臂，舔食天上的星星。火花飞落在他脸上，随之而来一股浓浓的、炽热的火焰味。

房子！

他大叫一声，软弱、绝望地站起来，看着眼前的大火。

橡树旁的白色的小屋在熊熊的火光中燃烧。滚滚的热浪翻过山头，他挣扎着游过去，跌跌撞撞地冲进去，几乎被淹没。

等他从山上下来，整个屋子已经一片火海，没一片瓦、一根门栓或门槛幸免。大火中夹杂着噼里啪啦、轰隆轰隆的声音。

里面没人尖叫。没人跑动或呼喊。

他在院子里大喊："莫莉！苏西！德鲁！"

没有回应。他跑到近前，直到眉毛烧焦，皮肤像燃烧的纸张般卷曲、皱缩。

"莫莉！苏西！"

火势像吃饱喝足了似的慢慢减弱。德鲁独自绕着房子跑了不下十圈，想要找空隙进去。然后忍着炙烤坐下等待，直到房屋墙壁全都倒下，扬起漫天灰尘；直到最后几块天花板坍塌，融化的灰泥和烧焦的木条遮住地板；直到火焰熄灭，剩下呛人的浓烟，新的一天缓缓到来；只剩下没燃尽的灰烬和刺鼻的浓烟。

顾不得地上的残骸散发着阵阵灼人的热气，德鲁走进废墟。天还不怎么亮，视线仍不清楚。他汗涔涔的脖子闪着红光。他站在那里，像个初来乍到的陌生人。这儿——厨房，烧焦的桌椅、铁炉、橱柜。这儿——门厅。这儿是起居室，然后是卧室，那里——

莫莉还活着。

她躺在一堆散落的木头、通红的弹簧和金属碎片中沉睡。

她睡得若无其事，仿佛什么也没发生。两只苍白的小手放在身体两侧，上面还有点点火星。她面色平静，一边脸颊上横着一块还在燃烧的木板。

德鲁停下来，不敢相信自己的眼睛。在冒烟的卧室废墟中，她躺在仍冒火星的床上，她的皮肤完好无伤，胸部一起一伏，还在呼吸。

“莫莉！”

大火过后，墙倒了，天花板崩塌了，火势那么大，她却活下来了，还在睡梦中。

他吃力地走在冒烟的废墟中，连鞋子也在冒烟。他可能把脚烧断了都不知道。

“莫莉……”

他俯身喊她。她一动不动，听不见他的声音，也不说话。她没死，可也没活。她就那样躺着，火焰围着她却烧不到她。她的棉布睡衣上落满灰，但没被烧毁。她棕色的头发覆盖在一堆烧红的木炭上。

他摸她的脸，她的脸颊冰冷，冷得吓人。微弱的呼吸使她半带笑的嘴唇轻轻颤动。

孩子们也都在卧室里。透过薄薄的烟雾，他辨认出两个稍小的身形，蜷缩在灰烬中沉睡。

他把母子三人全都抱到麦田旁。

“莫莉。莫莉，醒醒！孩子们！孩子们，醒醒！”

他们还在呼吸，一动不动，继续沉睡。

“孩子们，醒醒！你们的母亲——”

死了？不，没死。可是——

他摇晃他的孩子，好像这一切都是他们的错。他们不理睬；他们正忙着做梦。他放下他们，站在他们旁边，脸上爬满皱纹。

他知道为什么他们在火海中沉睡，而且睡到现在还不醒。他知道为什么莫莉只是躺在那儿，再也不笑了。

是麦子和镰刀的力量。

他们本该昨天（一九三八年五月三十日）死的，只因他不肯割那几株麦子，他们才活到现在。他们本该葬身火海。那才是它的本意。可既然他没有使用镰刀，他们就不会受到任何伤害。房子起火了，倒塌了，他们也没丢掉性命，只是半死不活的，只是——在等待。这世上有多少这样的人，他们是事故、火灾、疾病、自杀的受害者，像莫莉和她的孩子那样在沉睡。不能去死，也不能求生。都是因为，有个人害怕收割成熟的麦子。都是因为，这个人自以为可以停止用、再也不用镰刀劳作。

他低头看着两个孩子。终于明白麦子必须每天、每天割，只能继续，不能停止，一刻也不能停，每时每刻都得割，得永远、永远、永远割下去。

好吧，他想。好吧。那我就割吧。

他没和家人说再见。他转过身，心中怒火慢慢升起，他找到镰刀，快步疾走，不久小跑起来，紧接着迈开大步，冲进麦田。麦子打在腿上，他咆哮着，感到手臂的渴望。他奔跑着，喊叫着，然后停下来。

“莫莉！”他大喊，举起镰刀挥砍下去。

“苏西！”他大喊，“德鲁！”又挥砍下去。

有人惨叫。他没有回头看一眼烧成废墟的房子。

他泣不成声，不断地起身、挥砍，从左砍到右，从右砍到左。砍呀砍呀砍！也不分青麦和熟麦，无差别、无所谓地砍出巨大的伤口，一次次地诅咒、大笑。阳光下，镰刀高高扬起，嗡鸣着急坠而下！砍下！

炸弹摧毁了伦敦、莫斯科、东京。

镰刀疯狂地挥砍。

贝尔森、布痕瓦尔德[①]，焚尸炉燃起熊熊大火。

镰刀歌唱着，染成血红。

蘑菇云在白沙、广岛、比基尼岛，又往上进入西伯利亚平原，吞噬了太阳。

麦子在绿雨中哭泣、倒下。

---

① 两者均为纳粹集中营所在地。

朝鲜、中南半岛、埃及、印度战栗。亚洲动荡，非洲无眠……

镰刀继续扬起、砍下、割断，带着男人无尽的怒火。这个男人失去过，失去了太多，他再也不管自己对这个世界做了什么。

麦田距离主干道只有短短的几英里，就在一条高低不平、不知通往哪里的泥路尽头。几英里外，高速公路上堵满了开往加利福尼亚的汽车。

在漫长的岁月中，每隔几年总有一辆破旧的汽车偏离干道，开到不知名的泥路尽头，在烧成废墟的小白屋前熄火，向前方的农民问路，那农民发疯般在一望无垠的麦田里劳作，白天黑夜永不停歇。

但他们得不到帮助，也得不到回应。过了这么多年，那农民仍然在麦田里忙碌着；忙着砍倒青麦而不是成熟的麦子。

德鲁·埃里克森继续挥舞镰刀，从未合上的双眼闪动着狂怒之火，收割，收割，收割……

埃纳尔叔叔

“一分钟就好。”埃纳尔叔叔的爱妻说。

“我拒绝，”他说，“一秒钟的事儿。”

“我都忙一个上午了，”她手叉着细腰，“你不能帮帮我吗？马上要下雨了。”

“下雨就下雨，”他闷闷不乐地叫道，“就为了帮你晾衣服，我才不愿被雷劈呢。”

“可你晾得最快。”

“我还是拒绝。”他愤愤不平，背上防水帆布似的巨翅紧张得呼呼作响。

她递给他一根细绳，上面挂着四十几件刚洗好的衣服。他接过绳子，厌恶地捏在指间。“每次都这样，”他愤怒地嘀咕道，“每次都这样，每次都这样。”他气得差点儿哭出来。

“别哭啦，会把衣服弄湿的，”她说，“快飞呀，带衣服转一圈。”

“带衣服转一圈，”他瓮声瓮气的，非常受伤，“我说，让它打雷，让它下倾盆大雨好了！”

“天气好，我才不找你呢。”她辩解道，“你要不帮忙，这么多衣服就白洗了。只能满屋子挂着——”

终于奏效。他讨厌屋里衣服挂得像彩旗一样，走路都得低头弯腰的。他跃到空中。巨大的绿翅膀发出震耳欲聋的声音。“最远只飞到牧场围栏那儿！”

他一个回旋，向上飞，翅膀享受着凉爽的空气。你还没来得及说“埃纳尔叔叔有绿翅膀”，他就已经低低掠过农田上空，穿过他啪啪挥动翅膀所造成的大气逆流，拖着衣服飞了一大圈！

“接住！”

他回来了，抛下干得像爆米花似的衣服。地上早已铺好各种干净的毯子。

“谢谢！”她大声说。

“嘎！”他嚎叫着飞到一棵苹果树下，惆怅不已。

埃纳尔叔叔绸缎般漂亮的翅膀就挂在背后，像一对海绿色的船帆，每当他打喷嚏或快速转身时，翅膀就会发出呼呼的轻响。他是家族中少数几个有显性特异功能的人。他的那些族人大都隐身在世界各地的小镇，做些肉眼看不见的灵异之事，动一动巫术或者白牙，要不就像火红的枫叶般飘在空中，或者像狼一样披着银色的月光在森林中闲逛。他们和普通人保持着距离，过着相对安逸的生活。但一个长着绿色大翅膀的人是无法过这种安逸日子的。

他并非讨厌他的翅膀。才不是！他年轻时常在夜间飞行，因为夜晚是翼族最宝贵的时刻！白天太危险了，一向如此。但夜晚，啊，夜晚，他总是飞到海岛上空的云端，以及夏日的海洋上空。没有一点儿危险。那是多么充实畅快的时光啊。

可现在，他不能在夜间飞行了。

（几年前的）那天，他在伊利诺伊州梅林镇的家族宴会上喝了太多浓烈的红酒，结果在飞回欧洲某个山口的途中发生意外。当他在晨星的微曦中长途跋涉、飞越梅林镇附近月光朦胧的乡间小丘时，他隐约告诉自己："不会有事的。"然后——晴天霹雳——

他撞上一座高压电线塔。

就像落网的鸭子！只听到哧一声巨响！蓝色的电弧把他的脸劈得焦黑。他振动翅膀疾速后跃，避开高压电流，然后坠落。

犹如从天而降一本厚厚的电话簿，砸在塔底铺满月光的草地上，发出砰的一声闷响。

第二天一早，他用力挥动沾满露水的翅膀站起来。天还没亮，一条绷带似的曙光横跨东方。很快这条绷带会染上许多色彩，到时就不能飞了。他没别的办法，只好躲进森林里，在森林最深处等待天黑，让夜色掩护他隐秘的空中飞行。

就是在这种情况下，他遇见了他的妻子。

那天是十一月一日，伊利诺伊州的天气还算暖和。年轻的布鲁尼拉·韦克斯利出门寻找一头走失的奶牛。她一手提着一只银色的桶，一边拨开茂密的草丛，一边灵巧地呼唤走失的牛回家，“奶不挤出来会胀爆的哟”。其实要真是胀奶，奶牛早就自己回家了。布鲁尼拉·韦克斯利明明知道却还是出来寻找，因为这是一个逛逛森林、吹吹野蓟、嚼嚼野花的好借口。布鲁尼拉就这样和埃纳尔叔叔不期而遇。

当时他正在灌木丛附近睡觉，看上去像是躺在一座绿色的帐篷底下。

“哦，”布鲁尼拉兴奋地说，“一个男人，睡在帐篷里。”

埃纳尔叔叔被惊醒。背后的帐篷一下子张开，仿佛一把巨大的绿扇子。

“哦，”出来找奶牛的布鲁尼拉说道，“一个长翅膀的男人。”

这就是她当时的反应。没错，她是吃了一惊，但她一辈子没受过伤害，因此她不畏惧任何人，何况见到一个长翅膀的男人是件新鲜事，她很荣幸认识他。她主动打开话匣子。一个小时后，他们就成了老朋友。两个小时后，她已然忘记翅膀的事了。而他也坦承了自己为何会在这片树林里。

“是的，我注意到你像被撞到了，”她说，“右边的翅膀似乎伤得很重。你最好跟我回家疗伤。反正你也无法一路飞回欧洲了。再说，现在谁还愿意住在欧洲呢？”

他表示感谢，可不确定怎能接受她的好意。

“我一个人住，”她说，“你也看到了，我长得很丑。”

他坚持说她不丑。

“你真好，”她说，“但我确实不好看，这骗不了自己。我家人都去世了，留下很大一座农场，全是我的，离梅林镇很远，我很需要一个可以说话的伴。”

可是她不怕他吗？他问。

“倒不如说是感到荣幸和嫉妒，”她说，“我能摸摸吗？”她小心、羡慕地抚摸他巨大的绿色薄翼。他在她的触摸下轻轻颤抖，咬住了舌头。

于是他只好跟她回家，涂药膏接受治疗。哦，天哪！他脸上有一道严重的烧伤，就在眼底下！“幸好你没瞎，”她说，“怎么会这样啊？”

“这……”他说。他们你看我，我看你，不知不觉就走了一英里，来到她的农场。

过了一天，又一天，他站在门口向她道谢，说他必须走了。她给他涂药膏，关心照料他，还让他住在家里，他真的很感激。这会儿天色微暗，从现在下午六点到明天清晨五点这段时间，他必须飞过一片海洋和一块大陆。“谢谢你，再见。”说完，他就在暮色中起飞，不料却一头撞上一棵枫树。

“啊！”她尖叫一声，冲到失去知觉的他身旁。

过了一小时，他才醒过来。他意识到自己再也不能在夜色中飞行；他已丧失精密的夜间感知能力。那些可以警告他哪里有电塔、树木、房屋、山丘挡住他的去路的飞行感应力，那些可以引导他穿越森林、悬崖、云层的迷宫的清晰视线和敏感度，都被那条打在他脸上嗞嗞作响的蓝色电弧给永远烧毁了。

“怎么办？”他轻轻呻吟道，“怎么才能回到欧洲呢？白天飞行难免被人发现，甚至——这真是个悲惨的笑话——说不定会被射杀！或者会被关进动物园，这辈子就完蛋了！布鲁尼拉，快告诉我，我该怎么办？”

“哦，”她望着自己的手，小声说，“会有办法的……”

他们结婚了。

埃纳尔叔叔的族人出席了婚礼。在一个枫树、悬铃木、橡树、榆树的树叶雪崩似的纷纷飘落的秋日，他们窸窸窣窣陆续降落在落叶缤纷的七叶树下，像冬日里坠地的苹果，带着匆匆赶路扬起的阵风中夏末秋初的全部香味。至于婚礼呢？就像点燃、吹灭一支黑蜡烛，留下烛烟在空中袅袅上升般简短。简短、黑暗、颠倒，布鲁尼拉还没注意，仪式就结束了。埃纳尔叔叔的翅膀在头顶呼呼地轻响，她光顾着倾听那源源不绝的呢喃声。说到埃纳尔叔叔，他鼻梁上的那道伤口差不多已经痊愈，挽着布鲁尼拉的胳膊，他觉得欧洲越来越模糊，逐渐消失在远方。

垂直地飞上、飞下不需要看得很清楚。在他们的新婚之夜，他拥着布鲁尼拉飞上云霄是再自然不过的事。

五英里外，有个农民在午夜的低云中隐约看见了点点微光和裂纹。

“热闪电。”说完他睡觉去了。

直到天亮，他们才带着露水回到地面。

婚后生活很融洽。她常忍不住看着他，心想嫁了个有翅膀的男人，这世上除了她不会再有第二个。“还能有谁呢？”她对着镜子自豪地说，“没有！”

另一方面，他发现在她这张面孔背后隐藏着名副其实的美丽、善良与体贴。为了她，他改变了自己的饮食习惯。在屋里他格外小心自己的翅膀，生怕撞倒或打碎电灯，谨慎地与它们保持距离。他还改变了睡眠习惯，因为反正晚上也不能飞。她反过来为他改装椅子，不是这里垫个东西，就是那里拆掉点什么，好让他坐着翅膀舒服一点，说的话也是他最爱听的。“我们都生活在茧里。你看我多丑呀？”她说，“可总有一天，我也会破茧而出，像你那样展翅高飞。”

“你早就破茧而出了。”他说。

她想了想。“没错，”她承认，“我还清楚地记得哪一天，就是我去树林里找奶牛却发现一顶帐篷的那一天！”两个人大笑起来。躺在他怀里，她感到如此美丽，知道婚姻使自己超越了丑陋，像出鞘的利剑一样光彩照人。

他们有了孩子。起初也有担心，但只是他在担心，担心他们会有翅膀。

“瞎说什么呀，我喜欢他们有翅膀！”她说，“这样他们才不会被人踩在脚底下。”

“那，”他高兴地说，“他们会到你的头发里去！”

“哎哟！”她叫道。

他们生了四个孩子，三个男孩一个女孩，都活泼得像长了翅膀。没过几年，孩子们就像伞菌似的噌噌地往上长。到了炎热的夏天，他们央求父亲坐到那棵苹果树下，用翅膀为他们扇风送凉，给他们讲漫天星斗的神奇故事。讲岛屿的云雾，大海的星空，雾的触感和风的纹理。讲星星在嘴里融化的滋味和畅饮冷冽山风的痛快。讲他像鹅卵石般从珠峰急坠而下，在落地前的刹那打开翅膀，绽放成绿色的花朵！

这就是他的婚姻。

可六年后的今天，埃纳尔叔叔坐在这儿，在这棵苹果树下，心里很不是滋味，很不耐烦、很暴躁；倒不是他想这样，只是等了这么多年，却还不能在夜空中翱翔；他超常的感应能力一直没恢复。他郁郁寡欢地坐在这儿，感觉自己不过是把绿色的遮阳伞，过了夏天，那些粗心大意的度假者就把他晾在一边，忘了曾经躲在半透明的翅膀下纳凉。难道他要在这里坐一辈子，因为怕被人看见就不敢在白天飞行吗？难道他飞行的唯一目的就只是替妻子晾干衣服，或在炎热的八月下午给孩子们扇扇风吗？他飞得比暴风还快，本该为家族执行飞行任务，那才是他的老本行。可惜事与愿违，他刚飞越山岭和峡谷，就像野蓟一样坠落。他以前从不缺钱；家族向来重用有翅膀的人！

可现在？有苦难言！他抖动翅膀在空中扇了两下，发出困兽般的隆隆巨响！

“爸爸。”小梅格说。

孩子们站在那儿，望着心事重重的父亲。

“爸爸，”罗纳德说，“我还要打雷！”

“现在已经三月了，马上就会下雨，会有很多雷声。”埃纳尔叔叔说。

“你要不要来看我们在干什么？”迈克尔问。

“走开，走开！让爸爸想点心事！”

他拒爱于千里之外，他对孩子的爱，以及孩子对他的爱。他心里只想着天空、地平线和无尽的自由，无论白天或黑夜，日月星辰，多云或晴，当你一飞冲天时，展现在眼前的总是天空和地平线。可他却只能在这座农场上潜行，因为害怕被人看见。

被困井底的痛苦！

“爸爸，快来瞧呀；现在是三月呢！”梅格嚷嚷道，“镇上的小孩都上山了，我们也要去！”

“什么山？”埃纳尔叔叔咕哝道。

“当然是风筝山！”他们齐声回答。

他这才抬头看他们。

他们每人拿一个纸扎的大风筝，汗湿的脸红扑扑的，写满期待。小手上捏着白色的线团。红、蓝、黄、绿色彩鲜艳的风筝上，都缀着用布条和丝带做的尾巴。

“我们去放风筝喽！”罗纳德说，“你不来吗？”

“不要，”他难过地说，“我不能被人看见，不然会有麻烦。”

“你可以躲在树林里看呀，”梅格说，“我们自己做的风筝。因为我们知道怎么做。”

“你们怎么知道的？”

“你是我们的父亲！”他们毫不犹豫地回答，“所以我们知道！”

他久久地注视着孩子们，叹了口气说：“风筝节，是吗？”

“是的，先生！”

“我要赢得比赛。”梅格说。

“不对，是我赢！”迈克尔不服气道。

“是我，是我！”史蒂芬尖声嚷嚷着。

“上帝显灵！”埃纳尔叔叔吼叫着一跃而起，翅膀发出铜鼓般的震响，“孩子们！孩子们，我爱你们！”

“爸爸，你没事儿吧？”迈克尔后退着问。

“没事儿，没事儿，没事儿！”埃纳尔反复说道。他使出全部的力气，把翅膀张开到最大。嗡！翅膀发出铜钹似的巨响。气流把孩子们冲倒在地上。“有了，有了！我恢复自由了！烟道里的火！风中的羽毛！布鲁尼拉！”埃纳尔对着房子高呼。妻子从屋里出来。“我自由了！”他满脸通红，欢呼雀跃道，“喂，布鲁尼拉，我再也不用晚上飞行了！白天也可以！用不着晚上！从现在开始，我要天天飞每天飞！可是，天啊，我还在浪费时间说话。你看！”

在全家人忧虑的注视下，他抓住一只风筝的尾巴，系在腰带后面，抓起线团，用牙齿咬住一端，另一端交给孩子们，然后向上飞呀飞，飞进三月的风中！

孩子们跑过农场，向着明媚的天空放线，跌跌撞撞大声笑闹着，布鲁尼拉站在院子里朝他挥手，笑得很开心；孩子们来到远处的风筝山，四个人站在那儿，热切而自豪地攥着风筝线，又拉又引又拽的。梅林镇的孩子们也都各自放着他们的小风筝，当他们看见一只绿色的大风筝在空中飞舞盘旋时，全都惊呼道：“噢，噢，好大的风筝！好大的风筝！哦，但愿我也有这样大的风筝！你从哪儿、哪儿弄来的！”

“我们的父亲做的！”梅格、迈克尔、史蒂芬和罗纳德异口同声说，随即兴奋得猛拉一下风筝线，雷鸣般訇然作响的风筝在高空中微微一沉，然后直冲云霄，在云端画出一个神奇的惊叹号！

风

傍晚五点半，电话铃响了。眼下是十二月，天早就黑了，汤普森拎起电话。

“喂。”

“喂，是赫布吗？”

“哦，是你，阿林。”

“你老婆在家吗，赫布？”

“在家。怎么了？”

“见鬼。”

赫布·汤普森静静地握着听筒。“怎么了？你的声音怪怪的。”

“我本想让你今晚来我家。”

“可今晚我这儿有客人。”

“我想让你来我家待一晚。你老婆什么时候回娘家？”

“下个星期。”汤普森说，“她会去俄亥俄州待九天。她母亲病了。到那时我再来你家。”

“我希望你今晚能来。”

“我也想来啊。但家里有客人什么的，我老婆会宰了我的。”

“我还是希望你能来。”

“怎么了？又是那风吗？”

“哦，不。不。”

“是风吗？”汤普森又问。

电话那头的声音犹豫了一下：“是，是的，那阵风又回来了。”

“今晚天气很好，没什么风呀。”

“这就够了。它从窗户进来，把窗帘吹开了一点。我就知道它要来了。”

“我说，你为什么不来我家待一晚呢？”赫布·汤普森扫一眼灯光明亮的客厅。

“噢，不。来不及了。它可能会在路上逮到我。这段路太他妈远了。我不敢冒这个险，但谢谢你的好意。三十英里呢，不过还是谢谢你。”

“吃一粒安眠药吧。”

“我都在门后站了一小时了，赫布。我能看见它在西方积蓄力量。天边有一些云，有一朵像被撕开了一样，那是起风的征兆，没错。”

“哎，你赶紧吃粒安眠药吧。要是想打电话，可以随时打给我。今晚晚点打过来也没关系。”

“随时？”电话里的声音问。

“没错。”

“我会打的，但我真希望你能来我家。可我又不想让你受到伤害。你是我最好的朋友，我可不想那样。还是我一个人面对这阵风吧，也许这样最好。对不起，打扰你了。”

“见鬼，那还要朋友做什么？今晚你还是听我的吧，坐下来写点东西。”赫布·汤普森站在门厅里，把重心从一只脚挪到另一只脚，“你会忘记喜马拉雅和那个‘风之谷’，忘记那些让你挥之不去的风暴和飓风。给你的下一本游记再写一个新章节。”

“也许我会写。也许会的，我不知道。也许吧，也许。谢谢你能让我这么打扰你。”

“去你的谢谢。现在挂电话吧，赶紧的。我老婆喊我吃饭了。”

赫布·汤普森挂断电话。

他走到餐桌旁，坐在妻子对面。“是阿林吗？”她问，他点点头，“他又捕风捉影了吧，总念叨那些风，说什么刮上刮下，忽冷忽热的。”她把装满食物的盘子递给他。

“战争期间他的确在喜马拉雅山待过一段时间。”赫布·汤普森说。

“你不会真相信他说的那个山谷吧？”

“但确实是个好故事。”

“总爱到处攀爬，爬来爬去，爬上爬下的。为什么男人都喜欢爬山，自己吓唬自己？”

“那时候在下雪。”赫布·汤普森说。

“是吗？”

“还下雨、下冰雹、刮大风，全凑在一起，就在那个山谷里。阿林对我讲了不下十次，讲得很精彩。他爬得很高，四周云雾缭绕，山谷里一片嘈杂。”

“我就猜到是这样。”她说。

“那里不止一种风，好像有很多种风。全世界的风都跑那儿去了。”他咬一口吃的，“阿林是这么说的。”

“他当初就不该去那儿瞎看。”她说，“到处乱跑，害得自己胡思乱想。闯入风的领地，它不生气才怪呢，所以才追你撵你。”

“你就别打趣了，他是我最要好的朋友。”赫布·汤普森打断她。

“太傻了！”

“不管怎么说，他真的经历了很多险境。后来孟买的风暴，两个月后新几内亚的台风。还有那次，在康沃尔。”

“不停地往风暴和飓风里跑，这样的人患上被迫害妄想症，我才不会同情。”

就在这时，电话又响了。

“别接。”她说。

“没准儿有重要的事呢。”

“肯定又是阿林。”

他们坐在那儿，电话铃响了九下，他们也没去接，最后终于不响了。他们吃完了晚饭。外间厨房里，窗户开了一点，吹进来一阵微风，窗帘也跟着轻轻晃动。

电话铃声再次响起。

“我可不能让它这么响下去。”他拿起话筒，“哦，喂，阿林。”

“赫布！它来了！它到了！”

“你离听筒太近，拿远一点。”

“我打开门，站在门口等它。我看着它沿高速公路过来，路旁的树一棵接一棵被它吹得摇摇晃晃，直吹到我屋前的那几棵树，接着对着门冲过来，我当着它的面用力把门关上！”

汤普森没说话。他不知道要说什么，妻子在客厅门口看着他。

“真有趣。”他终于接了一句。

“它把房子包围了，赫布。现在我出不去，什么也干不了。但我戏弄了它，让它以为逮到我了，可就在它冲下来抓我时，我猛地把门关好锁上！我已经准备好几个星期了，就等着它来。”

“真的吗，快给我讲讲，阿林，老伙计。”赫布·汤普森假装高兴地对着话筒说，妻子还在一旁看着，他的脖子开始冒汗。

“六个星期前就开始了……”

“哦，是吗？好，好。”

“……我还以为打败它了。以为它不再追捕我了。但它只是在等待。六个星期前，我听见房子周围的角落有风声，像是有人在笑，在小声说话。大约有一个小时，不是很久，声音也不太大。后来它就离开了。”

汤普森对着电话点点头：“听你这么说，我很高兴，真的很高兴。”他妻子盯着他看。

“可第二天晚上它又回来了，把百叶窗吹得砰砰响，把烟囱吹得冒出火星。连续五个晚上，它每晚都来，一晚比一晚厉害。我一打开前门，它就朝我扑过来，想要把我拽出去，幸好它不够力气。但今晚它的力气够大。”

“你感觉好点，这真是太好了。”汤普森说。

“我没感觉好点，你怎么回事？是你老婆在偷听吗？”

“是的。”

“哦，我明白了。我听起来一定像个傻瓜。”

“没有的事儿。你继续说。”

妻子回到厨房。他放松下来，坐在电话机旁的小椅子上。“继续说，阿林，都说出来才能睡得安稳些。”

“这会儿它正围着房子转，像个巨大的吸尘器一样在山墙上嗡嗡响，把树吹得东倒西歪。”

“真奇怪啊，我这儿一点风也没有。阿林。”

“当然没有，它才不管你，它只想对付我。”

“也许你说得对。”

“它就是个杀手，赫布，最大最可怕的史前猎食者，嗅觉灵敏的大猎犬，嗅来嗅去，想要嗅出我的踪迹。巨大的冷鼻子逼近房子。它吸了口气，发现我在客厅，就把气压推到客厅，发现我在厨房，它就追到厨房。现在，它正试着从窗户进来，但我早就把它们加固，所有门都换了新的铰链和插销。这座房子很牢固。以前的老房子都建得很结实。我把屋里的灯全打开，亮堂堂的。我一开灯，风就从所有的窗户窥探进来，一个房间一个房间地追着我跑。噢！”

“怎么了？”

“它刚刚卷走了前门的纱门！”

“我希望你今晚来我家过夜，阿林。”

“我不能来！上帝，我不能离开这屋。我哪里也去不成。我太了解这风了。上帝啊，它既凶猛又聪明。刚才我想点一支香烟，可它只吸一口气，就把火柴给灭了。它喜欢玩游戏，喜欢捉弄我，它在慢慢折磨我；它有一整晚的时间。可现在！上帝，就是现在，我以前的一本旅行书，就放在书桌上——我真希望你能看到，一阵不知从哪儿漏进来的微风正一页一页地翻开它。我真希望你能亲眼看一看。上面有我的寄语。你还记得我那本有关西藏的书里面的寄语吗，赫布？”

“记得。”

“谨以此书献给那些丧失自然之心的人，本书作者虽屡经险境却每每死里逃生。”

“没错，我记得。”

“灯全都灭了！”

电话里一阵杂音。

“刚才电线被刮断了。你还在吗，赫布？”

“我还能听见你说话。”

“这风不喜欢屋里有灯光，所以它把电线给刮断了。接下来很可能轮到电话线。哦，真是热闹极了，我和这风在开派对，没错儿！稍等一下。”

“阿林？”没有声音，赫布贴近听筒，妻子从厨房瞅了一眼，赫布·汤普森等着，“阿林？”

“我回来了。”电话里的声音说，“门底的缝隙有风吹进来，我在下面塞了点东西，免得风吹到我的脚。幸好你没出来，赫布，我不想把你牵扯进来。你听！它刚刚打碎客厅的一扇窗户，一阵狂风冲进屋里，把墙上的照片都吹掉了！你能听见吗？”

赫布·汤普森侧耳倾听。电话里传来疯狂的怒号，夹杂着尖锐的呼啸和砰砰作响的声音。阿林喊道：“你听见了吗？”

赫布·汤普森干涩的喉咙咽了咽。“我听见了。”

“它想活捉我，赫布。它不敢一下子把房子吹垮，那样我就活不成了。它要活捉我，好一点一点将我分尸。它想要掠夺我的内在、我的心灵、我的头脑。它想要我的生命力、我的精神力、我的自我意识。它想要我的智慧。”

“我老婆在喊我，阿林。我得去擦盘子了。”

“它是一团巨大的云汽，一股从世界各地聚拢来的狂风。一年前撕碎西里伯斯岛的暴风，在阿根廷大肆杀戮的帕姆佩罗冷风，还有吞噬夏威夷的台风和今年年初攻击非洲海岸的飓风。它们都是同一股风，是我逃脱的风暴的一部分，追着我不放，从喜马拉雅山一直追到这里，因为不想让我知道‘风之谷’的秘密，那里是它的集结地，它在那儿策划怎么去毁灭。很早以前，在某种东西的触发下，它开始向着生命进化。我知道它的给养地，我还知道它在哪里诞生，有些部分在哪里消亡。正因为这个，它恨透了我；它憎恨我写的那些书，书里介绍了击败它的办法。它不想让我四处宣扬。它想吞噬我，使我成为它巨大身体的一部分，这样它就可以拥有我的知识。它要我加入它的阵营！”

“我得挂电话了，阿林，我老婆——”

“什么？”声音停顿了一下，听筒里传来遥远的风声，“你说什么？”

“大约一个小时后再打给我，阿林。”

他挂断电话。

他走出去擦盘子。妻子盯着他看，他盯着盘子，用毛巾擦着。

“今晚外面天气怎么样？”他问。

“很好，不是很冷，满天的星星。”她说，“怎么了？”

“没什么。”

接下来的一个小时里，电话铃响了三回。八点钟，客人来了，是斯托达德和他妻子。他们坐在那儿聊天，直到八点半，然后起身收拾好牌桌，开始玩金罗美纸牌。

赫布·汤普森哗啦哗啦地洗着牌，洗了一遍又一遍，然后唰唰地把牌分发到其他三个人面前。他们你一言我一语地闲聊着。他点燃一支雪茄，把末端烧成一撮齐整的烟灰，理了理手中的牌，不时抬起头聆听。房子外面静悄悄的。妻子看在眼里，他赶紧收回心神，打出一张梅花J。

他缓缓地抽着雪茄，他们轻轻说着话，偶尔爆发一阵不大的笑声，客厅里响起悦耳的钟声，九点了。

“我们都在这儿，”赫布·汤普森拿下雪茄，若有所思地看着它，“生活真是有趣。”

“嗯？”斯托达德说。

“没事儿，只是我们都在这儿，过着自己的生活，而在地球上其他地方的十亿人同时也在过他们的生活。”

“那是自然。”

“生命，”他把雪茄塞回口中，“是寂寞的。结了婚也不例外。有时候躺在另一个人的怀里，却好像隔了十万八千里。”

“这句话我喜欢。”他妻子说。

“我不是那个意思。”他没急着解释，因为他问心无愧，只是不紧不慢地说，“我是说，我们都有自己的想法，过着自己的小生活，而其他人却过着完全不同的生活。我的意思是，我们坐在这屋里，外面却有数以千计的人死去。有的死于癌症，有的死于肺炎，还有的死于结核病。说不定现在就有个美国人正在某个车祸现场死去。”

“这话可真没劲儿。”他妻子说。

“我想说的是，我们都活在自己的世界里，不会去考虑别人的想法和生死。我们常常坐以待毙。我的意思是，我们安安稳稳地坐在这儿，而此刻三十英里外，有座宽敞的老房子正在被黑暗和天晓得是什么的东西彻底包围，一个世上最好的人正——”

“赫布！”

他抽着、嚼着嘴里的雪茄，眼睛茫然地看着纸牌。“抱歉，”他迅速眨了眨眼，咬了下雪茄，“轮到我出牌了吗？”

“轮到你了。”

四个人围着桌子轮流出牌，在纸牌翻飞中轻声交谈。赫布·汤普森缩在椅子里，看起来像病了一样。

电话铃响了。汤普森跳起来，跑到电话机前，一把摘下听筒。

“赫布！我电话打了又打。你家里现在怎么样，赫布？”

“你什么意思，什么怎么样？”

“客人来了吗？”

“当然，来了，已经……”

“你们有说有笑地在玩牌？”

“天哪，是的，可那又跟——”

“你在抽你那十美分的雪茄吗？”

“见鬼，没错，可……”

“这可太好了，”电话里的声音说，“真是好极了。我真希望自己也在。我希望自己不知道那一切。我希望的事儿太多了。”

“你没事吧？”

“目前为止还行。我现在把自己锁在厨房里。房子前墙的一部分被吹倒了。但我已经想好了退路。如果厨房门顶不住，我就撤到地窖里去。运气好的话，我可以在那儿撑到天亮。它得掀掉整座房子才能逮到我，再说地窖的顶板可牢固着呢。我还有把铁锹，可以再挖得深一点……”

听起来电话里还有很多其他声音。

“那是什么声音？”赫布·汤普森突然冷得发抖。

“那个吗？”电话里的声音说，“那是被台风杀害的一万两千人，被飓风毁灭的七千人，还有被旋风埋葬的三千人。你是不是觉得我很烦？可那就是风的真面目。它是无数死者的冤魂。风杀死了他们，夺走他们的心灵，赋予自己智慧，夺走他们的声音变成自己的声音。在过去的数万年里，数百万人在季风和旋风的背上腹中忍受折磨，从一片大陆逃到另一片大陆，最后被杀死。噢，上帝，这是多么悲壮的诗篇啊！”

电话里响起一阵阵怒吼、呐喊和哀号。

“快过来，赫布。”妻子在牌桌边催促道。

“所以风变得一年比一年更有智慧，它不停地成长，以一具具身体、一个个生命和一次次死亡为代价。”

“我们在等你，赫布。”妻子喊道。

“该死！”他几乎咆哮着转过身，“等一会儿不行吗！”他转回去对着话筒，“阿林，要是你希望我现在来你家，我马上就来！我真该早点来的……”

“我想好了。这是我和它的个人恩怨。现在没必要把你牵扯进来。我得挂了。厨房门的情况很糟糕；我要到地窖里去了。”

“过会儿再打给我？”

“也许，如果我侥幸没事的话。我怕是挺不过去了。我成功逃脱了那么多次，这回可真的在劫难逃了。但愿我没有过多打扰你，赫布。”

“你没有打扰任何人，见鬼。记得给我电话。”

“我尽量……”

赫布·汤普森重新加入牌局。妻子怒视他。“你朋友阿林怎么样了？”她问，“他酒醒了吗？”

“他这辈子滴酒不沾，”汤普森坐下来，脸色难看地说，“我本该几个小时前就去他那儿的。”

“可他每天晚上打电话来，已经连续六个星期了，你赶过去陪他已经不下十次，结果什么事儿也没有。”

“他需要帮助。他可能会伤到自己。”

“前两天晚上你刚去过他家，你不能老跟在他屁股后面转。”

“明天一早我就送他去疗养院。本来不想这么做的。他在其他事情上都很正常。”

十点半，咖啡端上来。赫布·汤普森慢慢喝着，眼睛盯着电话机，心想，不知他现在是不是已经进了地窖。

赫布·汤普森走到电话机前，拨打长途电话，报了号码。

“十分抱歉，”接线员说，“那一区的线路故障，等线路修好，我们会帮您接通。”

“电话线路断了！”汤普森叫道，他放下听筒，转身猛地打开衣柜，取出外套，“哦，上帝啊，”他说，“哦，上帝啊，上帝啊，”他对着吃惊的客人和端着咖啡壶的妻子说。“赫布！”她叫道。“我得去一趟他那儿！”他穿上外套。

门口隐约有轻微的动静。

屋里的每个人都紧张得挺直了身体。

“会是谁来了呢？”妻子问。

轻微的动静悄悄地重复着。

汤普森快速走过门厅，然后警觉地停下脚步。

他隐约听见外面有笑声。

“真是活见鬼，”汤普森说，他握着门把手，惊喜的同时也松了口气，“到哪儿我都认得出这个笑声，是阿林，他总算开车来了。不等天亮就跑来，急着要把他那些倒霉的故事讲给我听，”汤普森无力地笑了笑，“多半还带了些朋友。听声音好像有不少其他……”

他打开前门。

门廊是空的。

汤普森一点也不觉得奇怪，脸上反而露出顽皮狡黠的神情。他笑道：“阿林？你别跟我捣鬼！快出来。”他打开门廊的灯，探头向外张望，“你在哪儿，阿林？拜托。”

一阵微风吹在他脸上。

汤普森等了一会儿，突然感到深入骨髓的寒意。他走出去站在门廊上，小心翼翼地朝四周观望，心里忐忑不安。

一阵突如其来的风抓住、抽打他的大衣下摆，吹乱他的头发。他以为他又听见了笑声。狂风绕着房子打转，瞬间化成无处不在的压力，整整呼啸了一分钟后才渐渐消失。

风势慢慢减弱，在高高的树梢上一阵哀号后离去；回到海上，回到西里伯斯岛、象牙海岸、苏门答腊、合恩角、康沃尔和菲律宾群岛。消退，消退，消退。

汤普森站在那儿，浑身发冷。他回到屋里，关上门，背靠在门上，闭着眼睛一动不动。

“你怎么了……？”妻子问道。

楼上的人

他记得祖母怎样小心熟练地料理冷切的鸡内脏，取出一堆奇妙的东西；有一圈圈湿漉漉的肉腥味鸡肠，鸡心，还有残留着许多草籽的砂囊。祖母干净利落地切开鸡肚，然后伸进胖乎乎的小手掏光内部。她会把这些内脏分开处理，有用的放进水盘，没用的包在纸里，也许留着喂狗。接下来的步骤和制作动物标本没什么两样，先将加了水和调味品的面包填进鸡腹，再像做外科手术般用一根磨得发亮的针把鸡肚缝紧。

在十一岁的道格拉斯眼里，这算得上是最令人兴奋的事。

他会拉开神奇厨房各式吱嘎作响的桌子抽屉，从里面数出二十把餐刀。那是白发皑皑、一团和气的老女巫祖母施展魔法的行头。

每逢这时道格拉斯得保持安静。他会站在祖母对面观看，长满雀斑的鼻尖搁在桌缘，不能乱说话，任何闲谈都会干扰眼前的魔法。每当祖母对着鸡身摇晃银色的调味瓶——据说里面装的是木乃伊粉和磨碎的印第安人的骨粉，缺了牙的口中念念有词时，便是魔法表演里最神奇的一刻。

“奶奶，”道格拉斯忍不住问，“我肚子里也这样吗？”他指了指鸡。

“没错，”祖母说，“比这整齐好看点儿，但几乎一样……”

“东西更多吧！”道格拉斯补充道，他对自己的肚皮充满自豪。

“没错，”祖母说，“东西更多。”

“爷爷比我还多呢。他肚皮翘得那么高，都可以放胳膊肘了。”

祖母笑着摇了摇头。

道格拉斯说：“还有街头的露西·威廉姆斯，她……”

“嘘，孩子！”祖母喝止他。

“可她有……”

“别多管闲事！那不一样。”

“可她为什么不一样？”

“哪天飞来一只蜻蜓①把你的嘴巴缝上。”祖母煞有其事地说。

道格拉斯等了会儿，又问：“你咋知道我肚子里是这样的，奶奶？”

“哎呀，快走开！”

前门铃声响起。

道格拉斯跑去门厅，透过玻璃他看见一顶草帽。门铃响了又响。道格拉斯打开门。

---

① devil's darning needle，美国俚语中“蜻蜓”的叫法，因为“darning needle”有“缝补针”之意，故有此说。

“早上好，小朋友，房东太太在家吗？”

光溜的栗色长脸上，一双灰眼睛冷漠地注视道格拉斯。来人是个瘦高个男子，拎着皮箱和公文包，臂弯里勾着把雨伞，手上戴着厚厚的灰手套，头戴一顶簇新的草帽。

道格拉斯后退一步。“她在忙。”

“我想租楼上的房间，她登了出租广告。”

“我们有十个房客，已经租出去了；你快走吧！”

“道格拉斯！”祖母突然出现在他背后。“你好，”她对陌生人说，“孩子的话您别计较。”

男子寒着脸僵硬地走进屋里。道格拉斯目送他们上楼，听见祖母不厌其烦地介绍楼上那间房的种种便利。很快，她匆匆下楼，打开壁橱拿出床上用品，堆给道格拉斯让他抱上楼去。

道格拉斯在房门口停下。那陌生人进去才一会儿，房间竟发生了奇怪的变化。草帽搁在床上，看起来冷漠、可怕。雨伞直挺挺地靠在墙上，像一只收起潮湿黑翅膀的死蝙蝠。

道格拉斯对着那把伞眨眨眼。

陌生人站在异样的房间中央，显得格外高大。

“给你！”道格拉斯把东西扔在床上，“我们中午十二点整开饭，来晚汤就凉了。我奶奶算好时间的，每次都这样！”

高个子陌生男人数出十个簇新的铜币，丁零当啷地放入道格拉斯的上衣口袋。“我们可以做朋友。”他板着脸说。

奇怪的是，这个男人除了铜币竟没有别的。许多许多的铜币。一枚银币也没有，没有十美分的，也没有二十五美分的。全是簇新的一分铜币。

道格拉斯也板着脸谢他。“等我把它们换成十美分的银币，再放进存钱罐。我已经存了六元五角，够我参加八月的露营了。”

“我要洗漱了。”高个子陌生人说。

一天午夜，道格拉斯醒来，听见外面狂风骤雨，雷声隆隆——猛烈的冷风震动了房屋，密集的雨点不停地敲打着窗户，一道闪电划过窗外，带来一阵无声而可怕的震荡。他记得自己害怕地左右看了看，整个房间在突如其来的电光中显得怪异而恐怖。

现在，这个房间让他产生了同样的感觉。他站在那儿，抬头看着这个陌生人。房间变得和以前不一样，因为这个男人就像迅疾的闪电，使它完全变了样。陌生人朝他走来，道格拉斯慢慢后退。

房间门贴着他的脸关上。

他用木头叉子舀起土豆泥吃进嘴里。祖母喊吃午饭时，科伯曼先生——这是他的姓——带着他的木质刀叉和汤勺从楼上下来。

“斯波尔丁太太，”他平静地说，“请允许我用自己的餐具。

今天午饭我在这儿吃，从明天开始，我只吃早饭和晚饭。”

祖母忙得跑进跑出，端来热腾腾的汤、豆子和土豆泥，想给新来的房客一个好印象。道格拉斯却坐在那儿用银餐具猛敲盘子，因为他发现这可以激怒科伯曼先生。

“我会变戏法，”道格拉斯说，“看我的。”他用他的指甲去拨叉子，像魔术师一样指向餐桌的不同部位。他指向哪儿，哪儿就响起餐叉的震动声，仿佛叉子上附有金属小精灵。其实很简单。他只要偷偷地将叉柄按在桌面上，震动使木头变成一块传声板，但看着确实很神奇。“那儿，那儿，再看那儿！”道格拉斯边叫边高兴地拨动叉子。他指向科伯曼先生的汤碗，它立刻发出声音来。

科伯曼先生栗色的脸一板，脸色变得非常难看。他猛地推开汤盘，抿着嘴往后一靠。

祖母出现了。“哎呀，怎么回事，科伯曼先生？”

“这汤我喝不下去了。”

“怎么了？”

“因为我饱了，吃不下了。谢谢。”

科伯曼先生离开餐厅，眼里闪着怒火。

“你刚才做了什么？”祖母厉声责问道格拉斯。

“没做什么啊。奶奶，他为什么用木勺子吃饭？”

“不该问的别问！你还有多久回学校去？”

“七个星期。”

“噢，我的天！”祖母说。

科伯曼先生上的是夜班。每天早上八点，他神神秘秘地回家，狼吞虎咽地吃几口早饭，就悄悄回房睡觉，大热天的一睡就是一整天，直到丰盛的晚餐上桌，才和其他房客一起出现。

为了不打扰科伯曼先生睡觉，道格拉斯必须保持安静。这简直难以忍受。所以每当祖母出去逛街，道格拉斯总会敲着鼓或拍着高尔夫球楼上楼下地跑，或索性在科伯曼先生房门外尖叫三分钟，再不就连续冲七次马桶。

但科伯曼先生始终没有动静。他的房间里又暗又安静。他没有抱怨，也没什么声音。他总是一直睡呀睡。这太奇怪了。

道格拉斯感觉自己心中渐渐对他生出一股恨意。现在这个房间被科伯曼先生占据了。以前萨德洛小姐在的时候，它是花似的鲜亮。现在它光秃秃的、冰冷、整洁、井井有条，诡异又带着敌意。

第四天早上，道格拉斯爬上楼梯。

通往二层的楼梯中间有面光线充足的大窗户，镶着六英寸四方的橙黄、紫、蓝、红和深红色的玻璃。在一个个迷人的清晨，当阳光透过玻璃照亮楼梯口和扶手时，道格拉斯总会出神地站在窗前，透过五彩缤纷的窗窥探外面的世界。

现在外面的世界是蓝色的，蓝色的天空，蓝色的人，蓝色的街车，蓝色的小跑中的狗。

他换着玻璃看。现在——是琥珀色的世界！两个柠檬黄的女人在窗外滑过，就像傅满楚的女儿！道格拉斯咯咯直笑。这块玻璃使本就灿烂的阳光更加金灿灿。

上午八点，科伯曼先生下夜班回来，他缓慢走过楼下的人行道，臂弯处勾着把雨伞，头上的草帽像上了胶水一样，扣得紧紧的。

道格拉斯又换了块玻璃看。科伯曼先生变成了红色，走在红色的世界里，红色的树木，红色的花朵，还有——别的东西。

有关——科伯曼先生的东西。

道格拉斯眯起眼睛。

红色玻璃让科伯曼先生起了变化。他的脸、衣服和双手都变得不一样。他的衣服好像融化了。有那么可怕的一瞬间，道格拉斯几乎相信，自己能看见科伯曼先生的内脏。他不由得紧贴着那一小块红色玻璃，一个劲地眨巴眼。

这时，科伯曼先生碰巧抬起头，正好发现道格拉斯，气得急忙举起用作手杖的雨伞，作势要打他。他快速跑过红色的草坪来到房屋前门。

“年轻人！”他嚷嚷着跑上楼梯，“你在干什么？”

“看风景。”道格拉斯愣愣地说。

“只是看风景吗？”科伯曼先生大声问。

“是的，先生。我从每一片玻璃往外看，能看见形形色色的世界。蓝色的、红色的、黄色的，它们各不相同。”

“形形色色的世界？”科伯曼先生瞥一眼那小小的彩色玻璃，脸色霎时转白。他强忍住没有发作。他用手帕擦擦脸，掩饰地笑了笑：“是啊，形形色色的世界，各不相同。”他走到自己房间门口。“继续玩你的吧。”他说。

门关上。过道里已经没人。科伯曼先生回房间了。

道格拉斯耸耸肩，又换了一块玻璃。

“哦，到处都是紫罗兰色的！”

半小时后，道格拉斯在屋后的沙地里玩，突然听见哗啦一声，然后是丁零当啷的声音。他跳了起来。

没过一会儿，祖母就出现在后廊上，手中一根磨剃刀的旧皮带微微颤抖。

“道格拉斯！我告诉你多少回了，叫你不要对着屋子扔篮球！哦，真是气死我了！”

“我坐在这儿都没动。”他抗议道。

“你来看看自己干了什么好事，你这个坏蛋！”

楼梯转角，五颜六色的玻璃碎落一地。他的篮球躺在碎玻璃上。

道格拉斯还没来得及辩白，屁股就挨了十几下抽打，一阵阵地刺痛。他尖叫着四处躲闪，可就是躲不开那根皮带。

之后，道格拉斯又坐回沙地上，像鸵鸟般疗养那可怕的伤痛。他知道是谁扔的篮球。那个人戴一顶草帽，有一把硬邦邦的雨伞，住在冷冰冰、灰蒙蒙的房间里。一定是他，错不了。他啪嗒啪嗒地流下眼泪。等着瞧，等着瞧。

他听见祖母扫起碎玻璃、拿出来倒进垃圾桶。蓝色、粉红色、黄色的玻璃片像灿烂的流星般坠落。

等她离开后，道格拉斯拖着受伤的身子，抽抽搭搭地捡回三片神奇的玻璃片。科伯曼先生讨厌这些彩色玻璃。这些玻璃——他拿在手上叮叮当当地敲着——值得收藏。

祖父每天晚上五点从报社回到家里，比其他房客早到一会儿。每当听见迟缓沉重的脚步在门厅里响起，粗大的红木拐杖砰地挂上支架，道格拉斯总会飞快地跑去抱住祖父的大肚皮，然后坐在他膝盖上一起看晚报。

"嗨，爷爷！"

"哈喽，过来吧！"

"奶奶今天又杀鸡了。看着真好玩儿。"道格拉斯说。

祖父继续看报。"这个星期就杀了两次鸡。她是个杀鸡主义者。你喜欢看她杀鸡，啊？你这冷血的小鬼头！哈！"

"我就是好奇。"

"你确实好奇。"祖父皱了下眉头，声音低沉地说，"我还记得那个年轻的姑娘在火车站被杀的那天，你就那样走过去看她，地上都是血，可你一点儿也不怕。"他笑了笑，"奇怪的家伙。总是这么天不怕地不怕的。我想你大概随你爸，他是个军人，你来这儿前，一直和他在一起。”祖父收回目光，继续看报。

一阵长时间的沉默。“爷爷？”

“怎么了？”

“要是一个人没有心、肺和胃还会走路，他算是活人吗？”

“那，”祖父低沉的声音说，“是奇迹。”

“我不是说——奇迹。我是说，如果他体内的构造不同，跟我不一样。”

“哦，那他肯定不是人，对吗，小家伙？”

“我想也不是，爷爷。爷爷，你有心和肺吗？”

祖父咯咯笑起来。“好吧，老实告诉你，我也不知道，从来没见过它们。我从没做过 X 光，也从没看过医生，搞不好里面都是土豆。”

“我有胃吗？”

“你当然有！”祖母在客厅门口叫道，“因为它是我喂养的！肯定也有肺，你嗓门大得能把死人都叫活。你还有两只脏手，快去洗干净！准备开饭了。他爷爷，过来吃饭。道格拉斯，快去！”

房客们一下子从楼上涌下来，祖父想要追问道格拉斯的奇怪想法也没机会了。晚饭刻不容缓，否则祖母和土豆都不会答应。

房客们围着饭桌有说有笑——唯独科伯曼先生脸色阴沉、

默不作声——听见祖父清嗓子，大伙安静下来。他先聊了几分钟时政，然后转入众人感兴趣的话题，即最近镇上发生的离奇死亡事件。

“这足以让资深的报社编辑都竖起耳朵听，”他看着在座的每个人，“这次是年轻的拉森小姐，她就住在山谷对面。三天前，有人发现她不明不白地死了，蹊跷的是她全身布满了奇怪的文身，表情狰狞可怖得能吓退但丁。还有个年轻女人，叫什么来着？怀特？她失踪后就再也没回来。”

“这种事经常发生，”汽车修理工布里茨先生嚼着东西说，“有谁瞧过人口失踪档案吗？名单那么长，”他比了个手势，“没几个说得清楚的。”

“还有谁要馅料吗？”祖母用长勺从鸡肚子里舀出馅料。道格拉斯看着勺子，心想为何鸡有两种内脏——天生的和人造的。

哦，会不会有第三种内脏呢？

啊？

为什么不可以？

关于神秘死亡事件的话题还在继续，哦，对了，记得一星期前，马里恩·巴苏米安死于心脏衰竭，不会也有关系吧？真有关系吗？你可真能想！得了吧，干吗在饭桌上说这个？那么。

“那可不一定，”布里茨先生接口道，“没准儿镇上有吸血鬼呢。”

科伯曼先生停止吃饭。

“在一九二七年？”祖母说，“有吸血鬼？噢，去你的吧。”

“当然有，”布里茨先生说，“用银子弹就能杀死他们。只要是银的都管用。吸血鬼最怕银了。我在哪本书上看到过。真的，我确实看到过。”

道格拉斯看向用木质刀叉吃饭、口袋里只有簇新铜币的科伯曼先生。

“乱取名字，”祖父说，“是缺乏判断力的表现。妖怪也好，吸血鬼也好，巨人也好，其实我们都不清楚他们是什么，各种可能都有。不能给他们乱贴标签，轻率地归入哪一类，也不能说他们会这样那样行事。那很愚蠢。他们是人，有特定行为的人。没错，就这么叫：有特定行为的人。”

“对不起。”科伯曼先生说着站起来，步行上夜班去了。

星星，月亮，风，时钟滴答响，几个小时后天亮了。太阳升起，又是新的早晨，新的一天。科伯曼先生上完夜班，行走在人行道上。道格拉斯站在远处，如同呼呼运转的小机器人，用显微镜似的眼睛仔细观察。

中午，祖母去商店买杂货。

道格拉斯照例在科伯曼先生的房门外大喊了三分钟，每天只要祖母不在家，他都会这么做。今天和往常一样，怎么喊也没有反应。房间里安静得让人害怕。

他跑下楼去，拿了备用钥匙、一把银餐叉和收藏的三块彩色碎玻璃片。他把钥匙插入锁孔，慢慢地打开门。

房间里拉着窗帘，半明半暗。科伯曼先生穿着睡衣躺在床罩上，胸口一起一伏轻轻呼吸着。他没有动。他的脸也一动不动。

“你好，科伯曼先生！”

科伯曼先生均匀的呼吸声在单调的墙壁间回荡。

“科伯曼先生，你好！”

道格拉斯拍着高尔夫球走近，他大声喊叫，仍然没有回应。“科伯曼先生！”

道格拉斯弯腰用银叉的尖头挑了一下熟睡男人的脸。

科伯曼先生躲开叉子，扭动身体，发出痛苦的呻吟。

有反应，很好，太好了。

道格拉斯从口袋里摸出一小块蓝玻璃。透过蓝色的玻璃碎片，他发现自己在蓝色的房间里，一个陌生的蓝色世界。它和红色的世界一样，都不是他熟悉的世界。蓝色的家具、蓝色的床、蓝色的天花板和墙壁，蓝色的木质餐具搁在蓝色的书桌上，以及科伯曼先生深蓝色的胳膊，深蓝色的阴沉的脸，蓝色的胸膛一起一伏，还有……

科伯曼先生睁着眼睛，正以阴沉的目光贪婪地注视他。

道格拉斯赶紧后退，把蓝色玻璃从眼前移开。

科伯曼先生的眼睛是闭着的。

再用蓝色玻璃看——是睁开的。拿掉蓝色玻璃——又闭上了。再放上蓝色玻璃——睁开。拿开——闭上。真古怪。道格拉斯打着哆嗦做实验。透过蓝色玻璃，科伯曼先生的眼睛似乎从眼皮底下饥饿、贪婪地窥视。拿掉蓝色玻璃，他的眼睛又好像是紧闭的。

但更离奇的是科伯曼先生的身体……

他身上的睡衣好像融化了。也许是蓝色玻璃的缘故，或者就是科伯曼先生身上这件睡衣本身有问题。道格拉斯发出惊叫。

他透过科伯曼先生的肚皮看到了他的内脏！

科伯曼先生的肚子很结实。

几乎是实心的。

他身体里有许多奇形怪状的玩意儿。

道格拉斯惊讶得至少愣了五分钟，他想到并存的蓝色世界、红色世界、黄色世界，像楼梯转角那扇白色大窗户周围的彩色玻璃一样共同存在。不同颜色的玻璃能照见并存的不同的世界；科伯曼先生自己也这么说。

所以他才砸碎那扇彩色玻璃窗。

“科伯曼先生，醒醒！”

没回应。

“科伯曼先生，你晚上在哪儿上班？科伯曼先生，你在哪儿上班？”

一阵微风轻轻吹动蓝色的窗帘。

“是在红色的世界，绿色的世界，还是黄色的世界，科伯曼先生？”

蓝色玻璃下的世界静悄悄的。

“你等着。”道格拉斯说。

他跑到楼下的厨房，拉开吱嘎作响的抽屉，挑了一把最大、最锋利的刀。

他沉着地穿过门厅回到楼上，打开科伯曼先生的房门，走进去把门关上，一手握着那把锋利的刀。

祖母正忙着将馅饼皮放进平底锅，道格拉斯走进厨房，把一个东西放在桌上。

“奶奶，这是什么？”

她从眼镜上方瞥了一眼：“我不知道。”

是个方形的玩意儿，像个盒子，有弹性，亮橙色，连着四根蓝色的方形管，闻着怪怪的。

“奶奶，你见过这种东西吗？”

“没见过。”

“我就知道你没见过。”

道格拉斯走出厨房，东西还放在那儿。五分钟后，他又拿来一样东西。“那这个呢？”

他放下一根亮粉色的链子，末端连着一个紫色三角形。

“别来烦我，”祖母说，“不就是根链子嘛。”

过了一会儿他又来了，这回两只手里全是东西。有环形、方形、三角形、金字塔形、矩形和其他各种形状，都像用明胶做的，软滑、有弹性。“这还不是全部，”道格拉斯放下东西，“那边还有呢。”

“知道了，知道了。”祖母忙得没空理他。

“你说得不对，奶奶。”

“什么说得不对？”

“你说人的肚子里都一样。”

“别胡说八道。”

“我的小猪存钱罐在哪儿？”

“在壁炉台上，你自己放在那儿的。”

“谢谢。”

他快步走进客厅，取下他的储蓄罐。

五点钟，祖父下班回家。

“爷爷，快到楼上来。”

“好啊，孩子。怎么了？”

“给你看样东西。看着有点吓人，可是很有趣。”

祖父轻声笑了笑，跟在孙子后面来到科伯曼先生的房间。

“可别让奶奶知道，她会不高兴的。”道格拉斯说，他推开房门，“在那儿。”

祖父倒抽一口气。

接下来的几个小时，道格拉斯一辈子也忘不了。验尸官和他的助手站在科伯曼先生的裸体前。祖母在楼下问："楼上出了什么事儿？"祖父颤抖着说："我要带道格拉斯去度长假，得让他彻底忘掉这件可怕的事。太可怕，太吓人了！"

道格拉斯说："这有什么不好？不算什么坏事儿吧。我没觉得有什么不好呀。"

验尸官打了个哆嗦，说："科伯曼死了，好极了。"

他的助手冒着汗说："您看见水盆里和包在纸里的东西了吗？"

"噢，我的上帝，我的上帝，是的，我看见了。"

"老天爷。"

验尸官又弯腰检查科伯曼先生的身体。"这件事最好保密，各位。这不是谋杀。那男孩做了件好事。要不是他，天晓得会发生什么。"

"科伯曼是什么？吸血鬼？怪物？"

"也许吧，我不知道，都有可能——反正不是人类。"验尸官灵巧地摸着缝合的地方。

道格拉斯很得意自己的作品。这费了他不少工夫。多亏祖母杀鸡时自己看在眼里记在心里，行针走线动刀子之类的才能轻车熟路。总之，科伯曼先生看起来和祖母送上西天的任何一只鸡一样干净利落。

"我听那男孩说，科伯曼先生被掏空肚子后还活着。"验尸官看着浮在水中的三角形、链子和金字塔，"还活着，天哪。"

“那男孩这么说的？”

“是他说的。”

“那到底是什么杀死了科伯曼？”

验尸官从缝合处抽出几根线。

“是这个……”他说。

阳光冷冷地照向露出一半的宝藏；加起来一共六元五角的银币如数藏在科伯曼先生的胸腔里。

“我想道格拉斯做了笔明智的投资。”验尸官说，又迅速将“馅料”上方的切口缝回去。

从前有个老太太

“没什么好说的。我铁了心了。拿走你愚蠢的柳条筐。天啊，你这想法是打哪儿来的？快出去，别给我添乱，我还要织东西，没工夫搭理你们。异想天开、黑不溜秋的高个子先生。”

这位身材高大的黑衣年轻人静静地站着不动。蒂尔迪姨妈连珠炮似的说个不停。

“我说得够明白了！你要是想聊天，没问题，尽管聊，但我得给自己倒杯咖啡，你可别介意。我说，你要是有礼貌的话，我还会请你喝咖啡，可你门都不敲一下，也不打个招呼，就这样闯进来，还一副高高在上的样子。你当自个儿是这儿的主人啊。”

蒂尔迪双手在膝盖上一番动作。“瞧你害得我都忘记数了多少针了！我在给自己织围巾。这些年冬天可真冷啊，我这像米纸一样的身子骨住在透风的老房子里，没点东西保暖可不行。”

高大黝黑的年轻人坐下来。

“那是把古董椅，你小心点。”蒂尔迪姨妈提醒道，“咱们重新开始，你有话就说，我会仔细听。但你嗓门得小点儿，而且别用那种奇怪的眼光看我。老天爷，我被你看得肚子都疼了。”

壁炉台上的骨瓷花纹座钟响了三下。外面门厅里，四个男人被冻住了似的围着柳条筐静静地等待。

“现在来说说那只柳条筐。”蒂尔迪姨妈说，“它不止六英尺长吧，看着不像是洗衣筐。还有你带了四个人，一个筐子用不着这么多人抬吧——那东西就像野蓟一样轻，不是吗？”

黑衣人坐在古董椅上，身体向前倾了倾，脸上的表情好像在暗示过一会儿筐子就没那么轻了。

“哼，”蒂尔迪姨妈沉吟道，“我在哪儿见过这样的柳条筐？好像就在几年前。感觉——哦！想起来了。那是隔壁德怀尔太太去世的时候。”

蒂尔迪姨妈沉着脸放下咖啡杯。“你就是为这个来的？我还以为你是来推销东西的。你就坐在那儿等着吧，等我的小艾米莉下午从大学回来！上个星期我给她写了信，当然没说我有点不舒服，只是暗示她我又想见她，她已经好几个星期没回家。她住在纽约。艾米莉就像我的亲女儿。她不会对你客气的，年轻人。她会马上把你赶出去——”

黑衣年轻人看着蒂尔迪姨妈的表情仿佛她累了。

“不，我不累！”她厉声道。

他躺在椅子上来回摇晃，半闭着眼睛休息。喔，她不想也休息一下吗？他似乎在自言自语。休息，休息，好好休息……

“吉尔贝里堤上歌珊[1]的子民！我这双手尽管纤细，却织过

---

① Goshen，《圣经》中的地名，出埃及前以色列人在埃及北部肥沃的牧羊地。

一百条围巾、两百件毛衣和六百个锅垫！你快走吧，等我忙完你再来，也许到时候我会和你聊聊。”蒂尔迪姨妈转移话题，“我给你讲讲我甜美可爱的孩子艾米莉吧。”

蒂尔迪姨妈若有所思地点点头。艾米莉有一头像玉米穗那样柔软、漂亮的金发。

“我还清楚记得二十年前她母亲去世前把艾米莉送到我家的情形。这就是为什么我讨厌看见你、你的柳条筐和你的所作所为。谁听说过有人该死的？年轻人，我不喜欢这样。因为我记得——”

蒂尔迪姨妈顿了顿；一段痛苦的记忆触动了她的内心。二十五年前，父亲说过的话在耳边回响：“蒂尔迪，你这辈子怎么办啊？你这样子不会有男人和你在一起的。和人家好了以后就跑，为什么不定下来结婚生子？”

“爸爸，”蒂尔迪大声回答他，“我喜欢笑、喜欢玩、喜欢唱歌，我不是那种可以定下来结婚的人。我找不到可以配合我人生哲学的男人，爸爸。”

“你的人生哲学是什么？”

“就是死亡是件莫名其妙的事！它在我们最需要妈妈的时候带走了她。这合理吗？”

父亲的眼眶一湿，眼神暗淡无光。“你说的都没错，蒂尔迪。但我们能怎样呢？死亡不会放过任何一个人。”

“反抗！”她叫道，“要不择手段地反抗！不要相信它！”

“不可能，”父亲悲伤地说，“我们在这世上都是孤立无援的。”

“有时候一定要做些改变，爸爸。从现在开始，我要实践我的人生哲学！还没活几年就像泡水的种子被埋进洞里，什么也长不出来，这种人不是太傻了吗？人死了还能干什么呢？躺一百万年，谁也帮不了。他们多数是好人，或者至少在努力做个好人。”

可惜父亲没有听她的。他的生命褪色、逐渐消失，就像太阳底下躺着的一张照片。她努力设法改变他的想法，可他还是去了。于是她断然离开，父亲的死让她无法再待下去，他的死是对她人生哲学的否定。她没有参加葬礼，反而在一间老房子的前面开了这家古董店，独居了好多年，直到艾米莉来到她身边。蒂尔迪本不想收留这个女孩。为什么？因为艾米莉相信死亡，但女孩的母亲是她的老朋友，蒂尔迪答应过要帮忙。

“艾米莉，”蒂尔迪姨妈继续对黑衣男子说，“是这么多年来第一个陪我生活在这座房子里的人。我从没结过婚。我害怕和男人一起生活，怕他二三十年后死在我怀里。这样一来我的信念就会像纸搭的房子一样动摇。我逃避世界。要是有人敢在我面前提死，我会给他一顿臭骂。”

年轻男子耐心、礼貌地听着，然后抬了抬手。他漆黑的眼睛闪着森冷的光，好像她还没开口，他就知道了一切。他知道她在第二次世界大战时关掉收音机，不再订报纸，还用雨伞打了一个男人的脑袋并把他赶出古董店，因为他坚持要对她讲抢滩后潮水在月光无声的敦促下载着死尸缓缓漂浮。

没错，年轻的黑衣男子在古董摇椅上微笑，他知道蒂尔迪迷恋好听的老唱片。哈利 · 劳德唱的《徜徉夕阳下》，还有舒曼-海因克夫人的催眠曲。没有打扰，没有外国的灾难、谋杀、中毒、车祸、自杀。每天是听同样的音乐。这么多年过去了，蒂尔迪姨妈试图将她的人生哲学灌输给艾米莉，可艾米莉坚信人必有一死。她尊重蒂尔迪姨妈的想法，但就是绝口不提——永恒。

这一切，年轻人都知道。

蒂尔迪姨妈却不以为然。“你怎么知道这一切的？如果你以为能说服我跨入那可笑的筐子，你就太自不量力了。你要是敢碰我，我就一口啐在你脸上！”

年轻人笑了笑。蒂尔迪姨妈又哼一声。

“别像病狗一样对我傻笑。我都这把年纪了，经不起你示爱。这么多年，我就像挤干了的颜料管，早就被人淡忘了。”

钟声响起。壁炉台上的时钟敲了三下。蒂尔迪快速瞥了一眼。奇怪。五分钟前不是刚敲过三点吗？她很喜欢那个骨瓷钟，它的数字钟面上吊着裸体的金色小天使，报时的声音与大教堂的钟声一样柔和悠远。

“你打算一直坐在那儿吗，年轻人？”

他确有此意。

“既然这样，你不会介意我打个盹儿吧。你就老老实实地坐着，可别到处窥探我的隐私。我就眯一会儿。对，就这样……”

宁静、惬意的白天。一片寂静。只剩时钟滴答不止，像木头中的白蚁般忙碌。只剩老房子中抛光的桃花心木、莫里斯椅上了油的皮面和书架上码放整齐的书的气味。真好，真好……

“你不会要起来了吧，先生？最好别这样。我可睁着一只眼睛看着你呢。没错，我就看着。没错，就看着你。嗯——”

像羽毛般轻盈，好困，往下沉，快沉到水底。哦，真舒服。

是谁趁我闭上眼时在黑暗中走动？

是谁在亲吻我的脸颊？艾米莉，是你吗？不对，不对，大概是我的错觉。只是——在做梦。上帝啊，没错，就这么回事。在梦中飘啊飘啊……

啊？说什么？哦！

“等我戴上眼镜。好了！”

骨瓷钟又响了三声。不像话，这钟老了，不像话。得修修了。

黑衣青年站在门口。蒂尔迪姨妈点点头。

“这么快就要走了吗，年轻人？没辙了吧？你说服不了我；没错，我倔得像头骡子。谁也别想让我离开这座房子，你就甭费心思再来了！”

年轻人庄重地鞠了一躬。

他不会再来了。

“很好，”蒂尔迪姨妈得意地说，“我一直告诉爸爸我会赢的！嗯，未来一千年我还是会在这扇窗前织东西。他们要想把我弄走，得先把四周的木板啃光。”

年轻黑衣人目光闪烁。

“不要用那种猫吃鸟的眼光看我，”蒂尔迪姨妈大声说，“把那只愚蠢的破筐子拿走！”

四个男人步履沉重地走出前门。蒂尔迪看得心里直纳闷，他们抬的分明是空筐子，怎么还摇摇晃晃，好像很重似的。

“喂，慢着！”她很不高兴地站起来，“你们偷了我的古董吧？是书？还是钟？那柳条筐里装了什么？”

年轻的黑衣男子轻快地吹口哨，转身背对着她，跟在那四个摇摇晃晃的男人后面出去。走到门口，他指了指柳条筐，意思是问她要不要打开来看看。

“好奇？我？才不是。快滚吧！”蒂尔迪姨妈嚷嚷道。

年轻的黑衣男子戴上帽子，利落地向她行礼。

“再见！”蒂尔迪姨妈砰地关上门。

好啦，好啦，这样好多了。终于走了。一群想入非非的蠢货。去他的柳条筐。哪怕他们偷了东西，她也不在乎，只要不来烦她就行。

“瞧，”蒂尔迪姨妈露出笑容，“艾米莉从大学回来了。来得正是时候。多么可爱的女孩，瞧她走路的样子。可是，我的上帝，她今天怎么脸色苍白而且怪怪的，走路慢吞吞。这是怎么了，看她伤心的，可怜的孩子。我得给她煮点咖啡，弄盘蛋糕。”

艾米莉走上前门台阶。蒂尔迪姨妈在忙乱中听到她缓慢而沉重的脚步声。这孩子到底怎么了？怎么无精打采得像只伤风的蜥蜴。前门打开。艾米莉踏进门厅，一只手仍握着黄铜门把手。

“艾米莉？”蒂尔迪姨妈喊道。

艾米莉拖着脚步来到客厅，头低低的。

“艾米莉！可把你盼来了！刚才有几个大傻瓜抬着个柳条筐来，想把一些我不想要的东西卖给我。真高兴你回家了，你一回来这个家就舒服了——”

蒂尔迪姨妈发现艾米莉瞪着眼睛看了她整整一分钟。

“艾米莉，怎么回事？别盯着我看。来，我端杯咖啡给你。拿着！”

“艾米莉，你为什么躲着我？”

“艾米莉，别叫，孩子。不要叫，艾米莉！不要叫！你再这样叫下去会疯的。艾米莉，站起来，不要坐在地上，不要躲在墙角！艾米莉！别怕，孩子。我不会伤害你！”

“上帝啊，一定发生了什么事。”

“艾米莉，怎么了，孩子……”

艾米莉捂住脸呻吟。

“孩子，孩子，”蒂尔迪姨妈低声安慰，“来，喝点水。喝水，艾米莉，就这样。”

艾米莉睁大眼睛，看见了什么，又闭上眼睛，哆哆嗦嗦地说道：“蒂尔迪姨妈，蒂尔迪姨妈，蒂尔迪——”

“不要这样！”蒂尔迪姨妈打了她一巴掌，“你怎么了？”

艾米莉强迫自己再抬头看。

她伸出十指，十指立刻消失在蒂尔迪体内。

“傻瓜！”蒂尔迪姨妈叫道，“手拿开！我叫你把手拿开！”

艾米莉闪在一旁，用力摇头，一头金发摇曳闪亮。“你不在这儿，蒂尔迪姨妈。我是在做梦。你已经死了！”

“嘘，乖孩子。”

“你不可能在这儿。”

“上帝，艾米莉——”

她想握住艾米莉的手，可自己的手被毫无阻碍地穿透。蒂尔迪姨妈一下直起身来，急得直跺脚。

“为什么，为什么！”她气得大喊大叫，“那个——骗子！那个鬼鬼祟祟的小偷！”她一双瘦削的手紧握成结实发白的拳头，“那个黑衣魔鬼！他偷走了它！把它抬走了，是他，哦，是他，是他！为什么，我——”她怒火中烧，浅蓝色的眼睛怒火四射，她气得一时语塞，过会儿又对艾米莉说，“孩子，站起来！我需要你！”

艾米莉躺在地上发抖。

“一部分我还留在这里！”蒂尔迪姨妈说，“我对天发誓，剩下的必须去要回来。去拿我的帽子！”

“我害怕。”艾米莉坦白道。

“当然，哦，你不会连我也怕吧？”

“是的。”

“为什么，我又不是鬼！你从小就认识我！现在可不是哭的时候，快站起来，不然我一巴掌打歪你的鼻子！”

艾米莉啜泣着爬起来，像被逼到墙角不知该往哪个方向逃跑一样杵在那儿。

“你的车停在哪里，艾米莉？”

“在车库里——夫人。”

“很好！”蒂尔迪姨妈边催她走边说，“现在——”蒂尔迪犀利的眼神朝街上东张西望，“殡仪馆在哪个方向？”

艾米莉扶着栏杆，走下台阶。“你要干什么，蒂尔迪姨妈？”

“干什么？”蒂尔迪姨妈颤巍巍地跟在艾米莉后面，苍白、瘦削的下巴因愤怒而微微颤抖，“哦，当然是要回我的身体！要回我的身体！快走！”

汽车一阵轰鸣，艾米莉紧握方向盘，直视前方下过雨的潮湿弯道。蒂尔迪姨妈挥挥她的阳伞。

“开快点，孩子，开快点，要在他们往我的身体里注射东西、把它大卸八块之前赶到，那些殡仪馆的挑剔鬼经常这么干，先切开再缝回去，这样别人就拿不到好处了！”

“哦，姨妈，姨妈，让我走，别让我开车！这样没用，一点用也没有。”女孩叹着气说。

“到了。”艾米莉把车停在路边后伏在方向盘上，但蒂尔迪姨妈已经跳下车，甩开裙子快步走上通往停尸房的车道，绕到正在往下卸一只柳条筐的乌黑发亮的灵车后面。

“你！”她对抬柳条筐的四个男人中的一个发难，“把它放下！”

四个男人抬头看她。

其中一个说：“让开点，夫人，我们在工作。”

“这里面可是我的身体！”她挥舞阳伞。

“这我就不清楚了，”第二个人说，“别挡道，夫人。这东西很重。”

“先生！”她受伤似的叫道，“你听好了，我的体重只有一百一十磅！”

他满不在乎地看她一眼说：“我对你的体重没兴趣，夫人。我得回家吃晚饭。要是迟到，我老婆会杀了我。”

四个人抬着筐子继续往前走，蒂尔迪姨妈在后面追，追进门厅，进入准备室。

一个穿白大褂的男人等在那儿，长长的脸上挂着笑容，一副急不可耐的样子。蒂尔迪姨妈没去注意那张热切的脸或他给人的整体感觉。四个男人放好柳条筐后各自离去。

穿白大褂的男人瞅了一眼蒂尔迪姨妈说："夫人，这儿可不是女士该来的地方。"

"很好，"她满意地说道，"很高兴你有同感。这正是我试图对那个黑衣年轻人说的话！"

殡葬师茫然道："什么黑衣年轻人？"

"就是到我家瞎胡闹的那个人。"

"我们这儿可没这号人。"

"无所谓。你刚才说得很好，这不是女士该来的地方。我也不想来。我想回家给礼拜天的客人煮火腿，复活节快到了。我还要给艾米莉做饭，要织毛衣，要修理钟——"

"你是个讲道理、有善心的人，肯定是的，夫人，可我得干活了。刚送来一具遗体。"这最后一句话他说得特别高兴，边说边摆弄起他的刀子、管子、罐子和其他工具。

蒂尔迪大为光火。"你要敢碰它，我就——"

他像赶一只老飞蛾似的把她带到一边。"乔治，"他温和地说，"请送这位女士出去。"

蒂尔迪姨妈怒视着朝她走近的乔治。

"你走开，到别处去！"

乔治抓住她的手腕。"请跟我来。"

蒂尔迪轻而易举地挣脱。她的身体似乎——滑溜得很。蒂尔迪自己都觉得意外。没想到自己一把年纪还能练就这么惊人的本领。

“看见了没？”她很高兴自己有这样的本领，“你奈何不了我。我要取回我的身体！”

殡葬师不慌不忙地打开筐盖，经过一连串仔细检查，才终于意识到里面的遗体……看上去……怎么可能？……也许……没错……不……不……这不可能，但是……“啊。”他突然惊呼道。他转过身，猛地睁大眼睛，然后又眯缝起来。

“夫人，”他小心翼翼地说，“这位女士是你的——一个——亲戚？”

“亲得不能再亲。你小心点。”

“是姐妹，对吗？”他不甘心道。

“不对，你这个蠢货，是我，你听见了吗？我！”

殡葬师想了想。“不可能，”他说，“这种事不可能发生。”他摆弄着工具，“乔治，快叫人来，把这个怪人赶走。不然我没法工作。”

那四个人又回来了。蒂尔迪姨妈笃定地抱着双臂。“我不走！”她一边大喊，一边像颗棋子似的被从准备室移送到休息室，经过走道、等候室，到殡仪馆玄关。她一屁股坐在门厅中央的椅子上，那里有一排排长板凳座位，还有一股鲜花的味道。

“夫人，请您移步，”其中一个人说，“明天有告别仪式，这儿是停放遗体的地方。”

“我要坐在这里，直到取回我要的东西。”

她坐下来，苍白的手指摸着脖子上的蕾丝花边，仰起下巴，穿着长扣短靴的脚焦躁地打着地板。一有人进入攻击范围，她就拿阳伞敲他。现在她又想到，要有人想碰她，她知道怎么——溜开。

殡仪馆老板卡灵顿先生在办公室里听见外面的骚动，急忙从走廊上跑过来查看。“好了，好了，”他竖起一根手指按住嘴唇，示意大家安静，“放尊重点，放尊重点，这是怎么了？哦，夫人，我能为您效劳吗？”

她上下打量他一番说：“可以。”

“请告诉我，我能为您做点什么？”

“你去里面那个房间。”蒂尔迪姨妈指给他看。

“好——的。”

“叫那个猴急的年轻人别乱动我的身体。我是处女，身上的痣、胎记、伤疤和其他种种，包括脚踝内侧，都是个人隐私，不准他乱看乱摸乱切，以任何方式造成伤害。”

卡灵顿先生还没见过她的遗体，有点儿摸不着头脑，茫然无助地看着她。

“他把我摆在桌上，像只待宰填料的乳鸽！”她告诉他。

卡灵顿先生急忙跑去查看，在静静等待十五分钟，等他与殡葬师关起门激烈地讨论、交换意见之后，卡灵顿回来了，脸色白了三分。

卡灵顿摘下眼镜又戴上。“您这是为难我们啊。”

“为难你们？”蒂尔迪姨妈大怒道，“老天啊！听着，你去告诉那个刽子手先生——”

“我们已经在放血了——”

“什么！”

“真的，真的，我向你保证，是真的。所以您请回吧，真的没办法，”他紧张地笑笑，“殡葬师还要进行简单的尸检，以确定死亡原因。”

蒂尔迪姨妈火冒三丈，噌地跳起来。

“他不能这么做！只有验尸官才可以！”

“哦，有时候我们允许稍微——”

“你马上进去，叫那刽子手把那高贵的新英格兰血全部输回那个皮肤细腻的身体，要是他拿出什么，你叫他全部缝回去，让身体恢复正常，再把它完好无缺地还给我。你听见了吗！”

“这我办不到。不行。”

“既然这样，那我就在这儿坐两百年。你听见了吗？只要有客人从这里经过，我就把鬼气朝他们的鼻子上喷！”

卡灵顿想了下，意志渐渐动摇，十分为难地沉吟道：“你会毁了我的生意。你不会那么做。”

蒂尔迪姨妈冷笑道：“我不会？”

卡灵顿跑进昏暗的走廊，老远便听见他不停地拨电话。半个小时后，几辆汽车开到殡仪馆前，三个殡仪馆副总裁和他们歇斯底里的总裁一起出现。

“发生了什么事？”

蒂尔迪姨妈刻意对他们放狠话。

他们召开会议，同时通知殡葬师停止作业，至少等大伙达成共识……殡葬师走出准备室，亲切地微笑，嘴里咬着一根黑色的大雪茄。

蒂尔迪姨妈瞪着那根雪茄。

“你把烟灰弹哪儿？”她惊叫道。

殡葬师只是平静地笑笑，喷了口烟。

会议结束。

“夫人，平心而论，你不会强迫我们在马路上营业吧？”

蒂尔迪姨妈扫视这群兀鹫。“哦，我才不管呢。”

卡灵顿擦了擦脖子上的汗。“你可以领回你的身体。”

“哈！”蒂尔迪姨妈叫道，然后不放心地问，“完好无缺吗？”

“完好无缺。”

“没有甲醛？”

“没有甲醛。”

“血输回去了？”

“血，我的天，对了，血，请你也带回去！”

蒂尔迪姨妈认真地点点头。“很好。把一切都缝好。就这么定了。”

卡灵顿朝殡葬师弹了弹手指。“别杵在那儿，你这没脑子的蠢蛋。快把它缝好！”

“还有，小心你的雪茄！”老太太说。

“悠着点，悠着点，”蒂尔迪姨妈说，“把筐子放在地上，我才能跨进去。”

她没有多看遗体一眼，只说了句“看上去挺自然”，然后往柳条筐里一倒。

她感到一阵彻骨的寒冷，接着是极度的恶心和眩晕。她是两种物质的融合，犹如水掺进水泥中，慢慢变硬；像一只蝴蝶，扭动身体想要钻回坚硬的蜕壳。

副总裁恐惧地看着蒂尔迪姨妈。卡灵顿先生张开十指想帮忙推一把。殡葬师说实话满腹狐疑，用好玩且不关己事的眼光注视着。

一点一点地钻进冰冷的花岗岩，钻进一具远古冰冻的雕像，用力地挤进去。

“活过来，你！”蒂尔迪姨妈对自己喊道，“慢慢坐起来。”

那具身体在干燥的柳条筐里撑起上半身。

“把你的腿弯起来，老太婆！”

身体慢慢爬起来，茫然地摸索。

“看！”蒂尔迪姨妈叫道。

光线映入盲目的眼睛。

“感觉！”蒂尔迪姨妈催促道。

身体感受到房间的温度，准备室的桌子也在刹那间变真实了，可以靠着它喘息。

“动！”

身体嘎吱一声，缓缓迈出一步。

“听！”她呼喝道。

四周的声音传入迟钝的耳朵。殡葬师急促、期待、颤抖的呼吸，卡灵顿先生的哽咽，她自己含混不清的嗓音。

“走！”她说。

身体开始走动。

“想！”她说。

衰老的大脑开始思考。

“说！”她说。

身体说话了，对殡仪馆的人鞠了一躬：

“感激不尽。谢谢你们。”

“现在，”最后她说，“哭！”

于是她流下快乐的眼泪。

自那以后，每天下午四点，要想探望蒂尔迪姨妈，只消去她的古董店敲门。门口有一个葬礼用的黑色大花圈，不过不用在意，那是蒂尔迪姨妈故意放的，她就是这么喜欢开玩笑。你直接敲门。门上装有两道门栓，三道锁。她听见敲门就会尖着嗓子大声问：“是黑衣人吗？”

你笑着说不，不，是我，蒂尔迪姨妈。

于是她也笑着说：“进来吧，快点！”哗啦一声把门打开，接着在你身后砰地关上，生怕黑衣人跟着混进来。然后她会请你坐下，为你倒咖啡，给你看她新织的毛衣。她的行动没以前利索，视力也不如从前，可她还是坚持下去。

“如果你‘特别乖’，”蒂尔迪姨妈说着把咖啡杯搁在一旁，“我就给一个小小的特别待遇。”

“什么特别待遇？”客人会问。

“这个。”蒂尔迪姨妈说，她喜欢开点别出心裁的小玩笑。

然后她会优雅地解开脖子上的白色蕾丝，让你看一眼被蕾丝遮盖的东西。

那是一道殡葬师缝得整整齐齐的蓝色长疤。

“男人能缝成这样还真不赖，”她承认，“哦，要再来点儿咖啡吗？来！”

蓄水池

那是一个阴雨绵绵的下午，灰蒙蒙的屋子里亮着灯，姐妹俩在饭厅里待了很久。姐姐朱丽叶忙着绣桌布，妹妹安娜静静地坐在窗前，盯着窗外昏暗的街道和天空。

安娜的前额紧贴窗玻璃，但她的嘴唇在嚅动，沉思良久后她说："我怎么就没想过这个呢？"

"想过什么？"朱丽叶问。

"我刚才突然想到，城市下方其实还有一座城市，一座死城。它就在这儿，在我们脚下。"

朱丽叶在白色的桌布上穿针走线。"你别离窗户那么近。小心脑子被雨淋坏了。"

"什么呀，我说真的。你从没想过蓄水池吗？它们遍布整个城市，每条街下都有，在里面走都不会碰到头。它们四通八达，最终延伸到大海。"安娜痴迷地看着窗外柏油路上的雨水，密密麻麻的雨点自天空洒落，流向远处的十字路口，消失在各个街角的铁箅子下方，"你不想生活在蓄水池里吗？"

"才不想呢！"

"可你不觉得那很有趣吗——我是说，很隐秘吗？住在蓄水池里，透过箅子间的空隙偷看上面的人，你看得见他们，他们却看不见你！这很像小时候捉迷藏，你就藏在他们眼皮底下，却始终没人发现你，多么安全隐蔽、惊险刺激啊。蓄水池里的生活一定也是这样，我喜欢。”

朱丽叶停下活计，慢慢抬起头。“你是我亲妹妹，没错吧，安娜？你是妈妈亲生的，没错吧？有时候听你说话，我还以为你是妈妈在树底下捡的一棵苗，带回家栽在盆里，养到这么大的呢。我算是明白了，你永远也不会改变。”

安娜没有作声，朱丽叶又埋头做起针线活。屋子里依旧灰蒙蒙的，姐妹俩谁也没为它增添任何颜色。安娜头靠在窗上大约五分钟，然后望着远方说：“你会觉得我在做白日梦吧。我是说刚才那一个小时，我在这儿想事情。没错，朱丽叶，那就是一场梦。”

这回轮到朱丽叶无话可说了。

安娜喃喃自语道：“我猜大概是这雨把我催眠了，然后我开始想这场雨，它从哪儿来，要到哪儿去，怎样流入路边雨箅子的空隙。后来我又想到地下深处，这时他们突然出现在我眼前。一个男人……和一个女人。就在那路底下的蓄水池里。”

“他们在那儿干什么呢？”朱丽叶问。

“难道非要有理由吗？”

“那倒不是，”朱丽叶说，“如果他们是疯子，就完全不需要理由了。他们愿意待在蓄水池里，那就让他们待去吧。”

“他们可不只是‘待在蓄水池里’，”安娜说得头头是道，脑袋歪向一边，半垂的眼帘下，眼珠子滴溜溜地转，“不，他们彼此相爱，这两个。”

“天哪，”朱丽叶说，“是爱情让他们匍匐在地下吗？”

“不，他们在那儿好多年了。”安娜说。

“你可别告诉我他们在蓄水池里一起生活好多年了！”朱丽叶反驳道。

“我有说他们活着吗？”安娜惊讶地问，“哦，不，他们死了。”

雨疯狂地倾泻而下，连珠炮似的打在窗上，一滴滴串在一起流下来。

“哦。”朱丽叶说。

“没错，”安娜高兴地说，“死了。他死了，她也死了。”她似乎很满意，这是个不错的发现，她很得意。“他看上去像个寂寞的人，一辈子没出过远门。”

“你怎么知道？”

“他看上去像是从来没有旅行过，但很想去旅行，从他的眼神就能看出。”

“这么说，你知道他长什么样咯？”

“是的。他面带病容，但长得很好看。你该知道生病会让男人变好看吧？它会使人的脸变瘦。”

“那他死了？”姐姐问。

“死了五年了。”安娜柔声道，眼皮一眨一眨，仿佛要讲一个很长的故事，她知道这个故事，想先慢慢铺陈，再一点一点地加速，直到故事本身的力量驱使她继续讲下去，她睁大眼，微微张着嘴。但此时她讲得很慢，叙述中仅有一丝热情。“五年前，男人走在街上，他知道自己在同一条街上已经走了好几个晚上，而且还会继续走下去。于是他来到一个窨井盖旁，就是街道中央的那种大铁饼。他听见水从他的脚下、从金属盖底下流过去，流向大海。”安娜伸出右手，“他慢慢弯下腰，掀开窨井盖，俯视汩汩的泡沫和流水，想起那个想爱却不能爱的人，然后转身踏上铁梯，顺梯而下，转眼就不见了踪影……”

“那她呢？”朱丽叶忙里偷闲地问，“她什么时候死的？”

“这我不太确定。她是新来的，刚死不久。但确实死了。死得很美很美。”安娜欣赏着她幻想中的影像。“女人要死了以后才获得真正的美丽，尤其是溺水的时候，那时她的身体是柔软的，头发漂在水里像一缕青烟，”她饶有兴趣地点点头，“世上所有的训练、礼仪与教导都无法使一个女人梦幻般如此自在、柔软、美好，而且带来阵阵涟漪。”安娜尝试用粗糙的大手比划出她有多么美好、多么飘逸、多么优雅。

“他一直在等她，等了五年。但直到现在她才知道他在哪儿。他们终于在一起了，而且从今往后会一直在一起……每当雨季来临，他们就会活过来。可在旱季——有时长达几个月——他们会躺在隐秘的小小住穴里，开始漫长的休眠，像纸折的水中花[①]一样，干燥、紧实、暗淡、安静。”

朱丽叶站起来，打开饭厅角落里的又一盏小灯。“你能不能别再说这些了？”

安娜笑了笑。“可我还没告诉你这一切是怎么开始，他们是怎么活过来的呢。我都想好了。”她俯身向前，双手抱膝，凝视外面的街道、雨水和蓄水池口。“他们在地下深处，干燥又安静，地上雷电交加，”她伸手把暗淡无光的头发拂到背后，“起初，整个地上世界下起小雨。接着电闪雷鸣，旱季结束了。小雨沿天沟汇集起来，越积越多，流入下水道，顺道卷走了口香糖纸、电影票和公交换乘券！”

“过来，离开那扇窗户，快点儿。”

安娜用手比划出一个方框，开始想象里面的世界。“我知道人行道下面是什么样的，那是一个方方正正的大水池，很大，几个星期以来，除了阳光之外，里面空空的，说话都会有回音。站在下面唯一能听到的是汽车从上方经过的声音，听起来十分遥远。整个蓄水池就像沙漠上一具干燥空洞的骆驼骨架，在等待着什么。”

她举起一只手指着，仿佛在蓄水池里等待的就是她自己。“现在，一股细流淌到地上，好像外面的世界受了伤，血流不止。隐约有隆隆的雷声传来！或者是卡车经过？”

---

① Japanese water flowers，日本生产的一种新奇玩具，由宣纸、海绵和线扎成的干花模型，放入水中后变成盛开的样子。

她微微加快语速，身体放松地靠在窗上，吁一口气，继续说道：“这股细流渗下来。接着从其他孔洞渗出的细流也加入，像捻绳和小蛇，泛着烟棕色。它继续移动，与其他水流汇合，变成蛇群，再变成一条大蛇，在平坦的地下翻腾。从四面八方、别的街道涌来别的水流，汇成一条嘶嘶作响、闪闪发光的巨蟒。水流汩汩地漫向我说的那两处干燥的暗穴，围着男人和女人慢慢爬升，两个人像纸折的水中花一样躺在那儿。”

她缓缓合拢双手，十指交缠。

“水浸入他们的身体，先抬起女人的手，一个小小的动作，那只手就成了她最先复活的部分，接着是她的手臂和一只脚，再是她的头发……”她摸了摸自己披在肩膀上的头发，“……松散开来，像在水中绽放的花朵。她紧闭的眼睑是青黑色的……”

饭厅越来越暗，朱丽叶继续飞针走线，安娜继续讲述自己心中所见。她告诉朱丽叶，水怎么漫上去，带走女人，然后舒展她的身体，让她完全直立在蓄水池里。“水对女人很感兴趣，女人也听从水的调遣。她静躺在那儿那么久，早已做好重生的准备，过着水带给她的任何生活。”

水中另一处，男人也立了起来。安娜讲到水如何慢慢载着他漂流，女人也在水中漂流，直到他们彼此相遇。“他们在水流的拂动下睁开眼睛。现在他们能看，却还看不见对方。他们跟着水流打转，还没有身体的触碰，”安娜微晃脑袋，闭上眼睛，“他们相互凝望，身上闪着某种磷光。他们露出笑容……他们——手碰到了。”

朱丽叶听得僵住了，终于放下手中的活计，盯着饭厅另一头的妹妹。外面的雨声让昏暗的饭厅显得愈发安静。

“安娜！”

“水潮——使他们碰触。水潮涌过来使他们相聚。这才是完美的爱情，没有自我，只有两个身体随波逐流，被水涤荡干净，这样的爱没有邪恶。”

“你不该这么说！”姐姐叫道。

“不要紧，”安娜转身坚持道，“他们没有思想，对吧？他们在地下深处，不吵不闹，无忧无虑。”

她移动右手，覆在左手上，动作非常轻柔缓慢，十指颤抖着交缠在一起。窗外下着雨，暗淡的春光透进窗户，雨水移动的光影映照在手指上，使它们看着像沉浸在灰色的深水中互相追逐，她继续说完她小小的梦境：

“他个子高高的，很文静，张开双手，”她比划出他有多高，在水里有多么放松，“她小小的，也很文静、放松，”她看着姐姐，双手保持先前的姿势，“他们已经死了，无处可去，也无人告知。于是他们就那样待着，无事可做，也无忧无虑，隐秘地藏在无人知晓的蓄水池中。他们碰碰手，碰碰唇，当他们来到十字路口的出水口时，水潮将他们推到一起。然后……”她松开双手……“也许他们会一起旅行，手拉手，在水中沉浮着向前，漂过所有街道，被卷进漩涡时会稍稍跳个疯狂的直立舞。”她双手作漩涡状，一阵大雨打在窗上，“他们漂过全镇，一个个排水沟，一条条街道，杰纳西大道、克伦肖、爱德蒙广场、华盛顿、汽车城、海滨城，最后汇入大海。水流到哪儿，他们就跟到哪儿，等到游遍全世界，他们又回到蓄水池的入水口，漂回小镇底下，经过十几家烟草店、四十几家酒类售卖店、七十几家杂货店，以及十座剧院、一座火车站、一〇一公路，从三万多行人的脚下经过，这些人甚至不知道或没想过有蓄水池的存在。”

安娜的声音飘远了，梦游般渐渐变得平静。

“后来，白天过去，街上的轰隆声也消失了。雨停了。雨季结束。水潮退却。”她看上去有点失落，仿佛不愿意这一切结束，“水潮流向大海，男人和女人感到他们慢慢地被留在水底，他们安顿下来。”她把微微颤抖的双手放在膝盖上，目不转睛、充满渴望地看着它们，“他们的脚失去了水从外界带给它们的生命。现在水放下他们的身体，让他们并排躺着，然后慢慢流走，蓄水池也随之渐渐干涸。他们躺在那儿，在黑暗中沉睡。直到下一次，直到下一场雨。”

她双手掌心朝上摊开，平放在膝盖上。“好男人、好女人啊。”她喃喃自语，头垂放在掌心上，双眼紧闭。

突然，安娜坐直身子，拿眼瞪着姐姐。“你知道那个男人是谁吗？”她痛苦地喊道。

朱丽叶没有回答，在过去的五分钟里，她一直面色凝重，嘴唇扭曲、苍白。安娜几乎尖叫道：“那个男人是弗兰克，那就是他！而我就是那个女人！”

“安娜！”

“没错，那就是弗兰克，在地底下！”

“可是弗兰克失踪好些年了，而且肯定不在地底下，安娜！”

安娜自顾自地说下去，不对任何一个人，又仿佛对所有人，对朱丽叶，对那扇窗户、那堵墙、那条街。“可怜的弗兰克，”她哭喊道，“我就知道他去了那儿。他不可能待在世上任何地方。都是他妈妈害了他！于是他看见蓄水池，看见它有多隐秘，多美好。哦，可怜的弗兰克。可怜的安娜，可怜的我，和唯一的姐姐相依为命。哦，朱丽，弗兰克在的时候，我为什么没有好好把握他？为什么没有努力向他妈妈争取他？”

“别说了，快闭嘴，听见没有，快闭嘴！”

安娜瘫坐在窗边的墙角里，一只手扶着窗台，默默地流泪。几分钟后，她听见姐姐问：“你哭完了没有？”

“什么？”

“你要是哭完了，过来帮我把这弄好，否则我永远也做不完。”

安娜抬起头，轻巧地来到姐姐身边。“你要我怎么做？”她叹口气说。

“这个和这个。”朱丽叶指给她看。

“好吧。”安娜接过活计，坐到窗边，一边看着外面的雨，一边移动拿针线的手，但她发现此刻街道是多么昏暗，房间也一样昏暗，要看清蓄水池的圆形金属盖有多困难——在这阴沉的傍晚，外面只剩一丁点儿午夜似的微光，闪电噼里啪啦地在天上现出蛛网。

半个小时过去了。朱丽叶坐在对面的椅子上，感到有些困倦，她摘下眼镜，搁下手中的活计，头靠在椅背上，片刻之后就睡着了。大约三十秒后，她听见前门猛地打开，听见风灌进来，有人跑出去、转弯，然后沿着黑暗的街道飞奔而去。

“怎么回事？”朱丽叶坐直身子，伸手摸索眼镜，“谁在那儿？安娜，有人进来吗？”她望着窗边，方才安娜坐的地方此刻空空如也。“安娜！”她惊叫道。她一跃而起，跑向玄关。

前门敞开着，雨点飘进屋里，带来薄雾般的水汽。

“她只是出去一下，”朱丽叶站在门口说，想要看透这潮湿的黑暗，“她很快就会回来。你会马上回来，对吗，安娜，亲爱的？安娜，回答我，你马上就会回来，是不是，妹妹？”

外面，蓄水池的盖子打开后又砰的一声合上。

街上，雨淅淅沥沥地下，落在紧闭的盖子上，一夜未停。

返　乡

“他们来了。”塞西平躺在床上说。

“他们在哪儿？”蒂莫西在门口大声问。

“有的从欧洲来，有的从亚洲来，有的从群岛来，有的从南美来！”塞西说，她双眼紧闭，长长的褐色睫毛在颤动。

蒂莫西往前跨一步，站在楼上房间的木地板上。“他们是谁？”

“埃纳尔叔叔和弗莱叔叔，还有威廉表兄，我看见弗鲁德、海尔格、玛琪安娜姑妈、维维安表兄，还看见约翰叔叔！他们都在兼程赶路！”

“他们在天上吗？”蒂莫西问，灰色的小眼睛闪闪发光。他站在床前，不过十四岁的样子。外面刮着风，屋子里很黑，只有一点星光。

“他们有的在天上，有的在地上，各种方式都有。”塞西闭着眼睛说。她在床上一动不动，心里想着，然后把她在心中看到的东西说出来。“我看见狼一样的东西越过黑暗的河流——浅水处——就在瀑布上方，星星照亮他的毛皮。我看见棕色的橡树叶在天上飞舞。我看见一只小蝙蝠在飞。我还看见很多东西在森林里飞奔，在树梢穿梭；他们都朝这边来了！”

“他们明晚能到这儿吗？”蒂莫西抓着被单。一只蜘蛛挂在他衣领上，像黑色的钟摆那样荡来荡去，兴奋地手舞足蹈。他靠着他的姐姐。“他们都能及时赶来参加聚会吗？”

“能，能，蒂莫西，能赶到。”塞西叹声道，语气变得僵硬，“别再问了，快走开，让我在我最爱的地方自由翱翔。”

“谢谢你，塞西。”他说。他来到外面的走廊，跑进自己的房间。他赶紧收拾好床铺。他太阳落山才起床，醒来还没几分钟。星星一出来，他就兴奋得跑去找塞西，与她分享返乡派对的喜悦。现在，她睡得很沉，一点声音也没有。蒂莫西开始洗脸，那只蜘蛛就挂在他细脖子上的银项链上。“想想，小蛛，明晚就是万圣节前夜了！”

他抬头看着镜子。这座房子里只他一人有镜子。那是母亲看他生病可怜所做的让步。哦，要是没那么多病就好了！他张开嘴，察看先天不足的牙齿。它们像一颗颗玉米粒——圆圆的，在他的口中显得苍白绵软。他本来高昂的兴致一下子削减不少。

天黑透了，他点燃蜡烛，照亮房间。他累极了。过去一星期，全家人都恪守古老国度的旧俗。白天睡觉，天黑后才起床活动，他的黑眼圈都出来了。“小蛛，我真没用，”他平静地对那个小生灵说，“我甚至不习惯像其他人那样白天睡觉。”

他端起烛台。哦，真希望有像钢钉一样坚固的牙齿，或者有双强壮的手，或者强大的心灵，甚至能像塞西那样让心灵自由地离开身体。可他做不到，他身体有缺陷，是个病秧子。他甚至——他颤抖着靠近烛光——害怕黑暗。他的兄弟对他嗤之以鼻。拜昂、伦纳德和山姆，他们笑他睡在床上。塞西也睡在床上，但她不一样；她必须舒服地躺在床上，静静地让心灵离开身体去狩猎。可蒂莫西，他能像其他人那样睡在擦得发亮的奇妙箱子里吗？他不能！母亲让他拥有自己的床、自己的房间、自己的镜子。难怪家人总躲着他，把他当成圣人的十字架。要是他的肩胛长出翅膀该多好。他注视他光秃秃的背，又叹起气来。不可能。怎么可能呢？

楼下传来令人兴奋的神秘声音，所有的走廊、天花板和门上都挂有滑溜的黑纱。楼梯井的栏杆边，被点燃的黑蜡烛在劈啪作响。母亲的声音高亢而严厉。父亲的声音从潮湿的地窖传出回音。拜昂从这乡村老屋外面提来几个两加仑的大酒壶。

“我一定要参加这次宴会，小蛛。”蒂莫西说。蜘蛛在自己吐的丝的末端打转，蒂莫西感觉很孤单。他会去擦箱子、找毒蘑菇和蜘蛛、挂黑纱，但一旦宴会开始，就没人会注意到他。有缺陷的孩子越不惹眼越好。

劳拉在楼下跑来跑去。

“返乡派对！”她欢叫着，“返乡派对！”脚步声瞬间传遍每个角落。

蒂莫西又一次路过塞西的房间，她还静静地睡着。她一个月下一次楼。她总待在床上。可爱的塞西。他想问她：“你现在在哪儿，塞西？在谁的身体里？发生了什么？你在山的那一边吗？那边有什么状况？”但他没有，他走进埃伦的房间。

埃伦坐在书桌旁，正在整理各种金色、红色、黑色的头发，和许多半月形的小指甲。这些是她从十五英里外的梅林村美容院帮人修指甲收集来的。房间的角落里有一只结实的红木箱子，上面有她的名字。

“走开，”她看也不看一眼地说，“你这样傻看着，我可没法干活。”

“万圣节前夜啊，埃伦，想想就高兴！”他讨好地说。

“哼！”她把一些剪下的指甲装进白色的小布袋，贴上标签，“关你什么事儿？你懂什么呀？看不把你吓死。回你的床上去吧。”

他涨红了脸说：“我要擦东西、干活，帮忙招待。”

“你再不走的话，当心明天在床上发现一堆生蚝。”埃伦认真地说，“再见，蒂莫西。”

他气冲冲地跑下楼，和劳拉撞了个满怀。

“走路看着点！”她咬着牙尖叫道。

她扬长而去。他跑到敞开的地窖口，闻到底下冒上来一股潮湿的泥土味。“爸爸？”

“你来得正好，”父亲在楼梯下面冲他喊道，“快下来，趁他们还没到，赶紧准备好！”

蒂莫西还在犹豫，就听见房子里充斥各种忙乱的声音。几个兄弟进进出出，吵吵闹闹的，像火车进站。你稍站一会儿，就能看见全家每个人苍白的手上都满是东西。伦纳德拎一个黑色的小药箱，萨缪尔抱来更多的黑纱，腋下夹一本用乌木装订的灰扑扑的大书，拜昂一趟趟地从外面的车上提来好几加仑的浆液。

父亲停止擦拭，递给蒂莫西一块抹布，对他皱了皱眉。他拍拍巨大的红木箱。“快来，先把这个擦亮，再擦下一个。别老犯迷糊。”

在给箱面打蜡时，蒂莫西朝箱子里看了看。

“埃纳尔叔叔是个大个子，是吗，爸爸？”

“嗯。”

“他个子有多高？”

“你看这箱子有多高就知道了。”

“我只是问问。七英尺高？”

“你话太多了。”

约摸九点的光景，蒂莫西出了家门，走进十月的夜晚。他在忽冷忽热的夜风中走了两小时，在草地上收集毒蘑菇和蜘蛛。他又开始因为期待而心跳加速。母亲说会来多少个亲戚？七十？一百？他路过一座农舍。可惜你们不知道我家里正在发生的事儿，他对亮着灯光的窗户说。他爬上一座山，看着几英里外渐渐沉睡的小镇，看着远处市政厅楼顶上圆形的白色大钟。镇上的人也不知道。他带回家好几罐毒蘑菇和蜘蛛。

在楼下小礼拜堂里，简单的仪式正在进行。和往年所有其他仪式一样，父亲负责吟诵黑色章句，母亲美丽的象牙白的手滑过倒念的祝福词，所有的孩子都到齐了，只有塞西还躺在二楼的床上。但塞西并没有缺席。你能看见她在偷看，一会儿借拜昂的眼睛，一会儿又从萨缪尔和母亲的眼睛，等你感到异动时，她已经在你身体里，可一转眼又不见了。

蒂莫西壮着胆向黑魔王祈祷。“求求你，求求你，让我快长大，让我和我的兄弟姐妹一样。别让我成为异类。我要像埃伦那样让塑料娃娃长出头发，或者像劳拉那样让别人爱上我，或者像山姆那样会读奇怪的书，或者像伦纳德和拜昂那样有份体面的工作，甚至像母亲和父亲那样生儿育女……”

到了午夜，暴风雨来袭。外面亮起一道道惊人的白色闪电。一种漏斗状飓风的声音越来越近，仿佛在吸吮、摩擦潮湿的土壤。很快，前门一半的铰链爆开，门颤巍巍地打开，从遥远国度赶来的爷爷奶奶的大军一拥而入！

自打那一刻起，每小时都有人来。不是边窗响起振翅声，就是前廊或后院响起敲门声。地窖里传来古怪的声音，秋风呼呼地灌进烟囱管。母亲手提拜昂带回家的酒壶，往水晶碗里倒满深红的浆液。父亲奔向一个个房间，点亮更多的蜡烛。劳拉和埃伦忙着往墙上钉更多的狼毒草。蒂莫西兴奋地站在中间，面无表情，垂立的双手不住颤抖，东瞅瞅西看看。到处是开门关门的声音、笑声、液体倾倒的声音、黑暗、风声、鼓动翅膀发出的轰鸣、啪啪的脚步声、门口迎宾的寒暄声、窗户隐约的格格声，还有影子来来去去，互相交织。

“啊，啊，你就是蒂莫西吧！”

“什么？”

一只冰凉的手握住他的手，多毛的长脸俯瞰下来。“真是乖孩子，好孩子。”陌生人说。

“蒂莫西，”母亲提醒他，“这是你詹森叔叔。”

“你好，詹森叔叔。”

“这边请——”母亲带开詹森叔叔。詹森叔叔回头对蒂莫西眨眨眼。

蒂莫西一个人站在那儿。

昏暗的烛光中响起一个声音，像从千里之外传来的高亢的笛声。是埃伦。“我的兄弟可聪明了。你猜他们是做什么的，玛琪安娜姑妈？”

“我猜不出来。”

“他们在镇上开了个殡仪馆。”

“什么！”玛琪安娜吃惊道。

“没错！”一阵刺耳的笑声，“那简直是无价之宝！”

蒂莫西一动不动。

笑声停息。“爸爸、妈妈和我们所有人全靠他们提供吃的，”劳拉说，“当然，除了蒂莫西……”

令人不安的沉默。詹森叔叔追问道：“怎么回事？快说说。蒂莫西怎么了？”

“哦，劳拉，你真多嘴。”母亲说。

劳拉继续说下去。蒂莫西闭上眼睛。“蒂莫西不——呃——不喜欢血。他太娇弱了。”

“他会学习，”母亲说，“他能学会的。”她十分肯定地说，“他是我儿子，他一定能学会。他才十四岁。”

“但我是吃这些长大的。”詹森叔叔说，声音从一个房间飘进另一个房间。屋外的风把树木当竖琴弹。细雨落在窗户上——“吃这些长大的。”声音渐渐远去。

蒂莫西咬住嘴唇，睁开眼睛。

“唉，都怪我不好，”母亲把他们带进厨房，“我一开始太勉强他了。小孩子是勉强不来的，那只会让他们难受，再来就不肯吃了。看看拜昂，他十三才……”

“我理解，”詹森叔叔咕哝道，“蒂莫西会好起来的。”

“肯定会的。”母亲斩钉截铁地说。

烛火颤动，影子在十多个散发霉味的房间里飘来飘去。蒂莫西浑身发冷，他闻到热油脂的味道，本能地抓起一根蜡烛，在屋子里走来走去，佯装整理黑纱。

“蒂莫西，”有人隔着贴花的墙低语，发出嘶嘶的叹息声，“蒂莫西怕黑。”

伦纳德的声音。可恶的伦纳德!

“我喜欢蜡烛，没别的。”蒂莫西低声反驳。

闪电更密，雷声更紧了。笑声一浪高过一浪，夹杂着砰砰声、咔嗒声、呼喊声和衣服的沙沙声。湿冷的雾气笼罩前门，雾中一个高大的男人收起翅膀，昂首挺胸地走来。

“埃纳尔叔叔！”

蒂莫西迈开细腿，笔直穿过浓雾，扑向那绿色的影子。他投进埃纳尔叔叔的怀抱。埃纳尔将他举起来。

“你长翅膀了，蒂莫西！”他把男孩像蓟草一样抛向空中，“长翅膀喽，蒂莫西，飞吧！”一张张脸在下方旋转，黑暗在旋转，房子飞走了。蒂莫西感觉自己轻盈得像一阵风。他挥动双臂。埃纳尔接住他，再次把他抛向天花板。天花板像烧焦的墙一样急速下沉。“飞吧，蒂莫西！”埃纳尔拉长声音大喊，“张开翅膀飞吧！翅膀！”

他感觉肩胛骨那里有种美妙的感觉，仿佛生根了，开出一片新的、湿润的薄膜。他激动得语无伦次；埃纳尔又把他抛入高空。

秋风似潮水般拍打房屋，瓢泼大雨撼动横梁，耀眼的烛光随枝形吊灯不断摇曳。埃纳尔叔叔把男孩像杂耍棒一样平衡在空中，一百个身形各异的亲戚从每个黑漆漆、施了魔法的房间现身，将两人团团围住。

“好了！”埃纳尔最后喊道。

蒂莫西站在木地板上，兴奋而疲惫地靠在埃纳尔叔叔身上，开心地抽泣。“叔叔，叔叔，叔叔！”

“会飞的感觉不错吧？嗯，蒂莫西？”埃纳尔说，弯腰拍拍蒂莫西的脑袋，“很好，很好。”

天快亮了。大多数亲戚都已到来，准备白天睡觉，一直酣睡到夕阳西下，然后欢叫着钻出各自的红木箱，去迎接家族的狂欢。

埃纳尔叔叔随其他数十位亲戚走向地窖。母亲带他们走到一排又一排锃亮的箱子前。埃纳尔背着海绿色帆布帐篷似的翅膀，翅膀一碰到东西便发出轻微的打鼓声。

楼上，蒂莫西疲惫地躺在那儿，想着让自己喜欢上黑暗。黑暗多好啊，你可以在黑暗中做很多白天不敢做的事，因为没人看得见你。他确实喜欢夜晚，但那是有条件的喜欢：有许多个夜晚他也在挣扎中哭泣。

地窖里，一个个红木箱盖被一只只苍白的手从里面拉下、合拢。有些角落里的亲戚转了三圈才躺下，头枕着爪子闭上眼睛。太阳升起来，亲戚们都睡着了。

太阳一落山，狂欢就被引爆，犹如倾巢的蝙蝠，尖叫着哗啦啦地散开。一个个木箱砰砰地打开，潮湿的地窖里响起密集的脚步声，前门和后院又迎来许多迟到的客人。

外面下着雨，湿漉漉的客人们把淋湿的披肩、帽子和面纱一股脑儿地塞给蒂莫西，差遣他放到壁橱里去。每个房间里都挤满人。有个堂兄弟的笑声从一个房间飞出，撞在另一个房间的墙上，弹射、跳转，嘲弄似的从第四个房间精准地折回到蒂莫西的耳朵里。

一只老鼠在地板上跑过。

“我知道你，莱贝尔侄女！”父亲绕过他喊道，但没和他说话。几十个身材高大的人把他挤过来、挤过去，没人理他。

最后，他转身溜回到楼上。

他轻叫道：“塞西，你现在在哪儿，塞西？”

好一阵子之后她才回答他。“在帝王谷，”她低声说，“在索尔顿湖边的泥潭附近，这里好多蒸汽，很安静。我在一个农妇的身体里，我坐在门口，我想让她动她就动，能让她做任何事、想任何事。太阳快落山了。”

“那边是什么样的，塞西？”

“你能听见泥潭的嘶嘶声，”她像在教堂里一样不紧不慢地说，“蒸汽顶起泥浆变成灰色的泥泡，像个秃顶的男人在泥浆中要站起来，头先探出滚烫的潭面，接着灰色的脑袋像胶布般裂开，发出咂巴嘴的声音，羽毛状的蒸汽从里面逸出，还有一股地底硫磺燃烧的刺鼻味道和古老岁月的气息。一千万年前的恐龙曾经在这里被炙烤。”

“那他站起来了没，塞西？”

老鼠在三个女人的脚边转了几圈后消失在角落里。片刻后，角落里凭空出现一个美丽的女人，对所有人展露苍白的微笑。

有个东西贴在雨水如注的厨房窗口。它哀叹、哭泣、不停地拍打窗玻璃，可蒂莫西看不出来，他什么也看不见。他想象自己从外面往屋里看，雨打在他身上，风吹在他身上，烛光点点的黑暗在屋里召唤他。华尔兹舞跳起来；瘦长的身影跟随奇怪的音乐踮起脚尖旋转。高举的酒瓶闪耀着星光，盔犀鸟的头胄上掉落一小撮灰尘，一只蜘蛛掉下来，在地板上无声爬行。

蒂莫西哆嗦一下。思绪回到屋里。母亲在叫他，要他跑这儿跑那儿，帮着端茶倒水，现在又让他去厨房拿这拿那，拿来碗碟装满吃的——忙个没完——宴会开始了。

“是的，站起来了，早就站起来了。”塞西在沉睡中噘起嘴，无精打采地说道，“我在这个女人的脑袋里，向外眺望平静的湖水，周围安静得让人害怕。我坐在门廊上等丈夫回家。偶尔一条鱼跃起，再背朝下掉回水中，周身闪耀着星光。这里有峡谷、湖泊、几辆车、木门、摇椅、我自己，以及一片寂静。”

“现在呢，塞西？”

“我从摇椅上站起来。”她说。

“然后呢？”

“我下门廊，往泥潭走去。飞机在空中飞过，好像原始的大鸟。然后又静下来，太安静了。”

“你要在她身体里待多久，塞西？”

“待到我听够、看够、感受够：直到我改变她的生命。我下了门廊，沿着木板步道向前走。我的脚疲倦地、缓缓地踩着木板。”

“然后呢？”

“现在我的四周笼罩着硫磺气。我看着泥泡破裂、消失。一只鸟从我的耳边掠过，发出尖锐的叫声。我趁机进入小鸟的身体，飞走了！我飞在天上，透过小玻璃珠似的新眼睛，看见地面的木板步道上，有个女人一步、两步、三步，跳进泥潭里。我听见一个声音，就像一块大石头掉进泥浆里。我继续飞，绕了一圈又回来。看见一只发白的手，像蜘蛛一样扭动，然后消失在灰色的岩浆内。岩浆恢复原状。现在我要飞回家了，快，快，快！”

有东西在使劲拍打窗户，蒂莫西走过去。

塞西忽地睁开眼睛，明亮的大眼透露出开心和兴奋。

“我回家了！”她说。

蒂莫西犹豫了一下，鼓起勇气说：“返乡派对开始了。每个人都来了。”

“可你为什么还在楼上？”她握住他的手，“求我什么事，你说吧。”她狡猾地笑，“你来求我做什么？”

“我不是来求你帮忙。”他说，“哦，几乎没什么。好吧——哦，塞西！”他一口气说道，“我想在派对上做点什么，好让他们看见我，让我变得和他们一样好，让我有归属感，可我无能为力而且感觉怪怪的，好吧，我想你也许可以……”

“也许我可以。”她闭上眼睛，心里在偷笑，“站直，别动，”他照她说的做，“然后闭上眼睛，什么也别想。”

他站得很直，什么也不想，或者至少想要不去想。

她舒了一口气。“现在我们到楼下去吧，蒂莫西。”塞西像把手伸进手套一样进入他的身体。

“你们看！”蒂莫西举起一杯温热的红色液体。他高举杯子，好让屋里的人都能看见他。姑妈、姑父、堂兄妹、亲兄弟、亲姐妹!

他一饮而尽。

他一把抓住劳拉，盯着她，悄声对她说了几句，让她呆在那儿说不出话来。当他朝她走去时，他感觉自己变成了参天大树。派对的节奏慢了下来，四面八方的人都看着他。一张张脸从每个房间门口探出来，他们没有笑。母亲一脸惊愕，父亲也不知所措，但一时既高兴又得意。

他轻轻地咬住劳拉的颈动脉。烛火醉酒般摇曳，外面风围着屋顶转。亲戚们从一个个房间门口向外张望。他往嘴里塞一把毒蘑菇，吞了下去，然后两只手用力拍身体两侧，一边转圈。“看，埃纳尔叔叔！我终于能飞了！”他继续用力拍打，两只脚上下不停地踢蹬。一张张面孔在他眼前掠过。

他在楼梯顶部扑腾着，听见母亲在楼下远远地喊，“别这样，蒂莫西！”“嘿！”蒂莫西大喊一声，从楼梯顶上纵身一跃。

飞到一半时，他想象中的翅膀突然消失，他尖叫起来，埃纳尔叔叔一把接住他。

蒂莫西吓得脸色发白，在接住他的怀抱中不停扭动，口中不由自主大声说：“我是塞西！我是塞西！大家快来看我呀，我在楼上左边第一个房间！”然后是一阵刺耳的笑声。蒂莫西咬住舌头企图止住笑声。

每个人都在笑。埃纳尔放下他。亲戚们涌向楼上塞西的房间去祝贺她，蒂莫西穿过拥挤的黑暗，砰地冲出前门。

“塞西，我恨你，我恨你！”

在悬铃木幽深的阴影里，蒂莫西把晚餐全部吐出，痛苦地抽泣，扑倒在一堆秋天的落叶里，然后一动不动地躺着。那只蜘蛛从他的上衣口袋、从他用来躲避黑暗的火柴盒里爬出。小蛛顺着蒂莫西的手臂往前爬，从他的脖子爬进他的耳朵，在里面搔痒。蒂莫西摇头。“别这样，小蛛。别这样。”

耳膜上羽毛似的触感使蒂莫西轻轻一颤。“别这样，小蛛！”他渐渐止住了哭泣。

蜘蛛爬下脸颊，停在男孩的鼻子下，抬头朝鼻孔里看，仿佛在寻找大脑，然后慢慢地爬上鼻尖，坐下来，用绿宝石般的眼睛凝视蒂莫西，直到蒂莫西莫名地笑出声来。“走开，小蛛！”

蒂莫西坐起来拨弄身边的落叶。月光照亮了大地。他隐约听见屋里传来调笑声，有人在玩照镜子游戏，领头的人大喊一声，试图在镜子里找到自己过去不曾、以后也永远不会出现的影像。

“蒂莫西。”只听翅膀展开，定音鼓般的一声响动，埃纳尔叔叔出现在眼前。蒂莫西感觉自己像顶针一样被拔下来放在埃纳尔的肩膀上。“别难过，蒂莫西侄儿。人各有命，人各有志。你有属于你的好运、你的财富。这个世界对于我们来说已经死去。我见得太多了，你要相信我。最自在的生活才是最好的，它的每盎司都价值更高，蒂莫西，记住这点。”

午夜过后至天亮以前这段黑夜期间，埃纳尔叔叔带着他走遍屋子，从一个房间到另一个房间，唱着歌穿梭其间。一群迟到的客人将现场的气氛推向新的高潮。不知道有多少个曾的曾祖母也到了，裹着一件古埃及的寿衣，像一块被烧焦的熨衣板，直挺挺地靠在墙上，一句话也不说，凹陷的眼窝散发出远古、智慧、沉默的微光。凌晨四点早餐时间，这位有一千多个曾字辈的曾祖母直挺挺地坐在最长餐桌的前端。

一大帮堂兄弟、堂姐妹们端起水晶碗开怀畅饮。他们发亮的橄榄核眼睛、邪恶的圆锥形面孔和古铜色鬈发悬在酒桌上方，既软又硬、半男半女的身体在闷闷不乐的醉酒状态下互相扭打。风越刮越大，繁星璀璨得像火焰，喧闹声一浪高过一浪，舞步越来越快，酒兴越来越浓。蒂莫西的耳朵和眼睛都不够用了。重重的黑影在翻腾涌动，无数张面孔来来去去……

“听！”

客人们屏住呼吸。远处小镇的钟声响起，时间已是清晨六点。派对临近尾声。在钟声的节奏下，一百多张嘴开始唱起已有四百多年历史的老歌，蒂莫西不知道这么古老的歌。他们手挽手围成圈缓缓移动，唱着歌，在远方的寒冷清晨，小镇的钟声终于复归平静。

大家互相道别，又是一阵骚动。母亲、父亲和兄弟姐妹们在门口站成一排，轮流与即将离去的亲戚握手、吻别。门外东方天际已染上色彩，晨光初现。一阵寒风灌进屋里。

欢呼声渐渐远去，天越来越亮。每个人都互相拥抱、哭泣，忍不住想这世界逐渐没有他们的立足之地。他们曾经每年聚一次，可如今数十年才得重聚一次。“别忘了，咱们一九七〇年在塞勒姆见！”有人喊道。

塞勒姆。蒂莫西麻木的脑子不断重复着这句话。塞勒姆，一九七〇年。到时候，弗莱叔叔、祖母、祖父和裹着寿衣的有一千多个曾字辈的曾祖母还会再来。还有母亲、父亲、埃伦、劳拉、塞西、伦纳德、拜昂、山姆和所有其他人。可那时他还在吗？他能活那么久吗？他能确定自己可以活到那个时候吗？

最后一阵萧瑟的秋风送走了所有的人，送走了如此多的披风、如此多的鼓动翅膀的哺乳动物、如此多的枯叶、一头头奔走的狼、一阵阵哀嚎喧嚣、一个个子夜、奇思怪想和数不清的狂暴。

母亲关上门。劳拉拿起扫帚。

“不用了，”母亲说，“今晚再打扫吧，先去睡觉。”

父亲走下地窖，身后跟着劳拉、拜昂和山姆。埃伦和伦纳德一样，朝楼上走去。

蒂莫西走过黑纱散了一地的大厅。他低着头，从一面派对留下的镜子前经过时，看见自己难逃一死的脸苍白、冰冷，不住地颤抖。

“蒂莫西。”母亲说。

他在楼梯井停住。她向他走来，把手放在他脸上。“儿子，”她说，“我们爱你。你要记住。我们都爱你。不管你有多么不一样，不管你将来是否会离开我们，”她亲了亲他的脸颊，“如果哪天你死去，你的遗骨绝不会被打扰，我们向你保证。你会永远安息，每逢万圣夜我都会来看你，保证你平平安安。”

房屋里静悄悄的。远处一阵风载着最后一批小小的黑色蝙蝠掠过天际，唧唧吱吱的回音不绝于耳。

蒂莫西一步步踩着楼梯上楼，一路饮泣。

绝妙之死

“活着！”

“死了！”

“妈的！他活蹦乱跳的，就在新英格兰呢！”

“二十年前就死了！”

“把帽子递给我！我这就亲自跑一趟，把他的人头带回来！”

这就是当晚的对话。有个陌生人胡说什么达德利·斯通死了，结果触发了这场口水仗。我们大声反驳，达德利·斯通还活着！我们难道连他是死是活都不知道吗？怎么说我们也是他所剩无几、坚持到最后的铁杆粉丝吧。回想二十年代，那些焚膏膜拜他作品的人，那些激情燃烧的知识青年，不正是我们吗？

达德利·斯通，那位才华横溢的文体大师、最恃才傲物的文学名家。你肯定还记得他那封写给各出版商的信，那简直不啻晴天霹雳、末日降临：

敬告诸位：

本人现年三十，即日起退隐文坛，从此封笔，烧毁所有著作，弃绝新近手稿，诸位珍重。

你们最诚挚的
达德利·斯通

文坛地震、雪崩。

“为什么？”多年来我们常常问自己。

我们像电视剧里演的那样争论不休。是女人的牵绊使他放弃自己的文学前程吗？正值盛年却停止前进的步伐，是因为贪恋杯中的美酒，还是因为才思枯竭、力不从心？

我们直言不讳地告诉每个人，假如今天斯通还在写作，就连福克纳、海明威和斯坦贝克，也要在他耀眼的光芒下黯然失色。更令人痛心的是，在最伟大的作品即将问世之际，他却断然转身，跑去住在那个叫“过去”的海边，一个我们称之为“隐退”的小镇。

“为什么？”

这个问题永远困扰着我们，只因我们在他异彩纷呈的作品中窥见了天才的光芒。

几个星期前的一个晚上，我们聚在一起感叹时光的摧残，发现彼此的眼袋越来越大，头发也愈发稀疏，不由得满腔愤懑——普罗大众居然对达德利·斯通茫然不知！

我们小声抱怨说，托马斯·沃尔夫在捏着鼻子跳下永恒的深渊前，至少已经取得了举世公认的成功。他虽然堕入黑暗，但至少赢得了一群评论家的关注，好像夜空中熊熊燃烧的彗星，哪怕转瞬即逝，却也十分引人注目。可如今谁还记得达德利·斯通，记得他那个圈子、二十年代他疯狂的追随者呢？

“把帽子递给我，”我说，“就算赶三百英里路，我也要拽着他的裤子问：‘喂，斯通先生，为什么让我们这么失望？都过去二十五年了，为什么一本书也没写？’”

我往帽子的衬里塞了点钱，发了封电报，就迫不及待地搭上火车。

我不知道自己会见到什么。也许是一只衰弱的、摇摇晃晃的螳螂，在车站附近顶着海风喃喃自语，也许是一个粉笔般煞白的幽灵，用夜风吹苇草般嘶哑的嗓音对我说话。火车嚓嚓地喷着气驶入车站，我焦虑地紧抓膝盖。我跳下火车，发现自己身处距离大海只有一英里的荒郊野外，像个脑袋不清楚的傻瓜，不明白自己为什么要大老远跑到这里。

小站的售票处已被木板封死，前面立着一块布告牌，上面贴满形形色色的告示，足有一英寸厚，用糨糊或图钉固定着，层层叠叠的，也不知有多少个年头了。我一张一张往下剥开层层具有人类学研究价值的印刷纸，终于找到自己想要的东西。达德利·斯通当选市议员，达德利·斯通当选警长，达德利·斯通当选市长！告示上的照片虽然历经多年的日晒雨淋早已斑驳难辨，照片上那个人却似乎从未停止渴望在这海边的小镇肩负起更多的责任。我站着一张张读下去。

“嘿！”

达德利·斯通突然快步穿过站台出现在我身后。“你是道格拉斯先生吗？”我转身面对一位体格魁梧的男人，他块头很大却一点也不胖，两条腿如同巨大的活塞一样推动他前进，衣襟上插着一朵鲜艳的花，脖子上系一条同样鲜艳的领带。他用力握住我的手，低头看着我，就像米开朗琪罗的上帝在神奇地一点之下创造了亚当。他的脸酷似古代水手的航海图，南风和北风在这里交汇。那是一张埃及雕刻中象征太阳的脸，闪耀着生命之光。

天哪！我在心中惊叹。这就是那个二十多年没再写作的人吗？难以置信。他竟然活得如此生气蓬勃。我几乎能听见他的心跳！

我当时肯定惊愕得瞪大了眼，彻底被他的样子给震住。

“你以为自己见到马利的鬼魂了，”他大笑道，“别不承认。”

“我——”

“我太太煮了一桌新英格兰晚餐在等我们，家里还有很多艾尔啤酒[①]和烈性黑啤。我很喜欢这句话：艾尔啤酒不会使人生病，只会让萎靡的精神振奋起来。艾尔啤酒，这是个容易让

---

① ale，指贮藏啤酒或黑啤酒之外的任何啤酒，读音与ail（感到不舒服）相同，固有后文之说。

人上当的词。烈性黑啤？听着就很带劲[1]。”他胸前挂着一条亮晶晶的链子，下面一只大大的金表跳啊跳的。他夹紧我的手臂带我往前走，像一位法力无边的魔术师，正带着一只倒霉的兔子赶回自己的巢穴。“很高兴见到你！我想你和其他人一样，来这里都是为了同一个问题，是吗？哈哈，这次我决定把真相和盘托出！”

我的心怦地一跳。“那太好了！”

空荡荡的车站后面停着一辆一九二七年产的福特经典T型敞篷车。“多么清新的空气啊。在这样微暗的光线下开车，你可以清楚地看见田野、绿茵、鲜花在风中冲着你来。我希望你不是那种到哪儿都要偷偷关窗的人！我家房子就像平顶山[2]的山顶。我们让天气来帮我们打扫。上车吧！”

十分钟后我们离开高速公路，拐进一条坑坑洼洼、年久失修的小道。汽车径直驶上凹凸不平的路面，斯通的脸上挂着泰然自若的微笑。砰！我们颠簸不停地驶过最后几码，来到一幢未经粉刷、风格狂野的二层楼房前。汽车喘着大气如释重负地陷入死寂。

“你想知道真相吗？”斯通转过身直视我的脸，一只手诚

---

① stout，作名词，意为“烈性黑啤”，作形容词，有“强有力的”之意。

② mesa，又称方山，山顶平如桌面，多见于美国西部和西南部以及墨西哥的干燥地带。

挚地握着我的肩膀，“差不多就在二十五年前的今天，我被一个人枪杀了”。

说完他跳下车，快速朝房子走去，我呆坐在座位上，盯着他的背影。他结实得像块巨大的岩石，不可能是鬼魂，但我知道，真相也许就在刚才他对我说的话里。

“这是我太太，这是我家房子，那是等着我们的晚餐！看看我们的景色！客厅三面都是窗户，能看见大海、海岸和绿色的草坪。我们一年四季中有三个季节都开着窗户。仲夏时节保证你能闻到青柠的香气，十二月份还能闻到氨水和冰激凌的味道，没准儿是从南极飘来的。快坐快坐！莉娜，他能来做客真好，是吧！”

“希望你会喜欢新英格兰水煮晚餐。”莉娜一边说一边忙布桌。她高挑结实，有如东方太阳、圣诞老人的女儿，笑容仿佛一盏明灯，照亮了我们的餐桌。餐盘结实得能承受巨人的拳头，餐具锋利得足以切下狮子的牙齿。餐桌上的食物热气腾腾，我们欣然就坐，像罪人在地狱中沉沦一般。我眼看第二盘食物从我面前传过三次，觉得自己吃下肚的食物渐渐满到胸口、喉咙，最后是耳朵。达德利·斯通给我倒了一杯用野生康科德葡萄酿制的红酒，他说这种酒能让人欲罢不能。酒瓶空了，斯通对着绿色的玻璃瓶口轻轻吹起单音的旋律。

“好了，让你久等了。”他说，眯着眼睛看我。饮酒能缩短人的距离，入夜后我们之间的距离似乎更近了。“我要告诉你我被谋杀这件事。我从未告诉过别人，相信我。你知道约翰·欧提斯·坎多尔这个人吗？”

“二十年代的一个小作家，对吧？”我说，“出版过几本书，一九三一年以前红过一阵子，上周刚去世。”

“上帝保佑他。”斯通先生脸色一暗，但很快恢复，“没错，约翰·欧提斯·坎多尔，一九三一年以前曾经大红大紫，是个很有潜力的作家。”

“还是比不上你。”我立即说道。

“唉，先别急。我和约翰·欧提斯从小一起长大，我们老家有棵橡树，早上树荫遮到我家，傍晚遮到他家。我们一起去溪边玩水，都讨厌吃酸苹果，总是在一起抽烟，还同时看上一个漂亮的金发女孩。我们才十几岁就一起出去闯荡，与命运殊死搏斗，一起头破血流。我们两个都混得不错，可我总比他强一点儿，那么多年一直没变过。如果他的处女作得到一个人的青睐，我的可以得到六个。如果有一个人批评我的书，那么批评他的会有一打。我们就像同在一列火车上的朋友，但最后被人分开。约翰·欧提斯在最后一节守车上大喊：‘救救我！你们把我丢在俄亥俄州的补给站，我们是搭同一班车的啊！’车长说：‘不错，但不是同一个车厢！’我呢，我就大喊：‘我对你有信心，约翰，别泄气，我会回来找你的！’于是最后一节守车越来越远，逐渐消失，它的红绿灯像草莓与青柠在黑暗中闪烁。为了我们的友谊，我们对着彼此大叫：‘约翰，老伙计！’‘达德利，老朋友！’于是约翰·欧提斯三更半夜被抛弃在黑暗的货车厢旁，而我的车厢却铆足了劲，在摇旗呐喊、鼓乐喧天中驶向黎明。”

达德利·斯通停下来，注意到我一脸困惑。

“这一切都和我被谋杀有关，”他说，“因为一九三〇年，约翰·欧提斯用几件旧衣服和他仅有的几本书换来一把枪，来到这栋屋子和这个房间。”

“他真是来杀你的？”

“真的，妈的！他开枪了！砰！要再来点红酒吗？嗯，这样好多了。”

就在他饶富趣味地吊起我的胃口时，斯通太太端上草莓蛋糕。他将蛋糕切成三块由各人自取，然后用“看好戏”的眼光望着我。

“当时，约翰·欧提斯就坐在你那张椅子上。他身后院子里的一间烟熏房中挂着十七根火腿；酒窖里有五百瓶顶级佳酿；窗外开阔的田野以远是优雅的大海，海面上浪花滚滚；天上一轮明月仿佛一碟冰凉的奶油，到处都是春的气息。莉娜也坐在旁边，我有意无意的话总能逗她笑得前仰后合，像一株垂柳在风中摇曳。那一年我们俩都三十岁，只有三十岁，生活对我们来说就是美妙的旋转木马，我们的手指拨弄着和弦，我的书大卖，书迷的信像喷泉般汩汩涌来，马厩里养了马供我们在月下骑行，沿海湾对着大海或者听大海悄悄道出我们的心愿。而约翰·欧提斯就坐在你现在坐的椅子上，平静地从口袋里掏出那把蓝色的小手枪。”

“我还在笑，以为那是个用来点雪茄的打火机。”他妻子说。

“可是约翰·欧提斯神色冷峻地说：‘我要杀了你，斯通先生。’”

“那你怎么办？”

“怎么办？我呆坐在那儿，整个人都蒙了；只听见可怕的砰一声，棺盖在我眼前盖上！我听见煤炭滚下漆黑的斜槽，尘土覆盖在我的棺材上。人们说这种时刻一个人的过去会从他眼前闪过。简直胡说八道！眼前闪过的其实是将来。你看到的是自己血肉模糊的脸，你就那样呆坐着，废了老大劲儿才挤出一句话：‘为什么，约翰，我做了什么对不起你的事？’

“‘做了什么！’他大叫道。

“他的目光快速扫向那一面书墙，和那一大堆引人注目的书。每一本书上都印着我的名字，它们就像豹子的眼睛在摩洛哥的黑夜中闪闪发光。‘做了什么！’他恨恨地叫道，他握着左轮手枪的手因流汗而发痒。‘约翰，’我说，‘你想干什么？’

“‘我最想干的一件事，’他说，‘就是杀了你，然后名声大噪，让自己的名字登上头版头条，变得和你一样出名。就算死了，也以达德利·斯通的凶手之名被世人铭记。’

“‘你不是当真的！’

“‘我是当真的。到时候我会名闻天下，比现在出名多了，再也不用活在你的阴影里！哦，告诉你吧，这世上没有谁比作家更懂得憎恨。上帝啊，我多么喜欢你写的东西啊！可是，上帝啊，我又多么恨你竟能写出这么好的东西！多么奇妙的矛盾心理。我写不出你那样的文字，又实在无法继续忍受，所以只能走这条成名的捷径。我要在你达到巅峰前干掉你！他们都说你的下一本书会是你最好、最精彩的作品！’

“‘那是他们在夸大其词。’

“‘我觉得他们是对的！’他说。

“我的目光越过他，找到莉娜。她还坐在椅子上，虽然很害怕，却也没有尖叫或逃跑，否则当时那一幕很可能会提前收场，导致难以预料的结局。

“‘冷静一点，’我说，‘你先坐下来，冷静一下，约翰。我只求你给我一分钟，然后你再开枪。’

“‘不！’莉娜吓得低声叫道。

“‘你要冷静。’这句话我是对莉娜说的，也是对自己和约翰·欧提斯说的。

“我凝望窗外，感觉到风在吹。我想到地窖里的葡萄酒，海边的小海湾和大海，以及如一盘薄荷脑般为夏夜送去清凉，带走晚霞和星星，奔向黎明的月亮。我想到自己才三十岁，莉娜也才三十岁，我们的生命还很长。想到多姿多彩的生活等着我们去享受！我还从没征服过一座山峰，从没在大海上航行过，从没竞选过市长，从没试过潜水采珍珠，从没拥有过天文望远镜，从没登台表演或盖一座房子，或把我一直想读的经典文学名著读完。这些事都还在等着我去做啊！

“所以在这几乎转瞬即逝的六十秒内，我竟然最后才想起我的职业生涯。那些我写过的、正在写和将要写的书。那些书评、销量和我们在银行里的巨额存款。说出来你可能都不会相信，我平生第一次摆脱这些东西的羁绊，一瞬间变成一个批评家。我把天平清空，在一端放上我没坐过的船、没种过的花草、没生养过的孩子、没登过的山，以及莉娜，我的丰收女神！我在中间维持平衡的地方放上约翰·欧提斯和他的枪，在另一端放上我的几十本书、我的笔、墨水和空白的稿纸。我做了一些小小的调整，那六十秒就这样滴答滴答过去了。甜甜的夜风吹过来，撩起莉娜颈上的鬈发。噢，上帝，这是多么轻柔的触碰……

“枪口正对着我。我曾在照片上见过月球的陨石坑，还有太空中那个被称为大煤袋星云的暗洞，但是相信我，比起对面指着我的枪口，这都不算大。

“‘约翰，’我终于说，‘你真的那么恨我吗？仅仅因为我比你幸运？’

“‘没错，该死的！’他吼道。

“他居然嫉妒我，这太荒谬了。我其实比他好不了多少，写作手法不同罢了。

“‘约翰，’我很平静地对他说，‘如果你要我死，那我就死。你希望我永远不再写作吗？’

“‘再希望不过！’他喊道，‘准备受死吧！’他瞄准我的心脏！

“‘好吧，’我说，‘我再也不写了。’

“‘什么？’他说。

“‘我们都这么多年的老朋友了，从没互相欺骗过，是不是？既然如此，那就请你相信，从今晚开始，我再也不写了。’

“‘噢，上帝。’他说，然后又轻蔑又不可置信地笑起来。

“‘那边，’我朝他身边的书桌示意，‘是我过去三年来所写的两本书的唯一手稿。我现在就当着你的面烧掉一份，另一份你可以亲自把它扔进大海。你还可以把屋子里任何类似文学的东西清除掉，包括我已出版的全部作品。这里。’我站起来。他那时本可以对我开枪，但我完全吸引了他的注意力。我将一份手稿扔进壁炉，然后划着一根火柴。

“‘不要！’莉娜急得直喊。我转身对她说：‘我知道自己在做什么。’她哭了。约翰·欧提斯·坎多尔只是呆呆地望着我。我把另一份手稿拿给他。‘给你。’我把它塞在他的右脚底下，让他的脚像镇纸一样压着，接着我走回去坐下来。风在吹，夜很温暖，莉娜坐在桌子对面，脸色苍白得像苹果花。

“我说：‘从今往后我再也不写东西了。’

“约翰·欧提斯终于说道：‘你为什么这样做？’

“‘为了让每个人都开心，’我说，‘为了让你开心，因为我们将来还会是朋友。为了让莉娜开心，因为我能做回她的丈夫，不会再有经纪人追着签名盖章。也为了让自己开心，因为我宁可做一个活着的人，也不要做一个死去的作家。一个垂死的人什么事情都做得出来。约翰，现在拿了我最后一部小说的手稿走吧。’

“我们三个坐在那儿，就像今晚我们三个这样。空气中飘散着柠檬、青柠和山茶花的香气。大海在底下的岩岸怒吼；上帝啊，那是月色下最动人的声音。最后，约翰·欧提斯拾起我的手稿，等同于带着我的尸体走出房间。他在门口停下，对我说：‘我相信你。’说完这句话，他就走了。外面传来汽车远去的声音。把莉娜哄睡后，我一个人出了门，去海岸边走走。平时我很少在夜里去海边散步，可那天晚上我去了。我边走边深呼吸，双手摸着自己的手臂、腿和脸，哭得像个孩子，蹚着碎浪行走，感受冰冷的海水在我身边激起百万个小泡沫。”

达德利·斯通停下来。房屋里的时间也跟着停摆。时间仿佛切换到另一个年份，我们三个坐在那儿，如痴如醉地听他讲述那个谋杀的故事。

“那他有没有销毁你的最后一本小说？”我问。

达德利·斯通点点头。“一个星期后，有一页手稿被冲上岸。他肯定是站在悬崖边把它抛入大海，我可以想象那一千页稿纸在凌晨四点犹如一群白色的海鸥，纷纷扬扬地落入海里，跟随海浪越漂越远。莉娜跑上海滩，手里攥着那页稿纸不停地喊：‘快看，快看！’看清她递给我的是手稿后，我马上就把它扔回大海。”

“难不成你真的信守诺言了啊！”

达德利·斯通平静地看着我。“换作是你，你会怎么做？这样看好了：约翰·欧提斯其实帮了我一个大忙。他没有杀我，没开枪。他相信我的话，尊重我的诺言。他给我一条生路，让我能够继续吃饭、睡觉、呼吸。他忽然扩大了我的视野。我是如此感激他，以至于那天晚上我站在及膝的海水中嚎啕大哭。我真的很感激他。你真明白‘感激’这两个字的意义吗？感激他在他永远可以消灭我的那一刹那让我活下去。”

斯通太太站起来，晚餐正式结束。她开始收拾碗碟，我们点燃雪茄；达德利·斯通把我带到他的工作台前，那是一张翻盖式书桌，盖子被打开，露出里面的包裹、纸张、墨水瓶、打字机、各种文件、账本和索引。

“它早就在我心中翻滚了，约翰·欧提斯只是拨开最上面的浮沫，让我看见实质，”达德利·斯通说，“写作对我来说很像芥末和苦菜，在纸上紧张地遣词造句，体验巨大的心灵痛苦。眼看贪婪的评论家捧我上榜、拉我下榜，像切香肠一样把我切成片，午夜把我当早餐吃进肚子里。这是个糟糕透顶的苦差事。我早就想甩掉这个包袱，就差扣动扳机了。赶巧约翰·欧提斯出现，砰！这才有了现在的我。你瞧这个。”

他在书桌里一阵翻找，拿出一沓传单和海报。“以前我总是描写生活，现在我要好好品味生活。我要做事，不要叙事。我竞选教育委员，胜选了。我竞选市议员，胜选了。我竞选市长，胜选了！我还做过司法官、镇图书馆管理员和污水治理负责人。我和很多人握过手，见证了很多生活，做了很多事情。我们动用眼睛、鼻子、嘴巴、耳朵和双手去体验生活，我们尝试过每一种生活方式。我们爬山、画画，墙上还挂着几幅呢！我们曾经三次环游世界！我甚至还亲手给自己的儿子接生，当然了，我也没料到会这样。现在，他已经成家立业——住在纽约！我们一而再、再而三做了很多事，”斯通停下来笑了笑，“走，去外面的院子看看，我那里装有天文望远镜，你想看看土星环吗？”

我们站在院子里，晚风从远处的海面上吹来。在我们用天文望远镜看星星时，斯通太太走进黑漆漆的酒窖，找出一瓶珍贵的西班牙红酒。

第二天，我们旋风般地穿过海边崎岖不平的草地。一路上，斯通先生没握方向盘，任车自行前进，自己则和我谈笑风生，对着新石器时代的岩石和这个那个野花指指点点，只有在正午时分抵达冷清的火车站，汽车停下来等待火车载我离开时，他才沉默下来。

“我想，”他仰望天空说，“你一定觉得我疯了。”

“不，我绝不会这么说。”

“其实，”达德利·斯通说，“约翰·欧提斯·坎多尔还帮了我另一个忙。”

“是什么？”

“在我的事业顺风顺水时，他助我及时隐退。在我内心深处早就料到，如果哪天冷却系统关闭，我的文学成就便会消融。我的潜意识对未来有很清醒的认识。我比任何批评家都清楚，我的文学前途必定是下坡路。约翰·欧提斯毁掉的那两本书其实写得很糟糕。这些批评家不会比约翰·欧提斯仁慈，他们只会让我死得更惨。所以，他无意中帮我做出决定，让我能够在曲终人散前，在中国红灯笼依然朝我这个哈佛人投下谄媚的红光时，优雅地鞠躬退场。单靠自己，我也许没那个勇气。我见过太多的作家得意、失意、受伤、怨愤、自杀。环境、巧合、潜在的知识、解脱和对约翰·欧提斯手下留情的感激，这种种因素凑在一起，对我来说都算是运气吧。”

我们在温暖的阳光下又坐了一分钟。

“然后，当我宣布告别文坛时，我才有幸被拿来与那些文学巨匠进行对比。近代文学史上很少有作家这么高调地退出文学舞台，那是一场美好的告别式。正如他们说的，我看起来很自然。更奇妙的是，人们对我的呼声反而更高了。‘他的下一本书，’批评家们嚷嚷道，‘必定是旷世杰作！’我让他们屏息以待，他们对此却一无所知。哪怕二十五年后的今天，为了解开谜团，我的读者，那些当年的在校大学生，竟然还肯冒着煤灰搭乘四面透风、散发煤油味的火车来找我，他们想知道为什么我让他们等了那么久，却还没等到我的‘旷世杰作’。多亏约翰·欧提斯·坎多尔，我的名声才能残存到现在，尽管它早已慢慢凋零，却没有给我带来丝毫的痛苦。要是当初继续写作，也许下一年我就会用握笔的手了结自己，由你自己来切断你的守车，比别人来代替你做要好得多。

“至于我和约翰·欧提斯·坎多尔的友谊，它又恢复了。这当然需要点时间。但他曾经在一九四七年来这里看过我。那天天气真的很好，我们仿佛又回到了从前。现在他死了，我也终于把这一切都告诉了你。你会怎么对你城里的朋友说呢？他们打死也不会相信。可这是事实，我发誓，就像我坐在这里呼吸着上帝美好的空气，看着手上的老茧，然后像我竞选地方财政官时所发的传单一样，开始慢慢褪色。”

我们站在月台上。

“再见了，谢谢你来找我，来听我的故事。愿上帝保佑你那些好奇的朋友们。火车来了！我得走了；莉娜和我要去参加今天下午在海岸边举办的红十字会活动！再见！”

我看着这个已死去的男人踩着重步跃过月台，感觉脚下的铺板也随之震颤，目送他跳进福特敞篷车，听见汽车在他魁梧的身躯下下沉，看见他猛地将一只大脚踩向油门踏板，发动机空转片刻，接着发出一阵轰鸣。他转身微笑着向我挥了挥手，这才朝着名叫“过去”的炫丽海边、一个陡然间变得光彩夺目的“隐退”小镇呼啸而去。

图书在版编目（CIP）数据

十月国度/（美）雷·布拉德伯里（Ray Bradbury）著；刘正飞译.
—上海：上海译文出版社，2020.6
（雷·布拉德伯里科幻经典系列）
书名原文：The October Country
ISBN 978-7-5327-8351-9

Ⅰ.①十… Ⅱ.①雷… ②刘… Ⅲ.①幻想小说－小说集－美
国－现代 Ⅳ.①I712.45

中国版本图书馆CIP数据核字（2020）第046508号

Ray Bradbury
THE OCTOBER COUNTRY

图字：09-2018-1088号

十月国度 The October Country	Ray Bradbury 雷·布拉德伯里 著 刘正飞 译	出版统筹 赵武平 责任编辑 王 源 装帧设计 @broussaille 私制

上海译文出版社有限公司出版、发行
网址：www.yiwen.com.cn
200001 上海福建中路193号
上海文艺大一印刷有限公司

开本787×1092 1/32 印张11.5 插页5 字数161,000
2020年6月第1版 2020年6月第1次印刷

ISBN 978-7-5327-8351-9/I·5118
定价：68.00元